SLAVNOSTI SNEZENEK

雪绒花的庆典

Bohumil Hrabal

[捷克] 博胡米尔·赫拉巴尔 / 著

徐伟珠 / 译

花城出版社
中国·广州

图书在版编目（CIP）数据

雪绒花的庆典／（捷克）博胡米尔·赫拉巴尔著；徐伟珠译.－－广州：花城出版社，2017.7（2020.7重印）
（蓝色东欧／高兴主编.第4辑）
ISBN 978-7-5360-8447-6

Ⅰ.①雪… Ⅱ.①博…②徐… Ⅲ.①短篇小说－小说集－捷克－现代 Ⅳ.①I524.45

中国版本图书馆CIP数据核字（2017）第187858号

合同版权登记号：图字19-2015-002号
SLAVNOSTI SNEZENEK
BOHUMIL HRABAL
©1978，1990 Bohumil Hrabal Estate, Switzerland

出 版 人：肖延兵
丛书策划：朱燕玲　孙虹
出版统筹：李倩倩　夏显夫　欧阳佳子
责任编辑：夏显夫
技术编辑：薛伟民　凌春梅
封面供图：子夏
装帧设计：棱角视觉 ANGULAR VISION

书　　名	雪绒花的庆典
	XUE RONG HUA DE QING DIAN
出版发行	花城出版社
	（广州市环市东路水荫路11号）
经　　销	全国新华书店
印　　刷	恒美印务（广州）有限公司
	（广州南沙经济技术开发区环市大道南路334号）
开　　本	880毫米×1230毫米　32开
印　　张	7.5　2插页
字　　数	170,000字
版　　次	2017年7月第1版　2020年7月第2次印刷
定　　价	48.00元

本书中文专有出版权归花城出版社独家所有，非经本社同意不得连载、摘编或复制。
如发现印装质量问题，请直接与印刷厂联系调换。
购书热线：020-37604658　37602954
欢迎登陆花城出版社网站：http://www.fcph.com.cn

雪绒花的庆典

目 录
CONTENTS

记忆，阅读，另一种目光（总序）/ 高兴 / 1
当灵感的闸门掀起（中译本前言）/ 徐伟珠 / 1

林中残木 / 1
圣伯纳餐厅 / 11
等待面包 / 21
月夜 / 28
失控的牛 / 36
珍宝客机 / 42
马赞的奇迹 / 55
麦德克先生 / 63
三角钢琴里的兔子 / 76
儿童节 / 83
卡格尔先生 / 94
雪绒花的庆典 / 114

朋友们　/　121

乐力　/　132

露倩卡和巴芙琳娜　/　142

最美丽的眼睛　/　154

盛宴　/　169

雍德克先生　/　180

毕法尔尼克的金发　/　191

伴娘　/　199

风干香肠　/　207

记忆，阅读，另一种目光

（总序）

高兴

昆德拉说过："人的一生注定扎根于前十年中。"我想稍稍修改一下他的说法："人的一生注定扎根于童年和少年中。"童年和少年确定内心的基调，影响一生的基本走向。

不得不承认，二十世纪五六十年代出生的人都有着不同程度的俄罗斯情结和东欧情结。这与我们的成长有关，与我们的童年、少年和青春岁月有关。而那段岁月中，电影，尤其是露天电影又有着怎样重要的影响。那时，少有的几部外国电影便是最最好看的电影，它们大多来自东欧国家，几乎吸引了所有人的目光，是我们童年的节日。在某种意义上，甚至可以说，它们还是我们的艺术启蒙和人生启蒙，构成童年最温馨、最美好和最结实的部分。

还有电影中的台词和暗号。你怎能忘记那些台词和暗号。它们已成为我们青春的经典。最最难忘的是《瓦尔特保卫萨拉热窝》。"'空气在颤抖,仿佛天空在燃烧。''是啊,暴风雨来了。'""看,这座城市,它就是瓦尔特。"简直就是诗歌。是我们接触到的最初的诗歌。那么悲壮有力的诗歌。真正有震撼力的诗歌。诗歌,就这样和英雄主义和浪漫主义,紧紧地连接在了一道。

还有那些柔情的诗歌。裴多菲,爱明内斯库,密茨凯维奇。要知道,在二十世纪七八十年代,读到他们的诗句,绝对会有触电般的感觉。而所有这一切,似乎就浓缩成了几粒种子,在内心深处生根,发芽,成长为东欧情结之树。

然而,时过境迁,我们需要重新打量"东欧"以及"东欧文学"这一概念。严格来说,"东欧"是个政治概念,也是个历史概念。过去,它主要指波兰、捷克斯洛伐克、匈牙利、罗马尼亚、保加利亚、南斯拉夫、阿尔巴尼亚七个国家。因此,在当时,"东欧文学"也就是指上述七个国家的文学。这七个国家,加上原先的东德,都曾经是以苏联为首的华沙条约组织的成员。

一九八九年底,东欧发生剧变。此后,苏联解体,华沙条约组织解散,捷克和斯洛伐克分离,南斯拉夫各共和国相继独立,所有这些都在不断改变着"东欧"这一概念。而实际情况是,波兰、捷克、匈牙利、罗马尼亚等国家甚至都不再愿意被称为东欧国家,它们更愿意被称为中欧或中南欧国家。同样,不少上述国家的作家也竭力抵制和否定这一概念。在他们看来,东欧是个高度政治化、笼统化的概念,对文学定位和评判,不太有利。这是一种微妙的姿态。在这种姿态中,民族自尊心也发挥着不可估量的作用。

但在中国,"东欧"和"东欧文学"这一概念早已深入人心,有广泛的群众和读者基础,有一定的号召力和亲和力。因此,继续使用"东欧"和"东欧文学"这一概念,我觉得无可厚非,有利于研究、译介和推广这些特定国家的文学作品。事实上,欧美一些大学、研究中心也还在继续使用这一概念。只不过，今日，当我们提到这一概念，涉及的就不仅仅是七个国家，而应该包含更多的国家：立陶宛、摩尔多瓦等独联体国家，还有波黑、克罗地亚、斯洛文尼亚、塞尔维亚、黑山等从南斯拉夫联盟独立出来的国家。我们之所以还能把它们作为一个整体来谈论，是因为它们有着太多的共同点：都是欧洲弱小国家，历史上都曾不断遭受侵略、瓜分、吞并和异族统治，都曾把民族复兴当作最高目标，都是到了十九世纪末二十世纪初才相继获得独立，或得到统一，第二次世界大战后都走过一段相同或相似的社会主义道路，一九八九年后又相继推翻了共产党政权，走上了资本主义发展道路。之后，又几乎都把加入北约、进入欧盟当作国家政策的重中之重。这二十年来，发展得都不太顺当，作家和文学都陷入不同程度的困境。用饱经风雨、饱经磨难来形容这些国家，十分恰当。

换一个角度，侵略，瓜分，异族统治，动荡，迁徙，这一切同时也意味着方方面面的影响和交融。甚至可以说，影响和交融，是东欧文化和文学的两个关键词。看一看布拉格吧。生长在布拉格的捷克著名小说家伊凡·克里玛，在谈到自己的城市时，有一种掩饰不住的骄傲："这是一个神秘的和令人兴奋的城市，有着数十年甚至几个世纪生活在一起的三种文化优异的和富有刺激性的混合，从而创造了一种激发人们创造的空气，即捷克、德国和犹太文化。"①

克里玛又借用被他称作"说德语的布拉格人"乌兹迪尔的笔为我们描绘了一个形象的、感性的、有声有色的布拉格。这是一个具有超民族性的神秘的世界。在这里，你很容易成为一个世界主义者。这里有幽静的小巷、热闹的夜总会、露天舞台、剧院和形形色色的小餐馆、小店铺、小咖啡屋和小酒店。还有无数学生社团和文艺沙龙。自然也有五花八门的妓院和赌场。布拉格是敞开的，是包容的，是休闲的，是艺术的，是世俗的，有时还是颓废的。

---

① 见伊凡·克里玛《布拉格精神》第44页，崔卫平译，作家出版社1998年版。

布拉格也是一个有着无数伤口的城市。战争、暴力、流亡、占领、起义、颠覆、出卖和解放充满了这个城市的历史。饱经磨难和沧桑，却依然存在，且魅力不减，用克里玛的话说，那是因为它非常结实，有罕见的从灾难中重新恢复的能力，有不屈不挠同时又灵活善变的精神。如果要用一个词来形容布拉格的话，克里玛觉得就是：悖谬。悖谬是布拉格的精神。

或许悖谬恰恰是艺术的福音，是艺术的全部深刻所在。要不然从这里怎会走出如此众多的杰出人物：德沃夏克、雅那切克、斯美塔那、哈谢克、卡夫卡、布洛德、里尔克、塞弗尔特，等等。这一大串的名字就足以让我们对这座中欧古城表示敬意。

布拉格如此，萨拉热窝、华沙、布加勒斯特、克拉科夫、布达佩斯等众多东欧城市，均如此。走进这些城市，你都会看到一道道影响和交融的影子。

在影响和交融中，确立并发出自己的声音，十分重要。不少东欧作家为此做出了开拓性和创造性的贡献。我们不妨将哈谢克和贡布罗维奇当作两个案例，稍加分析。

说到捷克作家哈谢克，我们会想起他的代表作《好兵帅克》。以往，谈论这部作品，人们往往仅仅停留于政治性评价。这不够全面，也容易流于庸俗。《好兵帅克》几乎没有什么中心情节，有的只是一堆零碎的琐事，有的只是帅克闹出的一个又一个的乱子，有的只是幽默和讽刺。可以说，幽默和讽刺是哈谢克的基本语调。正是在幽默和讽刺中，战争变成了一个喜剧大舞台，帅克变成了一个喜剧大明星，一个典型的"反英雄"。看得出，哈谢克在写帅克的时候，并没有考虑什么文学的严肃性。很大程度上，他恰恰要打破文学的严肃性和神圣感。他就想让大家哈哈一笑。至于笑过之后的感悟，那就是读者自己的事情了。这种轻松的姿态反而让他彻底放开了。借用帅克这一人物，哈谢克把皇帝、奥匈帝国、密探、将军、走狗等等统统给骂了。他骂得很过瘾，很解气，很痛快。读者，尤其是捷克读者，读得也很过瘾,很解气,很痛快。幽默和讽刺于是又变成了一件有力的武器,特别适用于捷克这么一个弱小的民族。哈谢克最大的贡献也正在于此:为捷克民族和捷克文学找到了一种声音,确立了一种传统。

而波兰作家贡布罗维奇与哈谢克不同,恰恰是以反传统而引起世人瞩目的。他坚决主张让文学独立自主。在二十世纪三四十年代,贡布罗维奇的作品在波兰文坛显得格外怪异离谱,他的文字往往夸张扭曲,人物常常是漫画式的,他们随时都受到外界的侵扰和威胁,内心充满了不安和恐惧,像一群长不大的孩子。作家并不依靠完整的故事情节,而是主要通过人物荒诞怪僻的行为,表现社会的混乱、荒谬和丑恶,表现外部世界对人性的影响和摧残,表现人类的无奈和异化以及人际关系的异常和紧张。长篇小说《费尔迪杜凯》就充分体现出了他的艺术个性和创作特色。

捷克的赫拉巴尔、昆德拉、克里玛、霍朗,波兰的米沃什、赫贝特、希姆博尔斯卡,罗马尼亚的埃里亚德、索雷斯库、齐奥朗,匈牙利的凯尔泰斯、艾什特哈兹,塞尔维亚的帕维奇、波帕,阿尔巴尼亚的卡达莱……如此具有独特风格和魅力的当代东欧作家实在是不胜枚举。

某种程度上,东欧曾经高度政治化的现实,以及多灾多难的痛苦经历,恰好为文学和文学家提供了特别的土壤。没有捷克经历,昆德拉不可能成为现在的昆德拉,不可能写出《可笑的爱》《玩笑》《不朽》和《难以承受的存在之轻》这样独特的杰作。没有波兰经历,米沃什也不可能成为我们所熟悉的将道德感同诗意紧密融合的诗歌大师。但另一方面,需要注意的是,由于语言的局限以及话语权的控制,东欧文学也极易被涂上浓郁的意识形态色彩。应该承认,恰恰是意识形态色彩成全了不少作家的声名。昆德拉如此。卡达莱如此。马内阿如此。赫尔塔·米勒亦如此。我们在阅读和研究这些作家时,需要格外地警惕。过分地强调政治性,有可能会忽略他们的艺术性和丰富性。而过分地强调艺术性,又有可能会看不到他们的政治性和复杂性。如何客观地、准确地认识和评价他们，同样需要我们的敏感和平衡。

一个美国作家，一个英国作家，或一个法国作家，在写出一部作品时，就已自然而然地拥有了世界各地广大的读者，因而，不管自觉与否，他，或她，很容易获得一种语言和心理上的优越感和骄傲感。这种感觉东欧作家难以体会。有抱负的东欧作家往往会生出一种紧迫感和危机感。他们要用尽全力将弱势转化为优势。昆德拉就反复强调，身处小国，你"要么做一个可怜的、眼光狭窄的人"，要么成为一个广闻博识的"世界性的人"。别无选择，有时，恰恰是最好的选择。因此，东欧作家大多会自觉地"同其他诗人，其他世界，和其他传统相遇"（萨拉蒙语）。昆德拉、米沃什、齐奥朗、贡布罗维奇、赫贝特、卡达莱、萨拉蒙等等东欧作家都最终成为"世界性的人"。

关注东欧文学，我们会发现，不少作家，基本上，都在出走后，都在定居那些发达国家后，才获得一定的国际声誉。贡布罗维奇、昆德拉、齐奥朗、埃里亚德、扎加耶夫斯基、米沃什、马内阿、史克沃莱茨基等等都属于这样的情形。各种各样的原因，让他们选择了出走。生活和写作环境、意识形态原因、文学抱负、机缘等，都有。再说，东欧国家都是小国，读者有限，天地有限。

在走和留之间，这基本上是所有东欧作家都会面临的问题。因此，我们谈论东欧文学，实际上，也就是在谈论两部分东欧文学：海外东欧文学和本土东欧文学。它们缺一不可，已成为一种事实。

在我国，东欧文学译介一直处于某种"非正常状态"。正是由于这种"非正常状态"，在很长一段岁月里，东欧文学被染上了太多的艺术之外的色彩。直至今日，东欧文学还依然更多地让人想到那些红色经典。阿尔巴尼亚的反法西斯电影，捷克作家伏契克的《绞刑架下的报告》，保加利亚的革命文学，都是典型的例子。红色经典当然是东欧文学的组成部分，这毫无疑义。我个人阅读某些红色经典作品时，曾深受感动。但需要指出的是，红色经典并不是东欧文学的全部。若认为红色经典就能代表东欧文学,那实在是种误解和误导,是对东欧文学的狭隘理解和片面认识。因此,用艺术目光重新打量、重新梳理东欧文学已成为一种必须。为了更加客观、全面地翻译和介绍东欧文学,突出东欧文学的艺术性,有必要颠覆一下这一概念。蓝色是流经东欧不少国家的多瑙河的颜色,也是大海和天空的颜色,有广阔和博大的意味。"蓝色东欧"正是旨在让读者看到另一种色彩的东欧文学,看到更加广阔和博大的东欧文学。

二〇一三年十月三十一日定稿于北京

主编简介:高兴,诗人、翻译家,一九六三年出生于江苏省吴江市。中国作家协会会员。现为中国社会科学院外国文学研究所研究员,《世界文学》主编。曾以作家、翻译家、外交官和访问学者身份游历过欧美数十个国家。出版过《米兰·昆德拉传》《东欧文学大花园》《布拉格,那蓝雨中的石子路》等专著和随笔集;主编过《二十世纪外国短篇小说编年·美国卷》(上、下册)、《伊凡·克里玛作品系列》(5卷)、《水怎样开始演奏》、《诗歌中的诗歌》、《小说中的小说》(2卷)等大型图书。主要译有《梵高》《黛西·米勒》《雅克和他的主人》《可笑的爱》《安娜·布兰迪亚娜诗选》《我的初恋》《索雷斯库诗选》《梦幻宫殿》《托马斯·温茨洛瓦诗选》等。

当灵感的闸门掀起

―――

(中译本前言)

徐伟珠

对于作家博胡米尔·赫拉巴尔而言,距布拉格五十公里外的宁布尔克城具有别样的意义。易北河畔的这座小镇,是他童年的故乡,心中的港湾,也成为他日后创作的灵感之源。一九五六年,在被问及为何宁布尔克如此吸引他时,作家这样回答:"在我眼里,世界上最美的旅途就是沿易北河往皮斯特①或者科瓦尼策②的方向漫步。在这里我磕磕绊绊度过青少年时代,在这里我开始思考人生,内心溢满幸福。虽然我出生在布尔诺,然而宁布尔克才是我的家乡,小镇啤酒厂的氛围让我的生活充满温馨。在布拉格,我时常会思念易北河畔,我会抑制不住立刻掏四十六克朗买一张

―――

①② 宁布尔克附近的村庄。

从立本①至宁布尔克中央车站的车票。"此后十年,赫拉巴尔在宁布尔克城郊的科尔斯克买下一栋乡间度假木屋;又一个十年之后,他为这个并不出名的地方写下一册从古至今诗情盎然的旅游指南。如今许多人手持这本指南启程去科尔斯克,希望借赫拉巴尔之眼重新发现易北河畔的珍珠。

短篇小说集《雪绒花的庆典》,作家以日记形式创作于二十世纪七十年代,一九七五年出版。赫拉巴尔异常珍视这部经整理后出版的乡村记实合集,它呈现了科尔斯克林区鸟语花香的别墅村落、林荫小镇那一群普通村民的生活拼图以及他们对这个世界、对艰难生活所秉持的姿态。生活故事卑微简单,文字风格舒缓婉约,渗透了幽默和细微的伤感。

一九八四年,赫拉巴尔在接受针对电影《雪绒花的庆典》的访谈时提及这部小说的创作:"在我人生暮年,我回到了童年时的故乡,谦卑地在林区生活,与当地村民和环境融为一体。在那里我自然而然地汲取从生活中涌现的创作母液。家乡的景观和乡亲让我意识到,他们比我具有更强的诗情画意,比我更善于给自身设置怪诞的陷阱,故乡人与自然在我眼里愈加的真实。在现实中我焕发了青春,勾勒出一幅幅人物画,那群人始终是嬉闹的孩童。我借助语言合成思维的雕像,我复制了村民生动的对话,科尔斯克林区主题变奏的语流,我叙写真实事件的文本、真实的人、真实的姓名。一群始终童心未泯的人物就这样走入了我的文字。"

在二十世纪七十年代归隐至科尔斯克乡间度假屋的赫拉巴尔,进入创作的全盛期。这一阶段的作品作家刻意回避现实,着笔于遁世的"回忆录"。三部曲《一缕秀发》《淡淡的忧伤》和《哈乐根的百万》追忆童年生活和家人:母亲、继父和大伯贝宾;中篇《温柔的野蛮

---

① 赫拉巴尔在布拉格的住地。

人》则复活了五十年代同作家一起租住在布拉格立本区堤坝巷二十四号的挚友,版画艺术家包德尼克和文学家篷迪;那本忧郁的独白、寓意深重的自传体小说《过于喧嚣的孤独》也出自这一时期。

《雪绒花的庆典》通过一个个短篇故事描摹个性各异的众生相,独特的面孔和独特的命运,就如同作家用科尔斯克明晃晃的松木搭建起舞台,让笔下富有想象力的人物逐个登台亮相,令读者印象深刻:抠门的哈宴卡餐厅店主、美丽优雅的贝妮科娃夫人、永远的影迷卡格尔、生活在昔日光辉里的自负画家、喜好囤积二手残次品的快乐先生麦德克、无法自控嗜食香肠的饕餮卡雷尔、心中唯有苹果树以摆脱专横妻女的弗兰茨、坐在轮椅上的两个铁哥们洛萨和巴维尔、热心助人甘为朋友牺牲性命的乐力、头戴白色礼帽的神秘的雍德克、为一头被射杀野猪的归属而争执不下的两个狩猎协会……作家追溯和复活了人的原型,幽默的口吻,逼真的描述融入了诗性,跃然纸上的文字没有嘲笑和讽刺,字里行间透出寓意、潜台词和道德力量,他深情地望着那群乡亲,捕捉和发现他们对生活发自心底的赞叹和热爱。

"真实世界的片段在我的打字机上喷涌而出,它们看似疯狂和令人困惑,然而无奈地充满了人性。我写下关于人的短篇故事,那群人深陷美丽和怀旧的爱河,犹如对青春少女的一见钟情;那群人始终保留了初恋般的眼眸,所以我和他们称兄道弟,水乳交融。我认为,那些人和画面蕴含了面包的酵母,我的故事就像我们每天食用的面包,用自古生长于这块土地的谷物糅合而成,只是,在面包边上我搁了一把实用的小刀,它不仅面包需要,人类的命运也需要,那就是写作。"[①]

赫拉巴尔把自己也写进了故事,络绎不绝的读者造访和邻居们随心所欲的闯入让作家困扰不堪,深感厌烦和绝望,他的写作灵感由此

---

① 摘自1984年的访谈。

支离破碎。于是作家想象森林里狂风大作，大树纷纷倾倒坍塌，让来访者害怕走近他的别墅，他得以躲在屋里潜心写作。

鲜活的乡村场景，赫拉巴尔式的人物，令人难以置信的人性故事，口语化的对白和方言俚语，淡淡的忧郁中看待世界的独到眼光，一系列情节不连贯的故事或图像串联，将荒谬滑稽的人生百态高度戏剧化，这是赫拉巴尔的典型风格和创作高度，通过这种方式达到动态的嬗变，展现悖反的两极：纯粹的原生性和超凡的想象力。

"我爱这自然，我因它有了身孕。"这感叹令人莞尔，却可以视为赫拉巴尔整个创作的密码和预告，他的灵感之泉。

作家曾袒露，在不伏案写作之时，往往是他写得最多的时候，因为在不停地观察，在感受。当灵感如泉水般涌来时，他宛如孕妇般嘴角不时浮现微笑，某一天好似水闸被猛然掀起，落笔如有神助，一页接一页的稿纸忙不迭地被从打字机上扯下，纸片在空中起舞。

唯有身处卑微的人，最有机缘看到世态人情的真相。不参与任何意识形态组织的赫拉巴尔，属于捷克社会主义文学的"灰色地带"，在那样的语境下他趋向回归创作及生活哲学的源头，以奇幻的诗学和人类命运的参与感恬淡地讲述百姓生活的故事，他的小说充满了诗意、幽默和可读性，被本土与海外读者广泛地接纳。

一九八三年，同名电影《雪绒花的庆典》由捷克著名导演伊日·门泽尔摄制而成。这位天才导演同样是抒情性表达和诗意感悟的实验者，擅长凸显幽默和讽刺，毫无掩饰地展现对世界的看法，由他钻石般的孔眼过滤而出的每一幅图面，令人怦然心动，直击魂魄。电影的外景地就选设在科尔斯克林区的乡村。作家在之后的访谈中称这部本土色彩浓郁的捷克喜剧是令人伤感的当代民谣，是伤人的幽默曲，一部具有悲剧内涵的怪诞作品。电影海报的宣传标语赫然为：大孩子们的游戏。

故乡人不会忘记赫拉巴尔。一九九八年，在作家辞世一年之后，宁布尔克博物馆设立博胡米尔·赫拉巴尔永久性展览。

在轻松的游戏里可以发现异常严肃的真理。

——戈特弗里德·威廉·莱布尼茨,后巴洛克时期哲学家

游戏是需要自由的。

——伊曼努尔·康德,启蒙运动哲学家

当你喝醉时,乞力马扎罗山便位于科尔斯克。

——约瑟夫·普罗哈斯卡,护路员,我的朋友

林中残木

我刚在打字机上敲击没几分钟,就有人推开院门。客人站到了窗前,喊道:"很好呀,在写作呢!"我机械地绽开一丝微笑,试图不走神,沉入正构思的故事里,那明晃晃的用科尔斯克松木搭建的舞台,我笔下的一个个人物正在上面游走,所以我心不在焉,对来者答非所问,眼睛不时瞄一眼打字机,担心故事的脉络中断,就在片刻之前灵感还似涌泉,汩汩涌入我的打字机……

与此同时,客人叼着烟,呷着咖啡,神采飞扬地在对我叙述着什么,我置若罔闻,一心想着还要过多久自己会到达空灵的巅峰,在进入零状态之前,进行自我清理,把所有的图像和信息抛得远远的,这需要时间,而且很费劲。当我进入内心的平静,随即灵感便如暗流涌动,然后我一股脑儿往打字机里灌入所有的文字,它们从地下潜河里不停歇地冒出来,然后我涂涂删删,原先的文字被改得面目全非……

我的客人腻着不肯离去,她的名字我不记得了,她越发强调说告诉我的信息无比重要,我越发崩溃,担心我的故事会离我而去,抛下我渐行渐远,瞬间闪亮的舞台慢慢熄灭,在黑暗的空间中唯一发光的舞台,我让我的人物一一在舞台上亮相。这下这个舞台也将从我眼前消失,我笔下的人物坠入深渊,我已无力唤回他们,重返我的舞台……所以,故事从我的手指尖上渐渐遁隐,我曾像一个跳高运动员那般酝酿那个故事,就为了逾越那两百一十厘米的高度,而我的客人却对我絮叨说:"哎呀,反正你整天都无所事事,那你等我走了,再继续写完,不行吗?"我说:"好吧,我洗耳恭听。"了解到很多耸人听闻的消息,可我认为,即使那些相关事件的消息再惊艳,它也永远无法复活那个故事,我刚才正在写的那个故事,对它,我已经期待许多年,我几乎已经绝望,然而在今天早上它悠忽出现了,无比鲜活,它牵着我的手,把我带到打字机跟前,请求我把它写出来,因为它日臻成熟,已经成年,我已经不必牵强附会,只需深深爱上它……

然而我的那些不邀自来的串门客,每天至少出现三个,每个客人踏进门来,都带着自己是唯一的想法,觉得我在她身上投入那么一丁点时间,又有何妨?所以,眼前的这位客人,跟那些已经来过而且还将来访的客人们一样声称,她到我家里来,是为了给我排解寂寞,给我勇气,不仅激励我写作,而且激励我生活,况且是在他们自己都忙得顾暇不及的情况下。有时候,来客们在院门口相遇,相互礼貌地致意,他们的身影会向相反方向交错而过,但本质上这些来访都是一个模式,让我崩溃。现在常常出现这样的情形,好几个客人直接在我家里碰头,坐着不愿离去,轮流对我发问,然后,当一个访客先离开了,在大门口从来不吝对我悻悻然直言,说今天我有些莫名故作正经,我不应该对他们如此冷淡……

然后客人们相继道别,沿着沙地荫道远去,步入树林,嘴里嘀咕说我以前没什么名气的时候,倒算是个人物;而如今,我自以为自己是个人物时,反倒什么都算不上了……我好几次推脱辩解说:"我累了。"但所有的来客都跳起来表示质疑,有一次有三拨客人同时对我大声质问,兴致勃勃地叫嚷:"累了?累从何来啊!"他们居高临下俯视我,眼睛里迸射出怒火和义愤,认为我怎么能如此亵渎,我,住在林子里,没有孩子,收入大于花费,不必一大早爬起床去上班,因为我已经退休……

并非所有的来访都如此，还有另一类的。有许多来访者登门，是想给予我帮助。有一位女士决定，每个星期六跟自己的男友到我这里来过夜；另一位则邀请我去摩拉维亚住三天；第三位恨不得立刻把我塞进她的小汽车里拉走，让我去索别斯拉夫①举办读书会，朗读自己的作品；第四位想介绍我跟一位著名学者认识，然后再结识韦里希②；第五位后背驼了个大双肩包，让我必须立即跟她去图尔诺夫③，从那里再一起徒步去舒马瓦山④……我对所有人都允诺说："好的，好的。"因为我看出来了，倘若我不答应，他们会龇着牙扑上来一口咬住我的喉咙，还会在我的门把手上啐唾沫。

我每天晚上在水泵旁边清洗餐具，用抹布把每一个盘子、茶缸、玻璃杯和刀叉擦拭干净，脑子里同时有一个印象挥之不去，那就是我需要花费很长时间，才能在客人们留在这里的成堆的衬衫、裤子、西服和领带里，找到我自己的衣服，虽然它们已经有些过时，却是按照我的体型量身缝制的，颜色也中我的意……

然而，比起那些来访更多也更折磨我的，是我那些邻居们的善意。每天，那些外面来的访客们前脚刚走，邻居们随即纷至沓来，为了安慰我说他们理解这种来访有多么烦人。我的邻居们出现时，都慢慢地、悄悄地、蹑手蹑脚地、很用心地先在窗口探个头，然后欢呼道："好极了，他没在写作！"于是招呼其他邻居，那些人便从灌木丛后面冒出来，前呼后拥扑进我家里，跟我拥抱，奉劝我说，如果我不写作，那我就无所事事，而无所事事乃是一种罪过。赎罪的方法

---

① 捷克南部城市。
② 扬·韦里希（1905—1980），捷克民族艺术家，电影和戏剧演员，剧作家、编剧和作家。
③ 捷克北部城市。
④ 捷克著名山脉，位于西南边境。

呢，最好是种植杜鹃花、红榛树、茉莉花和其他观赏性灌木……于是一位邻居给我拿来一把铁锹，第二位邻居拿来两把锄头，第三位说他家里多了一辆小推车，把推车给我送来了，第五位拿来了耙子，第六位把我领到树林里，指教我说树叶底下覆盖了肥沃的腐殖土，最适合种杜鹃花和山茶花，其他邻居则教我如何种植蔬菜……

所以有时候我躺在阳光下，躺椅边会准备好一把铁锹、耙子或锄头，一旦有人拧动院门把手，我立刻跳起来，锄灌木边上的土，耙一条小道，或者把铁锹扛在肩膀上，上前迎接邻居或来访者。这些园艺用具让我的手掌和指肚硬实起来，手上长满了老茧，变得麻木生硬，当我在打字机上写作时，敲击声巨大，好像在家里操作印刷机似的，或者自己在铸造克朗假币一样，打字机发出的噪音，引来了客人，因为声响告诉客人，我在家呢，同样这噪音赶走了邻居，他们在自己的地界上溜达，很满意此刻我在写文章，一旦声音停下来，表明我停止写作了，我自由了，什么都不干了，而防御懒惰的最佳办法就是园艺活，反正是干活。

于是一个邻居在午餐时间给我送来一锅鹿肉，另一位邻居则送来一盘苹果馅饼，第三位邻居给我拿来最新的报纸，第四位捧来刚在村头摘的蔬菜，第五位跟我说定，邀我去他家共进晚餐，第六位，约好晚餐后一起去村子里的啤酒馆好好喝几杯……

这下我只得停下写作，把我那些悄然前来的故事推得远远的，像继母那样把它们赶走，所以我的那些事件通过自责反省来巴结我，但我依然把它们驱逐走，于是它们只得怯生生地在我的梦境里出现，像无助的孤儿一般，即便如此，我依然大吼一声把它们从梦中赶走，为了让它们等十一月的雨和十二月的湿雪落下之后再来；等严寒和冰冻出现之后再来；等寂寥的严寒让森林里的一切变得肃杀无语之后再来，那时人们将困守在家，围坐在火炉旁，公交车里也瑟肃没有人气,路面上的冻冰让汽车担心打滑,因为四野尽是皑皑白雪……我内心里对自己说,与其记录那些如潮涌现的句子,用剪子拼贴文本,还不如跟大家待在一起呢……

一个冬日的夜晚,落下了冰冷的雨,然后雨变成雪,湿漉漉的雪,粘在松针和枝桠上,于是松树的枝杈和树冠被覆盖了雪的涂层,黎明时分的冰寒把它们冻结成雾凇,这时候如果雪继续下,越下越密的话,雪花会给树枝铺上毯子和被子,最后几朵雪花便有了举足轻重的意义,它们一压上松树杈,整个树冠便像火柴般被折断和倒塌,轰然一声,沉沉地砸向冰冷的地面。

我坐在床上,倾听枝桠断裂和坍塌的巨响,似爆炸般令我不寒而栗,我的房屋被松林环抱,万一其中某一棵倾倒,横扫我的屋顶,枝杈顶穿房梁,直抵我的床栏。我的脑子里不禁闪过一念,万一松树如此这般肆虐我的房屋,我会保留其被扫荡后的颓状,那么,到了春夏时节,那些访客便会减少,我便可以重新沉湎于写作,试想,谁会坐在那样的房间里,一根松树干斜跨头顶上,或者地板上扎入了尖利的枝杈?我搓起了双手,最后我同意甚至希望这些松树中的某一棵能刺穿我房屋的天花板,我在内心里想象,当树干捅破天花板时,那些砖块和灰泥将怎样壮观地噼啪落下。然而,整个科尔斯克林区的松树在先后咔嚓折裂,断裂声从各个方向传来,却没有一棵树砸中我的房子。

天亮时,我走到屋外,看到了自己在夜晚听到的情景。几棵松树宛如拉起的铁道栏木,横七竖八倒在我的地界上,然而每一棵折断的松树都避开了我的小屋。空气里裹挟了浓郁的松脂香味,凌厉的残树枝撒落在雪野上,闪闪发光。雪渐渐止了,云团儿驱散开来,天空显现了肉桂的颜色,太阳光钻过叠叠云层,透射出来。

我跨过地上横亘的松树,侧耳倾听,觉得似乎有断矛的巨响从什么地方传来。等我好不容易跋涉到公路上，往左右两边打量，不觉兴奋起来。身处这样的残木林里，谁也不会有勇气贸然前来找我，我可以开始写作了，我把情绪调整到零状态，在静默中等待，等待自己被清空，到达空的临界，然后把灵感诉诸笔端，眼见句子如滚滚洪流般淌出，半途扼住它们，为了来得及记下成段的文字。我跨过横七竖八交错的树干，那天然的路障，眼前的景象俨如二战刚结束时的惨状。我走到施图里科车站，往混凝土路方向张望，那条路，跟我眼前的公路一样，路面上支棱着断裂的松树干和歪斜的树冠，残枝碎片满地……

贝尼科娃夫人从马尔奇别墅大门里走了出来，修长的身体上套着毛皮大衣，她锁上门，手拎购物袋在公路上迂回绕行，绕过脚下的障碍物，跨过树干，款款前行。我看到一棵松树正向混凝土路慢慢倾倒，树身越弯越低，最终轰然倒下，冰凉的粉状雪晶迸射开来，美丽的贝尼科娃夫人便停下脚步，静等那一片四散的雪雾落定，然后跨坐到树干上，再滑下去，继续前行，仿佛什么都没发生过似的，仿佛此刻阳光明媚，仿佛是在夏天，她像每一天那样照常去购物、去买水。

现在我看到了松树发出噼啪响声，松树的树冠如同一把摺刀拦腰折断，但树冠依然悬挂在混凝土路上方的藤蔓上。贝尼科娃夫人审视片刻，随后淡定地步入正簌簌颤动的树冠下，义无反顾朝店铺方向走去。而我多么希望，在我的大门上方能出现这样一棵松树，恰好撕裂成这样的树冠，悬挂在我的院门和家门口，让所有那些想进入我家的人，只要顺着向上的指示箭头抬头看一眼，那么所有的来访者将不会再有兴致跟我聊什么，如果这样，那么，他们至多也就隔着栅栏喊一声。而在那一刻，我想，我也希望自己害怕迈出自家的门槛，我希望自己足不出户，就坐在家里，倾听潜意识里的灵感，下意识地让自己离去，煮上一碗面条……

我看到了，贝尼科娃夫人再次攀爬上一根横跨在路中央的树干，我看到她伸出被毛皮帽紧裹的脑袋，扭转向那个合作社小店铺，跟每一天一样，她去那里买牛奶、黑面包以及家常所需的一切。

瞬间我的眼睛一亮，那些倒卧的残木，在贝尼科娃夫人眼里是玩儿一般就能克服的小事，那么对于我的那些访客们而言，那简直就是功勋——跨越那一根根树干，从悬垂的树冠和尖利的枝杈下穿行而过，一旦断裂，那些枝杈就成为匕首呼啸而下，直插地面。如此一来，所有我的访客不仅重新蜂拥而至，而且将引来其他的访客，因为他们想亲眼见证，拜访我一趟何其艰难。

那一刻我站在那里，目送贝尼科娃夫人，直到她的身影消失在店铺里。我看出来了，实际上那是一位多么了不起的女性，多年来独自生活在林区，从来衣冠楚楚，像要去瓦茨拉夫广场①购物，她典雅端庄，仿佛在巴黎街头散步。当她乘坐公交车去村里时，如同搭乘横渡大洋的豪华游轮头等舱，总是身穿最时尚的服装，打扮别致……

而现在，当我伫立在科尔斯克林区的残木之间，我得以真切地评价那个早已耳闻的关于贝尼科娃夫人的轶事。在午夜时分，她手捧《主教谋杀案》这本侦探小说，在读最后一章，这时有人敲她别墅的大玻璃窗，她的别墅坐落在茂密的白松树林间。贝尼科娃夫人抬起眼睛，窗户外面站着一个浑身是血的年轻人，流血的手掌正拍击窗玻璃，喊道："这里有人死了！"

贝尼科娃夫人拉开抽屉，掏出一把小巧的旧左轮手枪，走出门去，她跟随那个浑身是血的小伙子往公路走去。果然，路边柱子上歪了一辆已面目全非的摩托车，一个男孩的脑袋磕在柱子上，双手环抱，看上去像在睡觉，或者在生闷气，其实他已经死了。贝尼科娃夫

---

① 布拉格市中心商业区。

人返回家中，给急救中心和警察局拨了电话，然后给受了重伤的那位伤者包扎头部。等一名警察来到之后，她独自领他前往事故现场。当她准备回家时，那名警察央求她说："夫人，您能否在这里陪我一起等，死人让我害怕。"于是贝尼科娃夫人留下来，陪那个警察说话，直到救护车开到，接走伤员，随后灵车也到了。此时贝尼科娃夫人才离去，独自走在空无一人的树林里，走向白松林怀抱的那个亮着灯光的窗户。她把左轮手枪往茶几上一放，接着读完了范·达因的《主教谋杀案》……

我抬头望向已蔚蓝澄澈的天空，把那个凶杀故事投影在天幕上，树脂的气味从一个个低垂的树冠、裂口和残断的树木间升腾而起。我的秉性让我面对贝尼科娃夫人时无地自容。所有被我视为异乎寻常的事件，视为衰退和伤风败俗的一切，贝尼科娃夫人做起来却那么自然熨帖，悄无声息，理所当然。夏天，她在施皮采河里沐浴，人们称那个地方为赛泽，因为瓦伦卡深沟在那里并入易北河，每天十一点半她准时在那里裸泳，天真无邪地滑入睡莲和水百合之间，仿佛她并非赤身露体，仿佛在十一点半她的裸泳是自然的，是天经地义……

有一次，在她购物回家途中，身穿牛仔裤和套头衫，她突发奇想，在路边的松针丛里开始拿大顶，同时练起了瑜伽，她觉得必须马上做。她顶着自己的脑袋倒立着，牛仔裤口袋里的硬币叮叮当当滑落在地。从她身边经过的路人，扭着头看得忘乎所以，几乎转不回来，只为了看清楚那个脑袋着地拿大顶的人是哪一个……

当想象着那些画面，我喃喃自语："贝尼科娃夫人远远超越了我，那位美丽的女士让我仰视，我从来没有见过她心情不好，我从来没有见过她不修边幅，我从来没有听见过她抱怨自己的生活和他人的生活，我从来没有听见过她诋毁别人或者为自己开脱，甚至我从来没有从贝尼科娃夫人口中听过，她不想成为现在的自己。她从来别无他求,只想成为贝尼科娃夫人,当下的这个女人。"

在这一刻,我幡然醒悟,其实是我自己对别人鲁莽无礼,那些人出于善意前来拜访我,我却苦着脸,摆出一脸的厌烦,觉得别人打扰了我。人们好心地给我带来他们自己和其他人人生中的命运故事,而我却眼望窗外,心里在说:如果这些访客的内心里对我没有一丝爱意,那么请便,永远别再来。现在我明白了,贝尼科娃夫人让我明白,我心心念念想要写作,当有人前来拜访我时,似乎那一刻我最想写作,事实上我根本不想写,甚至害怕动手写。我孤寂一整天,我知道,我写不出来,也写不下去了,于是在那样的时刻,当我孤独一人时,我似乎可以投入写作,可是寂寞让我害怕,写作让我恐惧,于是我走出屋子,走进树林,我来来回回溜达,想找到一个人,怀着巨大的慈悲把他带回家,为了在对话和聊谈结束时给他暗示,说他的来访偷走了我宝贵的时间,那段时间里我本想写出比我想象更多的东西。

我突然意识到,每一个来访者对我而言,比我自己更有价值,每个人给我带来外界的信息,因此,为了能在我的文字里告诉人们有意义的东西,我需要了解更多人的命运。现在我还明白了,我喜欢零位思考,喜欢虚空临界和灵感,这些仅是一句空言,是为了掩盖我达不到像以前那样随时随地凝聚精力进行创作的事实,实际上我已经不会写作,我却把它归咎于那些来访者,然后粗暴地对待他们……

贝尼科娃夫人从店铺里走出来了,肘部紧贴身体,手提着购物袋,她的豹纹毛皮大衣在白雪和晨光里熠熠发光,那棵巨松上悬挂的树冠,树皮又往下撕裂了丁点儿,往贝尼科娃夫人身上抛洒下稀松柔软的雪花。当夫人刚刚从雪雾中走出来,整个树冠便在她身后彻底撕裂,轰然在混凝土路上砸得粉碎,就像歌剧里悠然坠落的水晶吊灯……

我急忙跨过横亘在公路上的两棵松树树干,迎着贝尼科娃夫人而去。夫人面带灿烂的笑靥招呼我:"您忙呢?过得好吗?今天的天气真美,是吧?"笑容绽放在她脸上,展露出两排洁白的牙齿。而在她身后,纷纷扬扬的白色雪雾,是她白色翅膀上的洁白羽毛。

圣伯纳餐厅

夏日季节，每当我经过哈宴卡森林餐厅，总能在护栏边，在门前露台上，看到客人们围坐在红色的圆桌前，身下是红色的座椅，智慧的圣伯纳犬在地上躺着，客人们从它身上跨过去，而那些曾被狗咬过一次的人，宁愿将目光投向别处，恭敬地绕开它，等坐进了餐厅，他们的心才定下来。万一碰上圣伯纳犬趴在餐厅里，那些胆小的客人干脆选择在入口处的红椅子上就座，即使是寒冬季节也不例外。因为圣伯纳犬从来不趴在大门口，也许永远不会。然而，只要我在，我的圣伯纳犬就会趴到那里，直到我离开。所以在哈宴卡森林餐厅的门口，我和圣伯纳犬，我们两个像耦合的车轴……

这是很久以前的事了，当时我弟弟刚结婚，他跑运输，用卡车给人送货。后来时局发生了变化，国家不允许私人经营。私营公司被取缔，我弟弟就失业了。自此，他开始嫉妒自己的妻子，嫉妒得过分，不允许她去上班，除了他，别的男人不许瞧她一眼。有一天他突发奇想，想到完全可以把我的这个身材姣好的弟妹，安排到酒馆里物尽其用。既然是酒馆，那此地除了哈宴卡森林餐厅，没有第二家。

目标锁定哈宴卡之后，弟弟决心把它做成一家地道的餐厅，给过往的司机、林务员、周边的邻居及外地来此度假的游客们提供服务。那一阵子，哈宴卡森林餐厅老板的位置正好空缺，弟弟绞尽脑汁决心想要拿下餐厅。晚上，他和妻子玛尔塔坐在一起商量数小时，躺到床上，依然在描绘哈宴卡的宏伟蓝图。令人难以置信的是，即便在梦境或半睡半醒中，他们依然在继续想象着心中的餐厅。

消息传到了堂兄海因里希·高切安那里，他是我们家族最有能耐的人，因为他自认为是兰斯基玫瑰伯爵的私生子。他常年身穿皮猎装，头戴施瓦岑伯格礼帽，帽顶上点缀羽毛和绿丝带的那种。堂兄立刻赶过来了，他当即绘起了哈宴卡餐厅的草图，先从餐桌椅装饰着手，餐桌是那种类似农家风格的椴木桌，需要每星期用沙子擦拭，每年用砂纸打磨一次；他在桌子四周绘出了笨重朴实的农家座椅；哈宴卡餐厅的墙上，挂上一溜由霍恩洛厄公爵射杀的狍子角和鹿角，霍恩洛厄是个封建主，科尔斯克林区好几个世纪都是属于他们家族的私有财产。除了鹿角，高切安堂兄还添加了两个野猪奖杯。

他当即决定主打捷克特色菜，以本地美食招揽客人，他们将在国道上放置一块指示牌，吸引过往车辆视线，写上：距十字路口三百米，您将在哈宴卡餐厅品尝到古拉伊达皇家浓汤、乌米斯洛维斯基炖牛肉和黑啤烤肉。

弟弟和弟妹像打了鸡血，哈宴卡餐厅俨然吊在金链子上的空中城堡。然而，堂兄高切安还意犹未尽。他说，有档次的餐厅必须在厨房里专门为老主顾和贵宾们设置一角。这一次堂兄自己掏钱买下六把巴洛克或洛可可式的椅子，一张新艺术风格的餐桌，上面永远铺设一块洁净的桌布，那里将是老主顾和嘉宾们的专座。洛可可风格的角落让弟弟和弟妹兴奋不已，从这一刻起，两人脸上洋溢起幸福的笑颜，每天开车来哈宴卡餐厅几趟，查看厨房和大厅的装修进度。在他们看来，工匠们的粉刷工序太冗长，希望一夜间一挥而就，就像当初两人梦想哈宴卡餐厅，一念之间的事情。两人看到餐厅花园的音乐棚下，叠放了几摞户外使用的椅子，马上眼睛一亮，那天晚上的梦境里便显现花园餐厅的模样，所有的桌子都漆成红色，一把把红椅子围绕餐桌，散放在绿色草坪上；在橡树的树干之间拉起电线，挂上灯笼，伴随四重奏私密的旋律，舞池里的人们翩翩起舞，弟弟在吧台忙不迭地倒啤酒，星期日雇佣的那名侍应生，身穿法兰绒制服，跑来跑去递送酒水，弟妹在厨房里烹饪，炖牛肉，用黑啤烤肉，客人们不仅能点牛肚汤，还能品尝到皇家浓汤。

有一天堂兄海因里希·高切安来了，开心地晃动手里的账单，说买下的六把椅子简直太值了，然后他和弟弟驱车前往哈宴卡餐厅，察看工匠们对墙壁和天花板的后续粉刷活儿。弟弟跟他透露说，凭借花园、桌布和舞池他就可以盘活森林餐厅。堂兄又建议在餐厅的外墙角搭建一个熏房，在里面用木炭块熏烤和加热腊肠以及摩拉维亚肉肠，等周六和周日他亲自来指导，也顾不上自己的兰斯基玫瑰伯爵私生子的身份了。弟弟和弟妹开心坏了，在装饰餐椅，打造更美更温馨酒馆的狂热追求里，两人度过了结婚以来最幸福的时光……

于是出现了另一幕，在我得知这一消息，在我亲眼看到哈宴卡森林餐厅之后，我便建议，只是顺口那么一说：在弟弟和弟妹朝思暮想的我们林区唯一的建筑前，在这么美丽的餐厅门口，应该趴一条听话的大狗，一条圣伯纳犬。话音刚落，大家都沉默了，堂兄继续在叙述他的轶闻：当托恩塔克西斯伯爵带他从夜间快车上下来，坐上马车前往城堡辞别的时候，当马车夫跳下车来，为他们拉开车门时，伯爵说：约翰，你怎么光着脚，难道你把皮鞋喝掉了！马车夫带着哭腔回复：他在等候第二趟列车时，为了打发时间，就进了客栈喝酒，虽然脚上的皮鞋最后也搭进了酒钱里，但为了保全托恩塔克西斯伯爵的荣耀，他用鞋油把双脚都涂黑了……

堂兄叙述完托恩塔克西斯伯爵的故事后，其眼神明显地向我示意：他在讲托恩塔克西斯伯爵这类名人轶事时，所有人都应该洗耳恭听，知趣地闭嘴不说话。他重新问我，显然他都听到了，刚才说了什么。我说，在如此美丽的森林餐厅大门外，应该趴着一条圣伯纳良犬。弟弟转脸看堂兄，弟妹也望着他，两人似乎被我的话惊着了，然而堂兄的脸上瞬间就绽开了微笑，那种前瞻性的微笑，往前看，在愿景的尽头便是那条神圣的伯纳犬，仁慈的额头皱巴着。就这样，伯纳犬成为了哈宴卡森林餐厅的外观和整个设计理念的休止符和基石。

对于一对年轻夫妇热衷开餐厅的想法，森林餐厅所属的总部似乎没有异议，他们说，正求之不得呢，因为像玛尔塔太太那样出色，能出任餐厅经理同时兼会计的人才，可谓凤毛麟角。

不久堂兄运来了那六把洛可可椅子，弟弟立即在餐厅现有的区域里整出一个角落，他把衣橱搬回家，沙发挪到走廊里。在堂兄海因里希·高切安的指导下，把椅子摆放出了未来哈宴卡森林餐厅的格调。餐桌铺上桌布，弟弟打开一瓶葡萄酒，酒杯清脆地碰撞出美妙雅致的开端，因为一切已指日可待。

海因里希头戴施瓦岑伯格帽坐着，跷起二郎腿，半倚着，在讲述林区包括哈宴卡餐厅在内的历史轶事。在霍恩洛厄伯爵之后，由海洛斯男爵接手林区，当时我是他的常客，在科尔斯克上游那个称为鹿耳朵的地方，我曾亲手射杀了一头盘羊。然而，猎场那个守林人克洛赫纳！堂兄海因里希忍不住嚷起来，他对男爵使了什么招！你们都知道，贵族家里的猎犬一旦出现老态，马上会被处理掉！所以男爵一下指令，克洛赫纳就射杀了猎犬。那条壮硕的大狗，吊起了守林人的食欲，他自己动手扒下狗皮。他砍下狗头，和狗皮一起埋入土里。此时，王子餐厅的经理埃歇尔伯格来了。那地方是个锯木厂，位于科尔斯克林子尽头，原先是温泉疗养地，莫扎特曾去那里泡过温泉。经理就问：你挂的是什么东西？守林人答复是盘羊，值两千克朗，当时是保护国①初期，于是经理拿走了"盘羊"。那天我和几个贵族在海洛斯男爵那里做客，在那个华丽的王子狩猎餐厅里，男爵为客人们预定了超豪华晚餐，确实称得上奢侈，开胃菜有凉拌肉，甲鱼汤，从那以后我再没有品尝过那么美味的牛里脊，堂兄海因里希边说，边抿了一口酒，手指轻抚桌布……弟弟和弟妹见到哈宴卡餐厅这一角落后，期待堂兄给那些常客和贵宾抖出更多连珠妙语……

男爵买单时，总共支付了六万克朗，接下来大家一直在喝香槟酒和法国干邑，所以忍不住打听，刚才吃的是什么里脊？经理说，是盘羊……然后大家几乎进入烂醉的状态，因为贵族圈的惯例是，香槟和白兰地必须喝到神智迷糊。海洛斯男爵立刻坐上马车，冲向猎场守林人的小屋，他一把揪起身穿内衣已经睡下的守林人：克洛赫纳，你这个偷猎者，你知道我们晚餐吃到了什么吗？竟然是盘羊！我让你马上滚蛋！海洛斯男爵咬牙切齿……克洛赫纳立即双膝跪地，坦白自己是称职的守林人，说大家吃下肚的不是盘羊，而是他枪杀的猎犬……海洛斯男爵，如同托恩塔克西斯伯爵原谅手下的马车夫酗酒赔掉脚上的公务鞋那样，轻松地说：权当我把自家的狗当作盘羊吃了下去，只不过为此买了两次单而已……

然后堂兄开始阅读报纸，弟弟和弟妹动手给座椅靠背打蜡，要让它们发出熠熠的光泽，让哈宴卡餐厅这个贵宾角落给现实锦上添花。突然堂兄海因里希激动地惊呼：孩子们，有了——

出让圣伯纳犬一条，希望好人接手，价格面议。

吉尔

---

① 1939年，纳粹德国军队占领捷克斯洛伐克，建立傀儡政权波希米亚和摩拉维亚保护国。

堂兄噌地站起身，戴上手背上有枪洞的鹿皮手套，他说：我买圣伯纳犬去，既然巴洛克式椅子已经在这个角落迎候客人，那再加上圣伯纳犬一起等候吧。

弟弟和弟妹一夜未眠。第二天一早，堂兄海因里希就到了。堂兄是小个子，我们都知道，他如果吃成对的小泥肠，在没下嘴咬断之前，那串香肠能垂到他的膝盖上。所以从远处看，小个子堂兄好似牵了一头小母牛。等到了餐厅门口，弟弟依然感觉堂兄牵的是一头小牛，一头小公牛，这就是圣伯纳，从一个作家手里花六百克朗买下的！堂兄热情地喊道，它叫内尔斯！那个作家名叫吉尔！内尔斯很俊美，脖子上系的绳子是作家的睡袍腰带。狗并不见生，一一见过新主人后，就趴到水泥地上凉快去了。他趴的姿势好像在操练，未来在哈宴卡餐厅门前该如何表现。

堂兄高切安坐到洛可可式椅子里，双腿交叉，头戴施瓦岑伯格礼帽，手套往下微微翻折。他说起作家如何接待他，卖狗的主要原因是因为作家爱这条狗，然而内尔斯更爱他年轻的妻子，狂热地爱，因此圣伯纳开始嫉妒他，只要作家把手放到妻子身上，圣伯纳就会咆哮，冲他的脸吠个不停，这条狗干扰了他们的幸福婚姻，因此必须卖掉。作家还转交了狗的谱系，说上面都有记载。内尔斯属于名犬，短毛圣伯纳犬血统，其父亲曾在瑞士荣膺三届世界冠军，其母亲直接来自圣戈尔塔尔修道院……堂兄付了钱，包括那条绳子钱，因为内尔斯主要在室内长大，所以作家把浴袍上的腰带用做了牵引绳。

然后堂兄驱车走了，内尔斯待在屋子里。

那一天终于来临了，弟弟携弟妹去酒店总部领取营业证书，以及科尔斯克林区哈宴卡餐厅的任命书。然而负责人却对他们说：深表遗憾，哈宴卡餐厅经理还得由原先那位担任，因为他经过慎重考虑后决定继续留任。目前在赫列博有一家闲置的客栈，弟弟他们可以取得那家客栈的证书。

灯笼照耀下的梦幻花园，流光溢彩的餐厅，椴木餐桌和笨重质朴的餐椅，为常客而设的巴洛克式椅子围绕的角落，这一切瞬间灰飞烟灭，仿佛邪恶的魔法师用拖车拉走了那个美丽的梦；还有那条圣伯纳犬，它跟那些椅子共同成为唯一的活生生的例证，证明这一切不曾是梦，而是现实的一角，是美丽光环里的某一个圆弧，是唯一的度，从中你凭借幻想可以复制出圆圈。那条圣伯纳犬内尔斯是白色的圣餐饼，里面有完整的基督……

位于赫列博的小客栈是一家伤心酒吧，里面无法居住，弟弟和弟妹每天必须驾车上下班，圣伯纳忧伤地趴在我母亲的脚边，满怀爱意凝视她的眼睛。经常看到这样的场景，母亲不仅陪它聊天，还经常躺在地毯上，把圣伯纳枕在自己的头下。

赫列博的生意却很好，但仅仅是生意，啤酒口味清醇，炖牛肉也美味，工人们从城里的车间直奔这里，甚至懒得回家。他们在公墓旁边的客栈坐一宿，又喝又吃，直到兜里一文不剩。对此弟妹和弟弟很是兴奋，两人把客栈做成了真正的酒馆。最后酒徒的妻子们一起集会，向民族委员会提交集体申诉，抱怨丈夫们喝光了兜里的钱，更无法容忍的是他们不思回家，在客栈过夜。

这下弟弟只得重操旧业，坐到方向盘后开起了出租车，但他对科尔斯克林区的梦始终耿耿于怀，挥之不去，他期盼哈宴卡餐厅经理哪天遭遇中风，或者被汽车撞伤？然而经理健健康康的，虽然脑子里偶尔闪过离开的念头，可一想到我弟弟对这家餐厅始终虎视眈眈，他便又滋生出力量和忍耐力。

期间堂兄海因里希只来过一次。

因为全国宠物赛将在布拉格大呼赫莱赛马场①举行，弟弟给内尔斯报了名，准备去参赛，堂兄海因里希执意由他陪同内尔斯出场。所以这一天，他头顶施瓦岑伯格礼帽，手戴鹿皮手套，一身皮质猎装，手里牵着内尔斯，皮绳紧紧缠绕在手腕上，因为作家吉尔之后补充交代说：内尔斯不仅极其强壮，而且充满野性。

然而，孩子们把内尔斯驯化得充满了人性，可以像牵马匹那样牵着它的嘴套出去遛弯，把游泳衣扔在它背上，一同下水游泳，而它会追着泳衣把孩子们顶出水面，因为内尔斯总觉得，孩子们快溺水了，必须义不容辞前去救护。它只对流浪汉和邮递员表现出恶意，有一次把电报投递员连同邮政袋一起扯进狗窝，一气吃掉了三封挂号信和三封电报，虽然扯破了邮差的制服，好在没有伤人，只是弄得人满身口水。圣伯纳犬种的特点是流哈喇子，当它甩动脑袋时，唾沫四溅，遍洒周边的人与物，跟淋浴一样。

当堂兄海因里希·高切安看到现场有摄像机，他便与内尔斯如入七重天堂。他对弟弟吹嘘，他天生就是为这种隆重热烈的场合而生，现场汇聚了那么多狗和那么多人，包括那么多外国人，他们都带上了自己的狗，像内尔斯一样将一试身手，去竞争自己所属类别的证书和奖项。堂兄再次高声大气聊起他的朋友托恩塔克西斯伯爵和海洛斯男爵，因为一直没有轮到圣伯纳，于是又津津有味地讲起他的朋友金斯基王子，如何喜欢用黑骏马拉四驾马车，那些骏马必须一水儿黑身白蹄。有一个马贩子给金斯基提供了几匹白蹄黑马，王子马上起驾出发，一起从赫鲁梅茨②一路驶向彼佐夫③，途中跋涉被水淹没的草场，

---

① 位于布拉格东南城区。
② 捷克北部城市。
③ 捷克东部小镇。

结果那些白蹄子都留在了草场的水里。金斯基王子后来告诉我说：海因里希，我给马贩子打去电话说，我有礼物要送给他，那个傻瓜真的颠儿颠儿地跑来了，马夫们一把揪住他，塞进一个大粪桶里，粪水直没他的胸膛。然后金斯基又说：亲爱的海因里希，我举起长剑，砍向马贩子的脖子，他一缩脖子把脑袋埋入大粪里，就这样我挥舞了好几下，才下令马夫们把马贩子连同大粪一齐倒入粪堆……

呼赫莱赛马场上响起了音乐，一片狗吠声，轮到圣伯纳出场了。此时内尔斯皱紧眉头，极目远眺，这是他的习惯，正如其祖先在雪山生活时练就的本领，惯于在崇山峻岭间巡视，看哪里有物体在移动。而内尔斯眺望的地方是赛马场入口处，是作家吉尔先生，还有他年轻的夫人，此时正从公交车上下来。这一切内尔斯尽收眼中，它望着她，那个年轻的女人在一公里远外也冲它呼唤起来：内尔斯！

内尔斯看到了，那是它挚爱的女主人，它撒开腿狂奔起来，想以最快的速度跑到女主人的身边。堂兄高切安手腕上的真皮皮带缠绕得太紧，他只好跟着跑了起来，但内尔斯猛一发力，堂兄便犹如一面旗帜凌空飘起，失控的内尔斯，两条后腿几乎蹬到了耳朵边，它拽拉着堂兄一气儿跑过二十多个桌子，桌子后的阳光下坐着评审团，那一百多位费尽周折请来的犬种和族谱专家，那些谙熟所有狗类优缺点的专家……绅士高切安在飞跃过这些桌子时，一只手的手腕被扯住动不了，只得用另一只自由的手举起头上的施瓦岑伯格礼帽，向宠物赛的专家委员们致意……

然而委员们被眼前这种异乎寻常的景象惊得瞠目结舌，当堂兄海因里希被圣伯纳犬内尔斯一阵风似的扯着，飞越过主席团的主席面前时，主席生气地说：太不像话了，这才是上午，选手们就如此醉态百出……

此时内尔斯已跑到目的地，它背部着地躺到地上，把自己的弱点展现给女主人，它身体最柔弱的地方，宁愿让女主人杀了它……

堂兄高切安摘下施瓦岑伯格礼帽，自我介绍说：海因里希·高切安，兰斯基玫瑰伯爵的私生子……一边拂去沾在皮夹克上的青草和尘土，他触碰到肘部时，看到皮夹克已经磨破，裸露出了皮肤。

年轻的夫人跪下来，她的头和圣伯纳的脑袋紧贴在一起，两个朋友，女人和圣伯纳，此刻融合为一个神秘的联合体。作家吉尔开口说：内尔斯现在的体重肯定不下九十公斤，很有力量，对吧？毫无疑问，它拉着您凌空足足飞了有一百米……

堂兄海因里希回答说：拉什么？是我命令它这么干的，在我朋友托恩塔克西斯伯爵家里，我曾经当众和一只巨大的藏獒进行过类似的表演……

内尔斯轻声哼着，侧身望着它的女主人，眼睛里满是爱怜和忠诚，它用爪子向她示意，让她再拥抱它一次，再一次……

一切都成为久远的过去，时间带走了一切，也带走了内尔斯。然而每当我走过哈宴卡，科尔斯克林区的餐厅，我依然看到在露台上，在大门口趴着那条巨大的圣伯纳犬，它静静地趴着，望着客人，欢迎他们。它的前额皱着，梦想在这偏僻、凌乱的餐厅花园里，响起轻柔的音乐，铺了桌布的餐桌摆放在草坪上，桌旁红色的椅子宾朋满座，他们悄声聊着天，呷着啤酒，往口中送入黑啤烤肉和乌米斯洛维茨基炖牛肉……

等待面包

　　每个工作日的上午,都会从索科列奇①运来香喷喷的黑面包。这种面包非常可口,据说以前那个小个子面包师在世的时候,烤出来的面包还要好吃。小个子面包师好喝酒,但他制作面包的手艺让科尔斯克所有的面包师都无法望其项背。在揉面之前,这位矮小的面包师总要站到面包坊门前望一望天空,根据天气情况决定酵母的剂量。天气阴沉的话,酵母就少放些,如果碰上像今天这样的大晴天,便要多放一点,然后开始揉面。面包师自己动手挖来桦木炭,把面包放进烤箱之后,他不时留神面包的成色,让面包烤得透透的。于是科尔斯克人尽情享受这神赐的美味,因为这种面包存放一个星期都不碍事,甚至有人说,这种索科列奇面包,放过一周之后味道比新鲜的还要好呢。

　　今天运送面包的货车晚点了,是否在路上爆胎了。人们翘首以盼。

　　我们坐在小店铺门口的长椅上,两旁的松树沙沙作响,绽放了的橄榄花散发出阵阵芬芳,从网球场那边传来的击球声和球拍的嗡嗡声,直往耳朵里送。少校先生坐在我旁边,正兴高采烈地讲述:"我握住尼基·劳达②的手指,他赢得了那场一级方程式比赛的冠军。

---

① 位于宁布尔克的村庄。
② 尼基·劳达(1949—),奥地利人,F1赛车手。

嗨,我真是爱死那些赛车手了,在我的想象中,尼基,还有其他那些车手都是诗人,每场比赛前他们打坐进入冥想,等开赛的旗子一挥动,他们像是要跟这个世界决然告别似的,以极限速度一飞冲天……帕夫利克,你知道吗,你的那位坐轮椅的朋友说,所有一级方程式赛车手的两只眼睛都挨得特别近,那样的一双人眼,就跟双筒猎枪的两个枪眼似的,只盯住终极目标的正前方,在那条道上,偶然是奇迹的别称。他们堪比诗人,用轮胎敲打出各自的诗句,那些句子是飞速追逐思想的打字机写下的……"

少校先生正说着,一辆自行车骑到了店铺前,少校招呼道:"早啊,特尔恩卡先生!"然后重拾自己的话题:"你知道吗,那个曼努埃尔·方吉欧[1]的两眼也是长到一块儿的,就跟维捷斯拉夫·奈兹瓦尔[2]一样,两只眼睛像夹鼻镜那样紧挨鼻梁;或者像蝴蝶的翅膀,杰克·布拉汉姆[3]和弗兰基谢克·哈拉斯[4]的眼睛也长成那样;还有俩眼睛天生就紧挨着,譬如吉姆·克拉克[5]和约翰·苏尔特斯[6],还有丹尼·哈默[7]。当我给儿子看照片时,我儿子说杰基·斯图尔特[8]和埃默森·菲蒂帕尔迪[9]的眼睛也是那样,跟约亨·林特[10]和我最喜欢的那个花花公子一个模样。今年的冠军赛手尼基·劳达,两眼挨得那么近,几乎长到一起了,从而便成为一只眼,与前照灯合为一体,赛

---

① 胡安·曼努埃尔·方吉欧(1911—1995),意大利裔阿根廷赛车手。
② 维捷斯拉夫·奈兹瓦尔(1900—1958),捷克作家。
③ 杰克·布拉汉姆(1926—),澳大利亚赛车手。
④ 弗兰基谢克·哈拉斯(1901—1949),捷克诗人。
⑤ 詹姆士·吉姆·克拉克(1936—1968),苏格兰F1赛车手。
⑥ 约翰·苏尔特斯爵士(1934—),英国F1赛车手。
⑦ 丹尼斯·克里夫·丹尼·哈默(1936—1992),新西兰赛车手。
⑧ 约翰·杨·杰基·斯图尔特爵士(1939—),苏格兰F1车手。
⑨ 埃默森·菲蒂帕尔迪(1946—),巴西赛车手。
⑩ 卡尔·约亨·林特(1942—1970),德国赛车手。

车手就这样用他视域椎体照耀自己前方的车道……唉,我爱死那些两眼紧靠的赛车手了!"少校先生叹了口气,微笑着回味那一双双勇敢、并列和无畏的人类的眼睛。

这时画家雍内克先生也出现了,少校先生听出了他的脚步声,喊道:"您好啊,雍内克先生!"这时身穿白大褂的女店长走出来,高声招呼道:"雍内克先生,您来得正好,哎,我女儿快出嫁了,劳驾,您家里有没有某一幅画得不怎么成功的画?"雍内克先生不爱听了,说:"我可没有任何不成功的画!"然而皮肤黝黑长相似茨冈人的女店长并不气馁:"您回去找找看,我的意思是您有没有想要扔掉的画,有的话就……"雍内克先生更愠怒了:"您把我看成什么了?我给识字课本绘过插图,十年来孩子们都靠它学认字,我从来就没有画过不成功的画,就连想扔掉的画也没有!"画家一屁股坐到长椅上,双手交叉抱在胸前,闭上了眼睛。

女店长回到店铺里去了。少校先生搭话说道:"雍内克先生,您知道,咱们这一带最美的花儿是哪一种吗?"画家雍内克先生便猜起来:西伯利亚鸢尾、白屈菜、铃兰、矢车菊、花绳子草、剪秋萝……后来他放弃了,因为他每报出一种花的名称,目光炯炯的少校先生都一个劲儿摇头。一阵沉默之后,少校先生说:"最美的花儿是土豆花,它比兰花还要美丽,在我眼里土豆花是最美的花儿。您知道的,等到三月里开种土豆之前,地窖里的土豆就发芽了,那冒出的小芽儿,稚嫩脆弱,一个芽儿顶出另一个,颜色好看得像薄薄的毛玻璃,简直不可思议呀,而且土豆那么实用。等春天泥土融化了,我一眼便能看出来,捧一把土到手里,要是泥土化开了的话,它会像磨碎的咖啡那样在指缝间洒落,那就是播种土豆的时机。于是我动手为那些发芽的土豆挖出沟畦,把土豆一个挨着一个种到地里,然后轻轻掩上土。那些娇嫩的芽眼儿呀,万一不小心我折断了唯一的一棵小芽,我的大脑会发紧,我对土豆太亲了,它们在出芽的时候,我不知道该如何去爱抚它们……然后我就盼啊盼,两个星期过去了,我已经迫不及待,跑到林间空地上的那个小花园里,跪下来,小心翼翼扒开土层。多么激动的时刻,当我的手指触摸到那些在泥土里朝着光亮往上拱的小芽儿,它们想从泥土里钻出来,看外面的世界呢!然后我再等啊等,过了一个月又沉不住气了,跑去看。您知道,当我在小花园的垄沟里触摸到第一批钻出来的嫩叶时,有多欣喜吗?那新生的土豆叶就像孩童的小耳朵和小鼻子那样柔弱不堪。我对这种美按捺不住,把手指头轻轻伸进泥土里,就像接生婆的手那样,为了能触摸那些尚没长出叶儿的土豆的长势……当我摸到那些叶子已经紧贴泥土的表层,真是开心啊。我重新把它们埋起来。然后雨天到了,土豆钻出地面有十厘米多了,我帮它们松松土,但我不用锄头,而是用自己的两只手,我轻轻捏住每个土豆转动一下,再往深处摁一摁,留神不伤着它们的茎,我用心体会土豆的茎叶触摸我双手的感觉,那种感觉无以言说,我希望土豆们也有同样的感觉,在我的手摸着它们时。

"我用手给土豆松土,两次,三次。我抚摸土豆的最顶端,有一天我发现一些小球长出来了,跟小耳坠似的,然后突然一批又一批花儿绽放了,这时土豆就进入自己的鼎盛期。时间不知不觉一天天地过去,土豆花儿开始凋谢,雨水拍打着花茎,风吹拂而过。但我知道,这种普通而实用的土豆花儿,是所有花卉里最美丽的。我种下的品种是早熟的萨斯基亚和半早熟的吉特。我又按捺不住了,忍不住把双手伸进土里,想挖出土豆来,我摸到了已长成的果实,那些小小的萨斯基亚,而吉特的果实总是结四个大个儿,四个小个儿,还有四个特小的小土豆儿……终于,从地里收获土豆的时节到了,此时正值六月底七月初。这是我的盛大庆典,我用自己的双手刨出土豆,再一个个放进篮子里,就像码放高贵的蟠桃或蛇果。我立刻煮上一盘早熟的萨斯基亚和吉特,撒上奶酪,庄重地吃下它们,犹如牧师吃下圣饼。因为这些土豆我亲手栽种,举行圣洁祓除,那些满身芽眼儿的土豆是世界上至美的食物……"少校先生说。

女店长出来,走到阳光下,手里拿一个画有小男童天使的意大利花饰彩盘,小天使的脸蛋圆鼓鼓的。但盘子已经裂为两半。女店长说:"雍内克先生,大师,您既然没有不成功的画可以给我,那能否有劳您帮我修补一下这个开裂的小天使,把他的小屁股粘起来?"说着把裂成两半的浅盘举到画家眼前。然而雍内克先生脸一沉,一边躲让一边不耐烦地吼道:"我已经跟您说了,我从来没有画得不成功的画!而且,我也从来不给裂成两半的小天使粘屁股!"

女店长依然不屈不挠:"雍内克先生,您这是干嘛呀,您不是学过雕塑嘛,这可是您自己说的!"雍内克先生咆哮着跳起来,跺着脚说:"我是说了,然而雕塑是门艺术,不是给天使修补屁股!况且,我就给孩子们画识字课本,这个我弄不了!我只会做自己擅长的事情!"女店长满脸失望地回到铺子里,然而少校先生叫住了她,说:"弗拉西乔夫科娃夫人,明天我会把强力胶水带来,我帮您把它粘好,您把盘子拿过来让我摸一下。"于是女店长把破盘子递过去,少校先生摸了摸,说:"还好,能对合上,没有问题,一片儿都不缺,只不过天使的眼睛被戳掉了。"女店长轻声嘟囔:"少校先生,那是我小女儿给戳的,您知道,小孩就那样。"少校先生说:"我也能给您把眼睛补好。"

这时从混凝土公路上拐进一辆黄色卡车,停下来,司机跳下车,拉开车门。面包的香味即刻在合作社小商店所在的林中空地上弥散开来,所有在此等候新鲜面包的人们,排起了一列队伍。司机搬下一筐黑面包,香味一路追随他,似一面旗帜一路猎猎飘扬。少校先生转头对我说:"咱们一直在长凳上坐着,不着急赶着去什么地方。"我注意到，少校先生的两只眼睛也挨得相当近，跟埃默生·菲蒂帕尔迪，尼基·劳达，还有约亨·林特的眼睛一样，跟萨斯基亚和吉特土豆也有几分相似呢。

女店主拿出第一个黑面包，把它放进少校先生的手提袋里，少校先生付了钱，然后拿起白色拐杖，笃笃敲着地面，准备走下台阶。他又转过身，问我："博甘，你下午去游泳吗？"我说："去。"少校先生面露喜色，说："那我也去，咱们下午在易北河畔见！"说罢愉快地离去了，拐杖敲击着沟沿，触碰到毛蕊花秆和柳树树干，敲打着路边的界桩。拐杖发出的声响忠实地给他信息回馈，迎面而来的将是什么，有什么威胁需要避让。拐杖的声音消失在柳树和松树林里，一根无形的线准确地引领少校先生回到自己位于林荫巷二号的家里……

一位今年刚在科尔斯克林区买下别墅的市民，不无同情地说："可怜的人，都没有人陪他一下吗？"此时特尔恩卡先生，我注意到，特尔恩卡先生手提包的提手上露出一只小哈巴狗，他摸了摸小狗脑袋，把黑面包挂到另一个手提袋里，接口说："少校先生在树林子里认路着呢，比那些视力正常的人都强，他还收看电视，虽然什么也看不见，但他借助耳朵听到的声音想象画面。如果您看到他砍柴的样子，一定以为他视力没有问题，他不过是以另一种方式在看，他的手指间有非凡的感知力，总之，他是一个高度灵敏的人，我都害怕骑自行车跟他交错而过，因为曾发生过，那次我的心情不佳，从他身边无言骑过时，他转过身来问：您这是去哪儿呀，特尔恩卡先生？他从来不闲着，跟着收音机学会了一门外语，所有的新闻都听。他学会了吹口琴，只要您想得起来，什么歌他都会唱。他的花园收拾得比我的还要齐整呢。"

一位今年刚搬来科尔斯克的邻居问："打小他的眼睛就这样吗？"特尔恩卡先生抚摸着提包把手上的小狗脑袋说："不是的。少校先生在煤矿工作时，不知什么原因炸药提前爆炸了，他便成了这样子，嗯？"他温柔地对小狗说："别怕，咱们这就走。"说完他一踩事先架在那里的脚踏车，朝混凝土公路方向扬长而去。

终于排到店铺里了，我掏出买面包的购物单。雍内克先生在我前面，面包已经装入购物袋，他手持一百克朗的纸币准备支付。这时女店主说："哎呀，雍内克先生，我可没有零钱找给您，这样好吧，面包是五点六克朗，我再给您称点施坦格尔香肠，嗯，三十六克朗，总共是四十一点六克朗。要不您再拿一瓶朗姆酒，五十六克朗，总共九十七点六克朗，再拿一把刷子，再加上二十哈莱士的酵母，正好一百克朗整。"她接过一百克朗，把东西逐一塞进还在发愣的画家雍内克先生的购物袋里。雍内克先生骑上自行车走了，然而，他骑到施图里克街的十字路口时，回过神来了，他刹住车，掉转头，重新跨上自行车往店铺骑去。他并没有留意，在枕桥旁有一群人正在等候公交车，画家雍内克直视他们的眼睛，喊叫起来："哼，这样的酷暑天，我要这么多香肠干什么？家里也没有冰箱！还有这瓶朗姆酒？我也不会做饭，酵母能派上什么用场！哼！刷子，我已经有四把刷子了！况且，我家里哪里有什么不成功的画？您太过分了！我，一个画过识字课本的人，那课本孩子们如今还在使用呢，我怎么可能给您粘那个屁股裂成两半的天使？哼哼！"

那些等候公交车的市民们，站在那里，彼此面面相觑，每个人对他口中的另一方有了想法，雍内克先生义愤填膺控诉的那些事儿，是另一方引起的。

月　夜

全世界但凡有礼拜堂或教堂的地方，就有牧师。世界上任何地方的牧师都是受过大学教育的人。世界上任何在教区服务的牧师都满腹经纶，会拉丁语和自己的本土语言，他用母语为托付于他的牧民服务，用拉丁语将他在教区和教民那里获取的信息发往罗马。这样每年在罗马便汇总了来自世界各地的消息，在基督教世界里发生了多少起谋杀、通奸，多少抢劫和盗窃，有多少人怀疑教会圣洁的教义，又有多少人叛教或处于信仰的冷漠状态。于是我，作为托付教区的警察局负责人，清楚地看到自己没有大学学历，甚至国民委员会的那些成员们也没有。所以我就履行分内的工作，严密监控在我管辖区内发生的一切违法勾当。不仅如此，我尽量尽职地向自己，向市府、州府和部级机构汇报：人们在想什么，怎样生活，如何偷鸡摸狗，这些过失距离大的犯罪仅一步之遥。

我最愿意在科尔斯克林区巡逻，小时候我就有这样的愿望，那里的一切我都耳熟能详，孩童时代在那里嬉闹、打架；情窦初开时，为了女孩，鼻子上挨过对手的拳头，也猛击过情敌的肋骨。所以在科尔斯克林区里，我不是在值守，而是在度假，为家乡服务的工作令我神清气爽。让我遗憾的是，白天过得太快，而晚上的时间不够，睡眠那可是罪过。所以夜晚我在科尔斯克树林的混凝土路上巡逻，把伏尔加车停在旁边的小巷里，暗中竖起耳朵，听有谁经过，跟谁在说话，有时候我让人看到我的踪迹，有时候我默不出声，倚靠在伏尔加巡逻车的挡泥板上。我幸福极了，这美丽静谧的大自然，又多么冒险、刺激，漆黑一团的主干道上，骑自行车的人，有的打开车灯，有的不开；汽车悄悄驶过灯火璀璨的哈宴卡餐厅，根据车子我判断车里大概坐了谁，哪位司机喝了黑咖啡，谁喝了啤酒，或者，唉，不顾性命，灌了烈性酒。

当月亮在新草甸上空升起，飒飒清风裹着田野的芳香吹拂而来，我为自己在此值班而喜不自禁，令我惊奇的是它还是带俸禄的公职，我身穿制服，居指挥官职位。因为，为此美景付费的应该是我，我宛如在度假，在温泉疗养地，科尔斯克林区的月色如此美丽撩人。但我知道，自己必须清醒，密切视察周围，因为人人皆知，罪犯是不睡觉的，突然砰的一声枪击，一位警察倒在了血泊里。有多少我们的同事殉职了，四百三十六个，他们再也看不到冉冉上升的红色或黄色的月亮，正是在这里，我肩负使命，守卫和守护我们年轻国家的山河。

我的大脑里连接着两个中心，一个是监护和守卫我们社会安然无恙，需要多长一只眼睛；第二个中心，它带给我欣喜和欢愉，来自森林街巷和林中空地，来自那些连接一个个树林的路径，两旁是田野，我热爱这些田野，俨然是一介农夫，虽然是在巡逻途中，我从伏尔加车上下来，突然有个愿望，渴望在田间阡陌走一走；春天里，我捧起一把泥土，放到鼻下嗅一嗅；当谷物成熟时，我以检查的由头在地里流连忘返，抚摸成熟的大麦、小麦，有时掰下一棵玉米棒，像农场主那样，在掌心搓出玉米粒，埋头闻一闻，貌似自己长着农学家的鼻子，能嗅出这一周作物已经成熟，可以收割了。然而最醉人的时刻依然是当林区沐浴在皎洁的月光下，是月亮让我激情焕发吗，那一轮冉冉升起的月亮？

酒馆的光影里走出一个人来，街灯笼住他上半身，他手推自行车，一跨腿骑上去，飞快地骑起来，骑入车前地面上勾勒出的他的剪影，好似月亮在身后推着。我一眼认出来那是佩帕，儿时的玩伴，可现在他酗酒无度，喝啤酒、朗姆酒，还有黑咖啡。有时他很可爱，有一天中午喝得酩酊大醉，把自行车骑到了别人家的地界里，那时佩帕还是护路员。当时我的表妹正在午睡，天很热，在迷糊中她仿佛闻到了啤酒、朗姆酒和咖啡的气味，佩帕弯下腰来，悄声对表妹说：美人儿，我差一点要吻你。有时他在上午就骑着车四处乱闯，掉进别墅主人为铺设电线挖开的路沟里，摔跟头后，他立即大喊：谁允许你随便挖路的，等着，你会后悔的，私挖公共道路，你申请许可证了吗，我可是护路员！

佩帕摸黑骑着车，跟我一样在欣赏夜色似的，他都不需要蹬车，月亮推着他的后背，而且那条通往新草甸的混凝土路一路下坡，很少有人知道，主干道海拔为一百八十五米，而新草甸海拔仅一百七十七米，所以坡度明显，这样的浅盆地实际上仅科尔斯克林区才有，然后从新草甸延伸出去的混凝土路又一路上坡，连接上赫拉迪斯科村庄的赛米策公路时，海拔高度再次达到一百八十五米。然而佩帕从路沟边骑到这里，然后马上又返回去，难道他乐此不疲、流连忘返吗？

我走出小巷，佩帕驶近了，我拧亮手电，照着自己制服上的执勤胸牌。也许佩帕有过手电筒，他冲我喊，是他的声音，他从来不摁车铃，也不打手电筒，而是朝黑暗中喊：善良的人们，躲开，有车冲下来啦！我用执勤手电晃了两次，佩帕跳下车来，说：晚上好，哥们！我问：您的车灯呢？他指了指头上的月亮：那里有！我说：公民，您的车灯在哪里，按照交规，您有车灯吗？我有，在包里呢，佩帕说罢，借着月光打开了公文包，包里一把木工斧闪出寒光，他掏出镀镍手电筒，摁亮了一下，又放回包里，说：如果在别处光源不足，我会打开手电筒，然而这里月亮明晃晃地照着呢，月亮，真他娘的亮，对吧，奥尔达。我说：公民，您是谁？把身份证拿出来。他又掏了一气，把身份证递到我的手电筒光源下，我翻了翻，问：您叫什么名字？

佩帕不悦了，责备我说：奥尔达，难道你不认识我？我说：您叫什么？他机警地回答：上面写着呢。我被惹怒了，因为我闻到了他口中散出的啤酒和朗姆酒味。我说：您喝酒了，公民？他朝我鞠一躬说：喝了，现在喝，将来还喝，从记事起我就喝。你还记得吧，在这条路前面的拐角，曾掉下一大木桶啤酒，我先用树枝遮盖住，晚上搬到一间小木屋里，我有钥匙。那桶啤酒我们俩整整喝了一个星期，那个星期从一早起我们就晕乎乎的。连妻子都嫌弃我，说受够了，不能再喝了。我把身份证还给他，说：这代表过去，但今晚我在值班，知道吧？那把斧子做什么用的？佩帕说：难道你不知道，我是木匠啊，我喜欢在月光下溜达，知道吗？

我说：你有木工许可证并且纳税了吗？佩帕说：纳税啊，你知道我一直交税的……他身子摇晃了一下，问：你审讯够了吧，现在我可以走了吗？我看出来了，他会再次跌进路边的沟里。于是我俯身拧下他的自行车气门芯，一甩手扔到篱笆那头的沟里，轮胎呼呼开始跑气，我做出了决定：喂，佩帕，你还会摔倒的，你也上年纪了，走着回家吧。佩帕站在那里，气得说不出话来，我知道他想说什么，他心里在骂：你这个混蛋，该死的人渣，这样对待朋友，儿时的玩伴，混蛋，就跟工人对待工人似的？但他什么也没说，推起自行车，因为愤怒，额头上青筋暴起。我站着没动，望着他的后背，月亮升到了半空，月光堆积在他的肩膀上，他的影子缩小了，就如同自上往下看低音提琴或者大提琴。我思忖，自己做错了吗，把他的气门芯拔下扔掉？最后我断定自己做得很对，给他的自行车放气，是因为我很应该像父亲那样阻止不幸事件的发生，所以我一点都不意外，当我听见佩帕在泉眼那边冲我喊：你无耻，你比工人还要过分！我冲过去，抓住佩帕的肩膀，说：因为你没有打灯，你必须支付五十克朗罚款，事情这才了结，明白了吗？

他盯着我，我又一次看到昔日情形的重现。那是很久以前，身为少尉的我骑着自行车，当我快骑到路桥下的涵洞时，好像听到有人在呼唤：救命，救命，声音沉闷，像是从房子里传来……我急忙跳下车，跑进树林里。呼救的声音再次响起，似乎从公路上传来，于是我跑过公路到了路对面。声音又响起来，好像就在公路上，于是我在公路上猛跑，可怕的呼叫依然不停：救命，救命，善良的人们，救救我……这次我听出来了，呼救声就来自公路的中央，我向涵洞方向跑去，在覆盆子和黑莓的灌木丛里倒了一辆自行车，涵洞管道里露出一双脚，我拎起那两只脚，一拉，扯出了护路员佩帕，他醉得不省人事，只会叫嚷。他坐起来，揉了揉眼睛，一脸懵懂：现在不是晚上呀？谢谢你，哥们，你救了我一命，下回杀猪节，还有五十瓶啤酒，包在我身上……

现在，我用手电照着他，我知道，在递给我五十克朗时，他的想法跟我以五十瓶啤酒在涵洞下救出他一命一样。可我想压制一下他的傲气，想让他记住骑自行车要开灯，规定毕竟是规定。

然后他推着自行车，一瘸一拐谦卑地离去。我不仅泄了他车胎里的气，也泄了他的精神气，事情理当这样处理。在执勤的时候，哥哥我也不相认，我的儿子如果停车不当，我照样课以罚款，虽然从那时起他不再搭理我。我最喜欢自言自语，跟月亮说话。当月亮挂在天幕上，我跟月亮对话；当松树送来阵阵香气，我跟松树对话，我见到什么就跟什么交朋友，我看到沟壑、小溪和池塘，它们都成了我的朋友。其他我就无所谓了，我也不想认识。

我是个孤僻的人。我坐下来，月亮便坐到我的膝盖上，像一个姑娘；我伸出双臂，月光尽情舔我的双手，像一只小猫儿，像巡逻犬。酒馆里的灯早已熄灭，骑自行车的人们从我身边驶过，聊的话题都不入我耳，那些人骑在自行车上，大声喧哗，不是在反动密谋，但有叛国言论，只要我愿意，就可以把他们送上法庭，投入监狱，可是根据讲话的语气色彩，都是酒后之语，更像是忏悔，我听到别人的所思，听到他们内心的抱怨。当我自言自语时，我也会咒骂，然而从来不出声……

我站起身来，走向月光下的酒馆，花园餐厅里，人们都睡下了。我拿起一把红色的折叠椅，放在马路边，我沉思片刻，使劲推开在眼前涌现的幻觉，幻觉里，妻子离我而去了，儿子不理我了，我看见自己孤独地坐在花园中的折叠椅上，尽管自己强悍，然而形单影只。假如没有那一轮月亮，假如我不爱那些沟壑、松树、待收割的田野和耕地里散发的泥土清香，实际上我不存在一丁点儿幸福的理由，恰恰相反，当我有时趣味索然时，总是把手放到胸前的奖牌和勋章上，它们赐予我力量。我安慰自己，事实上所有那些获得最高荣誉的人，同样不幸福，大概也是妻离子散。然而当他们看一眼奖章，幸福感就会油然而生，被人认同等同于幸福。于是我开始微笑，感到自豪，对自己满意。

这时从下边的巷子里驶出一辆车来，我认出是辆白色的特拉贝特轿车，我知道，这辆车除了药剂师吉姆拉，别人没有。于是我拧亮手电筒，朝汽车上下挥舞。汽车减缓了速度，我把手电对准了自己的胸牌，让司机看到，警察长亲自在这里等候他。汽车驶到我跟前，停下来。

他摇下车窗，懊恼地说：我需要下车吗，还是不用？我说：吉姆拉先生，您坐着好了，您喝了多少杯葡萄酒，多少杯？吉姆拉马上精神一振：两杯，两小杯。我说：没喝更多？他焦急地辩解：没喝更多……我不再说话,等着,让他如坐针毡,以此来折磨他,周围一片寂静,夜色在橡树的枝叶间流连,白色的月光铺满地面,像椰奶。我说:什么葡萄酒,白酒还是红酒?药剂师一脸痛苦:红酒,我吃得很多,也喝了矿泉水。虽然他这么说,然而我看出来了,他没少喝,但我看到如此美丽的夜晚,如此娇美的月亮,我像对待佩帕那样变得仁慈、大度。我把穿着高腰皮靴的腿一交叉,说:喝得不多,是吧?药剂师喜不自胜:非常之少……

我一挺胸,说:但这足以吊销驾照了。只是!今天我心情不错,那么以罚款五百克朗了事。下车!我看到药剂师从座位上起来都困难了,不是因为酗酒,而是想象五百克朗的罚款让他痛不欲生,如同犯了风湿,颤颤悠悠,我很陶醉,但我讨厌有人因罚款而崩溃的模样。我说:把车锁好,身上带钱了吗?他拿出钱包,说:没有,我只有一百,说着把钱递给我。我说:家里呢,家里有钱吧?他说:有……

我说:我的伏尔加车就停在这条巷子的橡树背后,我们可以开车去取。我走在前面,药剂师趿拉着拖鞋紧跟在后边,这让我很受鼓舞,然后我们坐进车里,药剂师呜咽了一声,扭捏说自己挣钱不多,能否罚三百。我给他一线希望,对他说:等到了您家再说吧,接着开车驶向他家。嗯,只有阔绰的药剂师才能拥有这样的别墅,全是珍贵名画,锻制铜壶,药剂师来回给我讲解,说这些画来自意大利,不住嘴地说啊说,我打断他,让他把罚款拿来。他抽出一张张百元钞票,像是在拔掌心里的刺。他拿出三百,我接过来,撕下收据,放到桌上。

药剂师把钱包塞进了胸兜,微笑着说:您要喝一杯吗?我说:不用。说着又撕下另一张二百克朗的收据,药剂师脸色煞白,他数出若干五十克朗的纸币时,像病了似的,双手直哆嗦。我站起身,他的特拉贝特车钥匙在我手里叮当作响,我做出了决定:现在您走着去取您的特拉贝特车吧，一路走下来足够让您从两杯红酒里清醒过来了。药剂师哀叹：用伏尔加捎我去吧，指挥官同志。但我没有妥协，握住门把手说，我已经决定了，三公里路程，您慢慢走，省得气喘吁吁的，但愿您的头脑重新清醒。走到泉眼那里可以喝点矿泉水……

我走出大门，下台阶，走向我的伏尔加车，车身熠熠闪光，发出幽幽绿色，银色的镶边让车身缀满梦幻般的微光。在路上我想，等到全世界的民族委员主席都拥有大学学历，那将多好，除了母语，我们的主席还会俄语，他将消息发送到市府，再从市府到州府，从州府到中央，而中央再将消息发送到莫斯科，在莫斯科汇聚来自世界各地的消息，报告每年在世界上发生了多少盗窃和抢劫，多少凶杀、淫乱和叛国罪，那里的同志们已经知道，如同一千年间的天主教会知道如何应对，以减少犯罪率和提升虽然没有大学学历的我现在已有的人性，尤其今天在科尔斯克林区，当我泄了佩帕·普罗哈斯卡自行车胎的气，决定把车钥匙还给酗酒的司机，却让他步行三公里，等头脑清醒了再开车回家……

科尔斯克的总督，科尔斯克的总督，我轻声自语，这是我的敌人和国家的敌人给我安上的。然而它有一定的道理，我没有大学学历，大家却称我为总督。这真不错，感觉很爽，我一边想着，一边把手伸向胸口，抚摸胸牌，它们遮盖着我红彤彤的心脏的跳动。那么等到明天，我会把罚款还给佩帕，我的哥们，再去买一个气门芯，今天他车胎上的那个被我拔掉了……

失控的牛

我们林区到处都是流浪狗，那些被人从车上扔下来的狗，现在它们守在油泵旁边或树林里人们歇脚的地方，眼巴巴望着每一个停下车的司机，看是否是自己的主人。然而小狗的主人们停下车来，并不是为了跟自己忠实的小宠物再次见面，他们停车是为了扔下又一条小狗，然后一踩油门逃之夭夭。于是我们林区的小狗数量与日俱增。甚至在公路上都可以瞥见它们的身影，因为狗儿知道，只有在主人抛弃它们的地方等候，才有希望，也许主人买牛奶、面包或者报纸去了，就近把小狗系在木桩上，很快就会返回来。

这般翘首以盼的狗狗们，刚开始还安静，但随后开始窥探，往商铺的窗户探个头，没准自己的主人正往外走呢？因此，即使在城里也会出现这样的情形，灯柱上拴了一条狼狗，拴了一上午，下午也快过去了，它一眼不眨地盯着杂货铺门口，等它的主人出来。所以每一条狗都在四处游逛，等待主人出现，然后跟随主人回家，在家中，在静默的时间里延续主人与宠物之间的神秘默契。

在主干道上，狗狗们跑来跑去，当车灯照射过来，反光板让它们睁不开眼，当汽车减慢速度，狗狗们便狂奔过去，以为这是它们主人的眼睛，然而卡车轮胎是无情的，把小狗碾压成一张毯子，铺在床前地上的那种。所以，从我们这儿开车前往布拉格途中，你们会看到这样压扁的狗皮毯子，十张，有时十二张，呈二维形状，每一个司机都不难分辨出那忠实而不幸的狗儿属于什么品种。

一条这样的狗出现了,我猜它以前在主人家可能睡在稻草上,它躺到了我们的牛栏里,当挤奶女工去喂草时,它以为是它的主人,它亲爱的主人来了,可是当它发现眼前是一个陌生人时,便咆哮着护卫身下的稻草,它刚在上面睡觉的稻草。

那天正好我值班,别人提醒我在牛棚的稻草堆上出现了一条可疑的狗,于是我跑过去,打算用执勤手枪射杀它。当我举枪瞄准时,那条狗用两条后腿站立,两只前爪作乞求状,乞求我不要开枪,放它一条生路,因为它必须走了,去找自己的主人。随着两声枪响,它应声倒地。村民们抬走了狗儿,扒下狗皮,因为烤狗肉在村子里是美味佳肴,毕竟,这么处理无主的流浪狗也合情合理,把它做成烤肉是最人性化的方式,修公路的工人们经常那么干。他们把每一条流浪狗都带回住处,一群狗前呼后拥跟随他们去购物,或者陪他们去啤酒馆。工人们对狗儿不错,用午餐的剩菜喂养它们,或者给它们买来整箱的牛奶,倒不是工人们如何有爱心,而是把狗养肥了烹起来更加美味,而喂它们牛奶会让狗肉更加鲜嫩。所以每个星期都有一条狗被铁管插入鼻腔,无痛而亡,人们扒下狗皮开始烘烤。有时甚至每周杀死两只。谁也不能谴责那些工人,视他们的行为邪恶,因为相比那些把小狗从车上扔下去的主人们,谁的鼻腔更应该被插入铁管,被扒皮,烘烤呢。

然而,当我射杀稻草上的那条小狗时,吓坏了牛圈里的奶牛,那头来自梅克伦堡的美丽小母牛,它奋力挣脱绳子,冲我飞奔而来,因为我握着手枪站在门边。我慌忙闪身躲开,它便像斗牛士面前的公牛那般从我身边疾驰过去,我感觉到它的皮毛擦到了我的制服和胸章,牛尾巴高高翘起,眼里满是惊恐,这条梅克伦堡奶牛越过牛棚外围的篱笆,消失在森林里。

我下令饲养员们出去寻找，然而那头牛已了无踪影，上哪儿去寻找？况且在科尔斯克林海里！似大海捞针！

一个月后几个采蘑菇的人说，他们看到了奶牛，但它一看见人，就像那次被我手里冒白烟的执勤手枪吓破了胆，高擎尾巴，疯了似的在小树里一溜烟跑了。所以在我们林区，除了成群的流浪狗，又添加了一头牛，变野了的梅克伦堡小母牛，体格庞大，五百公斤的块儿。

我说，秋季咱们来一次狩猎，怎么样？把猎人们召集齐，因为我也是个猎人，是狩猎协会的正式成员，我们围剿那头奶牛，先跟踪它，因为变野了的牛对人具有攻击性。所以在星期六我们坐上合作社的农用拖拉机到达了，就是逃脱了奶牛的那个合作社，大家散开成扇形，手拉手往前挪动，直到发现那头野性的梅克伦堡小母牛。

对我们来说这是个艰巨的任务，对合格的猎人来说同样，狩猎一头体重相当于两只麋鹿的巨兽，与十只小鹿或七只盘羊相当的笨重的母牛，而且不是一头圈养驯服的奶牛，而是野性勃发的牛，那该如何应对，就像我们上次在这里打死了一头从波兰境内溜达到我们这里来的驼鹿，那头驼鹿在公路上三次袭击小汽车，用像公路沟渠挖掘机铲斗那样巨大的鹿角，勾住了三辆私家车，扛起来，把行驶中的三辆汽车像玩具似的扔进了壕沟里，自己只轻微受伤。

那头野牛转过身来，想对我们发起攻击，但后来想了一下，改变了主意，它跑出森林，跑向林间草地。我们的一位神枪手古列尔，手持猎枪迎面朝它一瘸一拐走去，对他我们很放心，一旦野牛进入他的射程，即便向他发起攻击，他也能将它撂倒。拖拉机跟在我们身后，犹如一堵移动的城墙，万一发生不测，我们便可以像胡斯军队的斗士那样跃上拖拉机，其遗留的精神及其加长的手臂从中世纪化入我们的身体，所以我们在草地上开始围猎那头疯牛，它站在那里，吼叫，跺蹄，半曲前膝，以便选择攻击的对象，跟它对峙的老古列尔，也许一枪就能击倒小母牛，然而它跑掉了，在一片耕过的农田里停下来，叉开腿站着，头部昂起，时刻准备进攻。老古列尔步履蹒跚地紧随其后，我跟其他猎人则跳到拖拉机的车斗里，开动突击战车前去给古列尔助威，他在五十米的射程内瞄准凶猛的牛，但野牛站着不动，我们坐在拖拉机上围绕野牛而行，每个人都往牛的身体射出致命的子弹，但牛依然站在那里，眼睛直视前方，我们不禁后背发凉，我们几乎射尽了枪膛里所有的子弹，我的公务手枪也已空无一弹，但野牛巍然站在那里，两眼望着我们，我们无法揣摩，它会攻击谁。

随后我拿起无线对讲机，正要联系消防队，让他们把鲜红色的消防车开过来，用水枪对付这头野牛。这时从林子里走出一个俏丽的姑娘，袅娜的双腿款款朝我们走来，朝牛的方向走去，我们冲她呼喊起来，我像车站站长那样命令她立刻止步，转身回去，因为这是一头疯牛，敢把任何人踩烂在蹄下。女孩仍然天真地走来，离那头牛越来越近，我们喊得嗓子都嘶哑了，启动了拖拉机，在车厢挡板上架起了没有子弹的猎枪，万一野牛攻击女孩，大家就一齐把刺刀刺向野牛的膝盖。

然而，那个女孩走到牛身边，举起双手，捅到牛肚子上，牛俨然一尊雕像，翻身倒地，双腿僵直冲前，侧翻倒地，眼睛睁开着。我们纷纷从拖拉机上跳下来，那个女孩转过身。等我们走上前去，女孩用手腕抓住牛，然后在牛的身边躺下来，说：牛都死了半个小时了，因为恐惧，它得了脑卒中，先生们，这就是所谓的致命痉挛，你们别害怕。我说：你说什么呢，谁怕了？我们也知道它已经死了，对吧，同志们……

而后大家拍照，每个人把一只穿着猎靴的脚踩在野牛的尸体上，我们还合影留念，因为我们觉得，将在《自由报》或者《宁布尔克日报》上刊发的报道必须图文并茂。然后我说：小姑娘，你在这里干什么呢？能出示一下证件吗？她把身份证递给我，我先看她的年龄，然后职业，是否游手好闲，以卖淫为生，然而上面赫然写着：教师。小姑娘说：这儿真美啊。谁能想到，平原地带也能如此美丽？我接口说：证件只是一方面，但你，作为一名布拉格的教师，来这里干什么呢？

她说：先生们，你们不知道吗，莫扎特曾在那边的萨克森小教堂里弹奏过管风琴？我说：我们知道，管风琴，但我们更喜欢铜管乐。她说：您知道吗，在这个小村庄里，在赫拉迪斯科，曾经住过两位班主任，他们是莫扎特的朋友？还应莫扎特之求把几首曲子送给了他，后来被莫扎特用在歌剧《唐璜》里？我问：那位班主任有许可吗？女孩回答说：当时还不需要许可，那个年代出口艺术品是合法的，当时没有意识形态的区分。先生们，很感激你们在这头野牛跟前救了我的命。先生们，我很开心有幸结识你们，我必须去乘渡船了，不然，我会误了火车，而且艄公告诉我，他就摆渡到五点钟，然后就去玩纸牌了，我也喜欢玩牌呐，不仅玩卡纳斯达，还玩扑克，那个扑克游戏让我学会了判断，在远处，当我走向野牛的过程里，就知道它在半个小时前已经死去了。说完她离去了，我们看着她美丽的双腿，她舒缓有弹性的脚步，她像少女那样走着，对我们来说这番经历成为一种享受，好比是我们击毙了那头失控的梅克伦堡奶牛，从而保护了我们的科尔斯克林区，让村庄免遭灾难，就像去年我们冒着生命危险征服了那头从波兰游荡入我们林地的庞大悲伤的驼鹿。

见鬼，她是人吗？是活生生的人吗？那个女孩好像没有躯体，我敢打赌，她是一个精灵。老古列尔，那个神枪手叫嚷起来。我说：不可能是仙女，我告诉你，古列尔，因为仙女不能也没办法拥有身份证。就这么简单！

老古列尔一瘸一拐，扛着步枪跑去追那个渐行渐远的女孩，并喊道,即使她不是仙女,也是林中女妖!说着瞄准,射击,然后再瞄准,射击,步枪震得他的肩膀直动弹,我们看到远去的那个目标,那女孩的后背,老古列尔不是没有打中,他击中目标了,因为老古列尔向来百发百中,然而我害怕写出结果,因为那个美丽的女孩依然在行走,甚至转过身来,向我们舞动一方手帕……

这下您看到了,在我们这个地区能产生后果的一切,人们往树林里的沥青碎石路上扔下小狗崽,会发生什么呢?当我在执勤时,在牛棚射杀了小狗,导致梅克伦堡奶牛失控发疯,挣脱缰绳逃跑了,现在它四足朝天倒毙在地,于是它供给提炼厂或动物园的牛肉,带来三万元的营业额。因此,别再从汽车里往外丢弃小狗啦!

珍宝客机

遇上这样的店老板,我们算是倒霉还是幸运呢?餐厅老板斯波尔尼克先生怕冷,即便在夏天,那个菲拉科沃牌的炉灶也生着火,虽如此,店老板来回送啤酒时,身穿长皮大衣,身子却依然在瑟瑟发抖,而我们这些食客个个大汗淋漓,大口豪饮啤酒。喝不够的啤酒呀!

第二任店老板又是个火爆之人。因为吃妻子的醋,即使在冬天也不生火供暖。客人只消对他的妻子看几眼或微笑一下,店老板便威胁说:马上结账,餐厅将关张一天。他真的闭店过几次。这位店主名叫法律,确实有一整套教训客人的手段。他送上啤酒时,如果客人没有规规矩矩像小学生在学校里那样坐在位置上,他不但不给啤酒,还会冲他喊:在餐厅里是这个坐法吗,没个坐相,还跷着二郎腿?甭想让我给你倒酒,除非你坐正了。在教训客人的同时,店老板不会忘记关注是否有人别有用心地打量他的妻子,做手势,或者抛媚眼。实际上,老板娘罗曼娜才是最好的人,她患有胆囊炎,她自己的疗法是喝白兰地或威士忌,那个娇小美丽的女儿总是跟在她身边,每天晚上,老板娘在吧台的水槽里给女儿洗澡,因为在我们的哈宴卡餐厅里没有洗浴设施。

小女孩坐在杯盘交叠的水槽里,遇上客人点了茶或者咖啡,罗曼娜便在肥皂水里洗出一个杯子来,然后端出一杯冒着泡沫、香气四溢的美味咖啡，如同地道的白兰地。她对所有的客人都很亲善，会在客人的身边坐下来，人们奉上白兰地和威士忌为她治疗胆囊。她唯独排斥飞机机械师别洛赫拉维科先生，那人难得来一次，可一旦来了，总有不俗的表现。他刚坐到餐厅里时，满脸的多愁善感，但四杯啤酒和掺了朗姆酒的黑咖啡下肚后，忧郁便消失殆尽。然后他突然会问我，一月六日我在做什么？我告诉他说那天我休息，别洛赫拉维科先生便邀请我去沃罗涅日①共享茶点，他兴奋地对我说，那天我们将一起乘坐首席飞行员马祖尔驾驶的飞机，在波普拉德②过夜，在那里已经准备了吉卜赛音乐，翌日早上，我们前往沃罗涅日，他去整修破损的141飞机③。下午我们享用茶点、鱼子酱和香槟，晚上再飞回布拉格。

这一次让罗曼娜夫人对飞机机械师别洛赫拉维科先生产生了厌恶感。喝下五杯啤酒后，机械师突然就放开了，热情地对酒吧里所有的人说：做一名飞行员，不是简单的事！其实质是数学和几何的王国，这个王国在咱们整个林区就托付给了我和工程师胡普卡先生！他起劲地大声叫嚷，容光焕发，俨然是天才级人物。

罗曼娜夫人呷了一口白兰地，发问：几何，我怎么样？也可以托付给我呀？但别洛赫拉维科先生马上站起来，更加激动地喊道：不，夫人，它只能委托给男士，您不行！罗曼娜女士问：为什么不行？别洛赫拉维科先生挥舞拳头以证明自己的学识，大声喊道：不行，因为，女士，您是先天的愚蠢。罗曼娜夫人的脸涨红了，回答说：多谢您。

别洛赫拉维科先生的天才举止始于他用拖拉机运三明治，警察在

---

① 俄罗斯沃罗涅日州首府。
② 斯洛伐克北部城市。
③ 俄罗斯雅克141垂直起降战斗机。

合作社门口等他。别洛赫拉维科先生手里托着五十个三明治指挥道：栅栏方向，穿过栅栏，从集体农庄的后门进去！拖拉机手穿过栅栏，然后在牲口棚里吃喝上了，而警察们搓着手，枉然地举着喇叭在大门口等候。当别洛赫拉维科先生讲完这段轶事，我问了他一个问题：您居然能这么做，您是怎么想到的，别洛赫拉维科先生？他得意洋洋地嚷道：为什么？喝下了六杯啤酒和六杯朗姆酒，我就是个天才！从那时起他成为天才，不经常，只是偶尔，因为他清醒的时候，是个腼腆、胆怯、沉默寡言和一碰就脸红的人。刚才我提到，罗曼娜在丈夫的视线监控下，而我想叙述的是在法先生餐厅里上演的趣事。

　　那时候的冬天非常冷，但店老板法先生只在厨房和小房间里烧煤取暖，那里是他妻子和孩子必须待的地方。每一位走进餐厅的客人，都会先打个冷战，不消片刻，每一位客人都会要一块白桌布披到后背上，店老板法先生会把白桌布给到每一位有需求的客人。

　　客人们身裹白桌布坐着，餐桌上是白桌布，外面飞舞的是皑皑白雪。为了让客人们取暖，别洛赫拉维科先生建议大家把三个烟灰缸拢到一起，把双手放到燃烧的纸和烟头上方取暖。后来店老板法先生拿来一个大陶罐，那种棕色陶锅，带俩耳朵，将它架到三个烟灰缸上，烟灰缸里烧上纸片、报纸，甚至小木块，法先生抱来了他的小宝宝，将她塞进那个陶罐里，这下酒馆里虽然寒气袭人，但孩子待在陶罐里暖暖和和的，烤暖的双手多少提升了大家的情绪。在那一刻，酒馆门被推开了，白色的客人和白色的桌布之间走来一位烟囱工，手持扫把的乡村烟囱工，一脸的忧伤。他没有拿桌布，因为满身烟灰，他坐到餐桌前，双手捧住脑袋，大声要了一杯烈酒，然后面无表情地盯着天花板，说：今年太差劲了，新的一年也好不到哪里去。我被起诉了，说我强奸了自己的妻子，没错，妻子！

　　客人们一脸惊愕：什么？法先生断然说：这不可能。然而烟囱工掏出了钱包,他起身时,胳膊肘和双手都摁在白桌布上,然后他走出来,双手按在洁净的桌布上,给大家展示那张地方法院对他强奸妻子行为的起诉书。客人们纷纷传阅了那张诉状,烟囱工绕行一圈,他的两只手始终像鞋底那样游走在桌布上,店老板大喝一声:等一下!他摊开一份报纸,示意烟囱工坐下来,把双手放到报纸上,别玷污了他的桌布,不然就不给他炖酒了……

烟囱工叙述起妻子如何见异思迁,爱上别的男人,并且找了律师准备跟他离婚。有一次烟囱工用威胁手段强迫了她,就像当初古罗马人掳走萨宾妇女后那样,必须顺从他。客人们惊叹不已,重新读那纸诉状。随后店老板法先生朝厨房走去,隔着墙威胁自己的妻子,那个美丽而安静的美人胚子,体重虽然有七十八公斤,但有一头金色稻草或菩提树刨花那般的浅色头发和蓝眼睛,让整个林区的人着迷,每一位来店里的客人都不舍得把自己的视线从她的头发和眼睛挪移开,常常惹得店老板法先生抓狂。他危言耸听地说:哼,我的女人也可以那样折腾我!在斯拉夫语家庭里是见不到斧子的,而我却有!他挺了挺胸。烟囱工也许因为悲伤已经有些醉,他双手抓住餐桌,手掌贴在桌面上,紧跟在店老板身后,从一块桌布挪到另一块。烟囱工规劝说:邻居,算了,别伤害她,她是个人……什么,店老板吼起来,那我是谁?还算大丈夫吗?她必须对自己的男人俯首帖耳!

烟囱工斜靠在吧台上,门打开了,美丽的女店主走进来,她的发丝像太阳光那般耀眼,温暖了所有客人的目光。她把温热的烈酒端给客人,每个人都看着她,法先生若有所思,在琢磨眼前这个人是否也有情人,并通过律师起诉他,控诉丈夫的强奸行为。刹那间他看到妻子如此美丽、如此能干、如此招惹第三者怜爱。法先生哀嚎起来,喊道:从今天起,你头上必须罩头巾!不然我给你剃光头,我会对所有人宣布,你因为长虱子,头发都掉光了!说罢他重重地坐下来,浑身颤抖，一把扯下桌布搭在肩膀上，如同披了一条白色的披肩。他坐到烟囱工身边，而烟囱工正贪婪地往嘴里灌烈酒，冲厨房喊道：再来一杯！先生们，这还没有完！法院还起诉，说我在破坏新缔结的幸福婚姻……

餐厅里鸦雀无声，陶罐里的小宝宝在沉沉地瞌睡，陶罐像铸铁炉那样散发出暖融融的热量，所有人都伸出手掌贴到罐面上，看着熟睡的小孩，她不时甜甜地抽泣一声，然后安静下来。突然别洛赫拉维科先生点了一整瓶菲奈特·布兰卡酒，店老板起身，摇摇晃晃取酒和酒樽去了，我们都推测和想象，是什么样的法律和法规，可以偏袒情人甚至保护他，保护美满的新婚姻，而不顾丈夫的地位。当法先生往杯里倒酒时，他再次站起来，当他确信斧子就倚靠在门框上时，便满意地趴在椅子上，目光茫然地穿墙而过，注视那个让烟囱工遭殃的同样的本质。烟囱工再次离开餐桌，双手在此刻已经横七竖八的白色桌布上移动，泪水跌落到烟灰和煤屑斑斑的桌布上。你刚才是怎么说的？法先生问。

烟囱工抽出一个鼓鼓囊囊的挎包，黑乎乎的手从里面掏出一张纸来，一看不是，带着煤灰塞回包里，再翻找出需要的那一张，把它递给了店老板，店老板大声念起来："事项：阻挠新缔结的婚姻……"他读罢，把那张纸传给其他人，宣布说：我再买两把斧子，谁有种来试试，说我阻碍新的幸福！此时门被推开了，从厨房走出那一头稻草般炫目的鬈发波浪，老板娘真是美艳，仿佛是海的女儿——啤酒和啤酒泡沫的海，她手里端着一杯冒热气的烈酒，大家纷纷站起来，拿桌布遮住脑袋，然而所有的眼睛都盯着那个美人。老板娘有个不好的习惯，总是脸上带一抹浅笑，目光微微斜视，恰恰这斜视胜过一切惊艳，这斜视让所有男人觉得，老板娘的眼神深不可测，她在写诗，她的内心有秘密。

店老板说：我将申请打猎证，我要成为射手，猎人！烟囱工端起热酒杯，双手在颤抖，小茶匙比他的牙齿抖得还厉害。然后他坐下去，一双大手足以捂住整个杯子，杯子上刻了"来自赫林斯卡①的问候"几个字，他冰凉的双手冷却了杯中的饮料。

先生们，别洛赫拉维科先生欢快而轻松地说，他在喝第六杯啤酒。先生们，翻过这一页吧！你们知道，昨天我在哪里吗？在非洲，我飞越了乞力马扎罗山。客人们都被乞力马扎罗山吸引住了，开始争论，乞力马扎罗山在哪里。它位于尼罗河的白泉附近，库兹米克先生说。不，它位于南非，猎人格罗姆斯先生反驳。什么呀，在科威特那个地方，那里总共才有三十棵树，其中二十棵属于部落酋长，弗兰茨先生说。我接口说：那个地方，以前是德国殖民地⋯⋯

护路员普罗哈斯卡先生最后一个抬起头来，他睡得真香，但一如往常，他从睡梦中醒来时，什么都听在耳朵里，他说：你们都听好了，我告诉你们吧，当你喝醉的时候，乞力马扎罗山便位于科尔斯克⋯⋯你们满意了吧？他说完又睡过去了，脑袋耷拉在胸前，进入了酣睡。餐厅里再次陷入沉默，为了赶走强奸自己的妻子和企图阻挠幸福婚姻的想法。库兹米克先生说：先生们，古时候的俄罗斯，最细腻的工具就是木斧子。店老板精神一振，说：这是我说的话！库兹米克先生接着说：古老的俄罗斯人，每个人的外套底下都挎了一把斧子，你们不会相信，当时的俄罗斯人把这种斧头大派用场，甚至用来砍示鸣钟。别洛赫拉维科先生用拳头猛地一砸桌子，幸福地喊道：再来一瓶菲奈特酒，诸位！店老板站起身，拿来酒，开启后往玻璃杯里倒，他还送来了啤酒，大家开始感觉暖和起来，甚至有点热。大家不再挨着燃烧纸片的烟灰缸和热乎乎的陶罐而坐，店老板从陶罐里一把拎起

---

① 捷克地名。

小孩,把她抱到房间。等店老板返回时,烟囱工再次用双手把角落里的桌布践踏了一遍,店老板看了一眼挂在门框上的牛头,随后一摆手。别洛赫拉维科先生又喊:诸位,今年的七月二十六日你们将干什么?

客人们彼此交流后,纷纷表示那天他们有空,或者可以休假。别洛赫拉维科先生喊道:那我邀请所有人去机场!珍宝将首次在布拉格,在我的停机坪,我的飞机跑道上着陆!那些不知道珍宝为何物的客人惊呼:什么,珍宝?别洛赫拉维科先生站起来,他裹着白色桌布的形象异常抢眼:是的,珍宝!先生们,珍宝727飞机,巨型飞机,可运载三百六十名乘客!每个机翼装载二万五千升汽油!由我来负责着陆,所以假如混凝土层厚度达不到六十厘米怎么办?假如这架巨型飞机着陆时,往前挤压混凝土块,像抛冰山那样扔到远处,一直到克拉德诺,那我的珍宝客机在布拉格就搁浅了!别洛赫拉维科先生起劲地大声叫嚷,扯着头发。我该如何回答军事法庭的审判?先生们,我在为军队服务,我也在为美国泛美航空公司服务,我领的薪水以美元计!没错,美元!春天时我去外汇商店买下一辆西姆卡①,够牛吧?尽管我知道,我给你们透露了我应该保密的商业秘密!店老板法先生问:那个玩意儿有多大?

别洛赫拉维科先生狂喝起来,把杯中物一饮而尽,对着瓶子喝了很久,然后激动地喊道:它有七十八米长,二十八米高,机翼跨度近三十米,机乘人员和机长的工作机舱就有酒馆这么大,他叫嚷的同时,手势比画弧线,描绘哈宴卡餐厅的形状。弗兰茨先生说:这么大,简直无法想象,但是先生,那架珍宝,如果它在这里降落,我,还有店老板先生,我们把住机翼的话,那个庞然大物还能飞起来吗?

---

① 法国汽车。

别洛赫拉维科先生一拍脑门：什么，你们会被甩出去的！在罗马停机坪曾经有一辆卡车忘记开走，被珍宝像玩具似的扫没了，像一只小猫，一只小猫咪。弗兰茨先生却坚持认为，如果我们所有人都去把住机翼，飞机肯定起飞不了！

别洛赫拉维科说：这架珍宝的推力系数高达五十八吨，他挥了挥手说：这架飞机真是了不得，有上下两层餐厅，相当于十个巨大的谷仓，十辆带挂车的货车。你带手电了吗？

已经是晚上了，深冬的夜晚，每个人都从挂在衣架上的外套里掏出手电筒。珍宝先生问：谁会用脚步测量长度？弗兰茨先生说：我会。客人们热血沸腾，汗津津的，为了不去想暴力奸淫自己的妻子，尝试阻挠缔结的幸福婚姻的事，纷纷走出门去，走入了寒冷瑟肃的夜幕中，唯有普罗哈斯卡先生酣睡着，在睡梦中挥舞一只手，说：你这个人，话毕又睡着了。

夜色疏朗，清冷，雪描摹出餐厅若隐若现的侧面，白桦树闪闪发光，仿佛树身藏匿了一盏霓虹灯，橡树干如同黑魆魆的烟囱工。珍宝先生步履不稳，所有人都摇摇晃晃，走在清新的空气里。但珍宝先生怪点子多，他把匈牙利手电筒的光圈聚焦在一棵高大的白桦树，密密的枝杈遮蔽了整个餐厅。嘿，珍宝先生喊：这棵树有多高？弗兰茨先生回答：二十米。珍宝先生嚷道：试着设想一下，这棵白桦树再加上一半，等同珍宝客机的高度！看，这里相当于我的机舱，也给机长和乘务人员使用，类似的机舱还有十三个！作为足球运动员和边裁，现在大家沿着混凝土路测出八十米长度……

弗兰茨先生迈开脚步走起来，一米接一米数着，十一、十二……五十三，五十四……他拿着手电筒渐行渐远，随后停下来，举起手电示意，弗兰茨先生报告说：八十米！珍宝先生指挥说：现在两个人到对面去计数，自哈宴卡餐厅数十五米。两位客人摇晃着去了，林区的空气如此浓郁,尤其在喝完烈酒之后。库兹米克先生在走完十五米的距离之前,两次摔倒,但最终在远处,在珍宝的尾部亮起了手电筒,在张开的机翼两旁也亮起手电筒,这下我们对那架庞大的巨型飞机有了足够丰富的想象。珍宝先生热情地为我们详尽介绍了波音727所有的细节和信息,然后大声问道:怎么样,弗兰茨先生,您能把住机翼不让它起飞吗?您甚至都够不到它,登上珍宝客机相当于爬上二层楼,那就是机翼的高度!

突然在客栈的护栏边,在那边的露台上亮起了灯,仿佛机舱和操作台仪表板亮起红、黄和绿色的灯,我们不由得疑惑起来,擦了擦眼睛,因为我们认为是野外健康空气的缘故。然而一个声音让我们镇静下来:你们在这里干吗呢,小猫咪们?伴随着喊声,当地的警察长走了出来,老习惯,手电筒照亮胸口,照亮那些由政府授予的奖章和荣誉。他示意我们马上过去,于是我们摇晃着朝他走去,他用手电筒直射我们的脸,我们害怕起来。因为烟囱工的双手不仅弄脏了所有的桌布,还多次摸我们的脸。警察长大声质问:你们在这里干什么,为什么要蒙面呢?

珍宝先生说:指挥官先生,我们在这里演示波音727飞机有多大,那种巨型运输机,夏天它将在布拉格着陆!警察长情绪不错,惊叹道:那简直无法相信。我的印象是,你们要让那架珍宝在此地降落。警察长先生,珍宝先生舔了舔手指头,举起来发誓说:我很担心,布拉格鲁津机场是否能承受住飞机的冲击……好吧,好吧,警察长梦幻和惆怅地离去了,猫咪们,你们继续玩,假如不在值班,我就陪你们一起玩了。唉,如果那架巨型机真的在这里降落就好了!警察长说着再一次照亮胸前所有的奖章,走入了第六林荫道,那条道的某个地方停着他的伏尔加警车,他在身后留下一片混乱和惊讶,从来如此。我们目送他离去,然后回到酒吧的门廊,我们几个上楼时一步跨四个台阶，仿佛刮起了暴风，即便此刻风平浪静。于是大家回到暖融融的餐厅里。吸了一肚子的凉气，然而菲奈特酒让我们疲惫不堪。

当店老板法先生看到所有桌布都被烟囱工的手掌玷污了，他看了一眼鞭子，然后一摆手作罢。普罗哈斯卡先生一觉醒来，说：店老板，他到哪儿都这样，他也糟蹋过诺瓦克客栈的桌布，那家店老板是个屠夫，而且正为草甸和梨树打官司呢，于是拿起鞭子没头没脸抽了烟囱工一气，今晚烟囱工躲开了诺瓦克客栈的酒会，告诉您这些够了吗？店老板饶有兴趣地问：烟囱工挨了很多鞭？而普罗哈斯卡先生呓语道：无法再多了，一歪脑袋又睡着了。

店老板又倒了几杯啤酒，然而胸佩亮闪闪奖章的警察长始终在他眼前浮现，于是店老板又拿出一瓶菲奈特酒。大家几杯酒下肚之后，眼前越发清晰地看到了警察长，用手电筒照着胸膛，冲我们点头，伸出手指头威胁我们说：小猫，小猫，尽情玩吧！

珍宝先生强调：那么我们就说定了，七月二十六日在机场见，只要警察长问起我，他们马上就会来找我。嗯，七号机械师喝酒，而我是八号，负责一切，最后一个离开，所以一切都在我肩上！珍宝先生絮叨他的，我们喝我们的，喝了很多，喝得很快，津津有味地用烈酒兑啤酒，护路员普罗哈斯卡先生总能及时醒来，喝上一杯再睡去。虽然身体在睡，但他的灵魂清醒，他满意地点头附和或摇头否定，而当他发现必须干预时，会插几句话，然后继续睡。弗兰茨先生为了让烟囱工不去思虑法院和诉讼之事，对他说：经历了所有这些烦恼，你仍然可以在政治上依靠当地的民族委员会……

然而烟囱工摇了摇头，拿起报纸，把它铺展在沾满煤灰烟尘的桌布上，小心翼翼地支上胳膊肘，以免弄脏了桌布，他说：我也完蛋了。我曾满心期待，也写了一个发言稿，准备在委员会旗帜交接的隆重环节讲几句。然而我饥肠辘辘，等轮到我讲话时，我站起来，拿起麦克风，就在这时，有人给我送来两根泥肠，我看见巴施德茨基从一侧，霍林纳从另一侧，一人一根拿走了我的泥肠，我对着麦克风喊起来：混蛋！现场所有人都吓一跳，此时我才意识到手里的麦克风，于是我又大声道歉：他们吃了我的香肠！会议主席对我的发言表示感谢，说，这就够了，他已经明白我的立场，我心里想的是吃的，而不是欢庆发言……

菲奈特·布兰卡酒瓶空了，客人们站起身，烟囱工径直离去，没有再用爪子触碰桌布，他说，他担心那些桌布弄脏了自己。大家往外走到餐厅门口，外面寒风刺骨，所有人都跑到路对面，菲奈特·布兰卡酒把我们从公路上扫进了壕沟。等我们爬起来，菲奈特酒再次让我们往对面的铁丝栅栏跑。护路员普罗哈斯卡先生纵身跳上自行车，骑起来，朝黑暗喊：善良的人们，请让开，我冲过来啦。大家眼见他的手电筒摔进沟里，悄无声息，过了片刻光又亮起，他坐到了马路牙子上，然后光束举起来，握住了亮闪闪的自行车把，光柱好几次来回摇摆，像是在系鞋带，然后光束再次跌落在公路上。我们躺在沟里，普罗哈斯卡先生骑过我们身边，大声叫喊：善良的人们，请让开。他的身影远去了，一路驶向国道，光柱在那里滑进雪沟里。

唯有珍宝先生优雅地大步流星走着，咬着牙说：窝囊废！他的身影渐行渐远，进了自己的家，他还要给狗喂食，然后清晨四点，骑上自行车穿过树林，沿小道去丽赛火车站，从那里去机场，对飞机场，他始终珍爱似生命，甚至胜过自己的生命。我仰面躺在沟里，珍宝先生身穿淡蓝色的腈纶外套，头戴精致的贝雷帽，踏着自行车经过我身边，他稳稳地紧握车把，骑车远去了。而护路员普罗哈斯卡先生还骑在自行车上，在国道上来回兜圈子，当他再次意识到自己还未到家，虽然骑着车，但方向背离了一百八十度，于是再次加速，朝远处呼喊，因为他的自行车铃铛已经不出声：善良的人们，请让开！

库兹米克先生躺在栅栏后面不动,在栅栏另一头,一条狼狗咆哮起来,吵醒了主人,那人操起鞭子准备跑去教训店老板,抱怨他的客人闹出的动静太大,让他的狗狂吠不停,吵得他无法入睡。这下他发现了沟里的库兹米克先生,他喊道:公民,需要我帮您吗?而库兹米克先生躺着嚷道:我什么也不需要,你这个老畜生,我碍你什么事了?他就那样一直躺到天亮,然后爬到了变压器那边,被送奶工发现了,送奶工开车把腿骨折的他送回了家。

普罗哈斯卡先生最终找到了回家的路,但他的脸摔伤了,脸颊撞在了自行车车把的铃铛上,折腾了五小时之后才回到家。像我这样,在不醉酒的状态下步行半小时就到家了。

弗兰茨先生骑了四个小时自行车,然后悄悄回家睡下了。然而早晨妻子叫醒了他,问他怎么回事?弗兰茨先生吓一跳。昨天晚上你又喝醉了吧?弗兰茨先生一脸错愕:我,喝醉了?妻子一把揪住他的耳朵,把他从床上拖起,扯到窗前,说:你自己看吧,无耻之徒!弗兰茨先生望出去,他看到自己的两只棉靴扔在草地的雪堆里,像烟囱工那双在酒馆桌布上胡乱涂抹的手掌心,像二十个等候公交的乘客因寒冷来回踱步,四处践踏,然后加上自行车不少于十次的碾压,两只棉靴扁得像一副眼镜,当他倒在雪地里时,如同把一幅骑自行车人的插图页翻转过来。此时珍宝先生早已在飞机场上拧紧了锁定螺母和密封套,机场对流的风让他头脑清醒。

护路员普罗哈斯卡先生躺在床上,脸上有跟坚硬的雪块摩擦的淤伤,此外还有自行车铃铛的印记。他的小孙女来到他身边,摁了摁他脸上的铃铛印记,然后说:爷爷,你昨晚喝醉啦?护路员普罗哈斯卡先生,讲实话的信徒,在斯拉夫式的仰卧体位上附身对孙女说:是的,我计算了那段时间,我一共有二十八处淤伤,而且发现自己摔得很灵巧,因为我没有一处骨折,也没有得脑震荡,我好几次都是仰面跌倒的，脑袋直接磕到了冻得硬邦邦的混凝土路面上。

烟囱工先生让他的恐怖经历和危机四伏的一年登峰造极：当他早上醒来时，身上穿着羽绒工作服，手拿毛刷，他渴了，于是起来去储物间，直接端起大罐痛饮酸牛奶，他喝得津津有味，突然他看到两只眼睛游过来，越来越近，他以为是自己醉酒的缘故，然而那双眼睛越来越大，到了他因饥渴难忍而张大的嘴巴里，某个活物进入了他的嘴里。烟囱工一把抓住抽搐的腿往外一拉，眼前分明是一只小蟾蜍，不知何故掉进了酸奶罐里。

店老板法先生早晨扯起所有的桌布，试图把它们翻转过来，然而烟囱工手掌上的煤灰、汗渍和悲伤浸透了桌布，洇到了桌布的另一面。这下店主别无选择，只好撤换下脏桌布，铺上干净的。下午他打了个盹，当他望向窗外，仿佛听到了机器的轰鸣声，自己好像坐在珍宝波音727的机舱里，那个巨无霸飞机刚刚降落或者即将起飞？他妻子披着一头金色鬈发走进来，法先生笑眯眯地看着她，轻扶妻子并问她：自愿的做爱？不是强奸？金发美女点了点头，匂向他的眼睛里充满了神秘和许久没有过的神色。法先生又问：真的没有哪个人威胁到我们的幸福婚姻吗？老板娘羞红了脸，点了点头，闭上了双眼。

没有人想要起诉我，告我阻碍了幸福的婚姻吗？老板娘紧紧搂住丈夫，给了他一个吻，很多年不曾有过的发自内心的吻。法先生打开炉灶生了火，已经一年没有生火了。当他到门外倒煤灰时，别洛赫拉维科先生骑着自行车来了。店老板跟他招呼道：下午好，珍宝先生，您是来聊天？还是喝酒？炉子已经生上火啦！

珍宝先生点点头，但他又成为那个胆怯、害羞、不知所措、爱脸红的人，他继续往前骑，然后拐入荫道，他去喂那条狗，梦想珍宝客机和婚姻，他和烟囱工一样，婚姻也触礁了……

马赞的奇迹

弗兰茨先生坐在枝叶繁茂的花园长椅上，乐滋滋地打量苹果树上盛开的花朵，当他留意到，我正透过铁丝栅栏在看他时，便伸了个懒腰，满足地说：美极了，是吧？您瞧瞧我头上那些粉红色的花瓣，不停地往下飘落，弄得我满身都是，这个品种叫马赞的奇迹，还有这儿，说着他站起身，走到柔和的微风里落英缤纷的苹果花枝下，这种绿苹果叫伊丽莎白，口感最好了，您下回切白菜丝的话，往里掺几个苹果……说着他身穿工装、腿蹬橡胶长靴的魁梧身影，从一棵喇叭形树冠的苹果树摇摆到另一棵向日葵似的苹果树，边走边抚摸树干，就好像那一棵棵树干是姑娘诱人的胴体；或者他刚给盥洗室的墙面贴罢瓷砖，面对自己的手艺沾沾自喜；他也像一位木匠，深情地摩挲着亲手打造的桌子、椅子，所有的家具。这里多美啊，弗兰茨先生说着来到栅栏边，手指头扣进铁丝网眼，跟随我的脚步和缓的节拍，慢慢挪动，仿佛大卫王在拨动竖琴，为自己美丽的诗篇伴奏。

这里会更美，如果没有繁衍出那么多绵羊给我惹麻烦，它们如潮水般涌现呀。这三年来我一直在清理羊群，可一到春天，总多出六只来。那只公羊邦博和最老的母羊沃扬达只要一对视，沃扬达就被扑倒在地……就这样，没办法。嗯，这些是夏季品种阿斯特拉罕，它粉红色的花瓣多水灵，跟孩童的小耳朵似的，那些公羊不让我睡觉。去年有人建议我把公羊驯化了，于是我在邦博的前额角上用铁丝绑了一根铁棍，重达五十或者七十公斤，省得它一次次扑过去骚扰沃扬达。然而，我低估了公羊的脾性！整整一夜，它用脑袋上拖曳的铁棍往牲口圈的铁槽上砸，一夜接着一夜无休止，让我们没法睡觉，或者把我们吵醒，牲口圈里简直警钟长鸣，咣当，咣当，没完没了。我安慰家人说，别着急，孩子们，镇静，我忠实的妻子，羊的气力总会使尽的，锤击声会低下去，最后它会虚弱不堪……这一种是本地品种玛林纳奇果，它的花朵一盛开就惊艳无比，您看到了吧？高大的弗兰茨先生张大嘴巴不停为我介绍，他走动时，温柔的花朵触碰到他肉嘟嘟的嘴唇，馥郁的花香钻进他的鼻孔，他忍不住伸出手去抚摸，欣喜地品味苹果花枝在温煦的阳光沐浴下送出的阵阵芬芳。哎，他忧伤地叹了口气，再次拍了拍铁丝网，到了第三个星期，当铁管的撞击声已经微乎其微，它居然拖着铁棍再次跃向沃扬达，把它扑倒在地，顺带扑倒了一只小绵羊。我愚蠢地以为公羊的好日子就此终结了，没想到两个月之后，母羊的肚腹隆起似鼓。我处理掉两只羊，这下又出世六只，我的羊群不减反增，队伍更加壮大。

教父沃尔利切克也建议我，哎呀，这儿真美，您瞧！他停下来，像鹌鹑，也像猎犬，爪子抓住电线上，双腿弯曲，热情高涨起来。这是另一棵马赞的奇迹，我自己栽种的，哎，您看，大自然有多么仁慈，植物也充满了慈爱呀！当然那些绵羊也一样，沃尔利切克教父也给我建议，让我给绵羊邦博的脑袋和前爪套上小型轮胎，以此遏制他蠢蠢欲动的性念，在技术上束缚限制它一跃而起，扑向沃扬达，从而避免羔羊和羊羔如洪水般泛滥……最不忍心的是看公羊邦博走路，它只得用三条腿行走，没少磕碰摔倒，看得我心疼。嗯，三个月后，仍然多出六只羊来，公羊邦博即便套着轮胎，跛脚行走，依然把每只母羊骚扰个遍，令我发疯。我一直想享受一点点生活，我毁掉多余的羊，把羊群数目控制在十二只，然而眼下冒出了二十一只，况且它不会消停，不会……巨人弗兰茨先生发出连声哀叹，一只手指头如同在竖琴上上下抚动，拨弄着铁丝栅栏，顷刻间，苹果树的花瓣洒向他厚实的体魄，他肉乎乎的大脸沐浴在花瓣雨中。

弗兰茨先生掸拂去花瓣，说：好了，你们这些花叶啊，要干什么？在诧异中，他甩去脸上苹果花和枝叶对他的亲昵。我朝他坐落在树林里的房屋望去，松树环绕在房子四周，他的花团锦簇的果园就在林间空地的中央，不难看出，草坪吸收了肥料充沛的给养，苹果树的树干健康壮硕。弗兰茨先生依然一脸愁容，痛不欲生的样子。

假如没有那些马蜂和大黄蜂该多好，您看到了吗？他用手一指，我这才注意到，每棵树的树干上跟自行车的车把似的挂了两个牛奶瓶，弗兰茨先生解释说：我见不得那些黄蜂，往每个瓶子里灌了些啤酒。不好受吧，黄蜂，遭罪吧，你们可没少折腾我，现在咎由自取！他大声叫嚷。我看到每个瓶子底部都堆积了一层死蜂，几只活着的马蜂和大黄蜂在使劲儿往上爬，最终还是跌落进啤酒里，它们一次又一次抬起身子，直至精疲力竭地死去。一旦飞入了牛奶瓶，便无脱身的希望。

弗兰茨先生突然噤口，神情茫然，他的目光越过花园，越过黄蜂溺毙的牛奶瓶，宛如一位先知，抬头仰视苍穹，在天空里，他自然不会看到神圣的三位一体，但他似乎看到了嘶吼的管风琴，也许天上某一位圣人也在看他，向他伸出圣洁的手，将他拉到自己的身边，直上云霄，在星云之间漫步……

他把手指头贴到肉嘟嘟的嘴唇上，欣喜若狂地说：有了，我有办法了！驯服那头公羊不需要铁管，也不需要轮胎，我可以从母羊那里着手，给它们缝一条短裤，就像富人家的爱犬常穿的那种，嗯，我给每一头母羊缝一条内裤！套上口袋，双层口袋，相当于小裙子，避孕的比基尼，就是它了。他嘟嘟囔囔，一脸迷醉。一阵风吹拂而过，弗兰茨先生站在夏季苹果树透明美艳的花瓣雨里，身穿工装，脚蹬泥泞的橡胶高筒靴，他仿佛手握淋浴花洒，站在稠密的花雨下。

房屋里传来尖厉的女人喊叫声：你这个傻孩子，你又拉到裤子里啦！一个壮实的年轻女子冲出屋来，揪着小男孩，扯下他的内裤，随手将裤子在水桶里涮一涮，裤子里滚落下令人作呕的粪便。

弗兰茨先生轻声感叹，这里该有多美，假如我的孙子不随时往裤子里拉，弄得短裤污脏不堪；这里该有多美，假如我的公羊没有此起彼伏去骚扰那些母羊；假如果园里不飞舞那些可憎的马蜂……

年轻女子冲弗兰茨先生嚷道：姥爷，你还在看什么？赶紧收拾东西去草场干活，天不黑不要回家，听到了没！她的声音犹如猎猎的旗帜切割了森林的空气，年轻女人的那种悦耳的嗓音。弗兰茨先生的女儿一头鬈发，脸盘丰腴红润，长得敦实，拳曲的头发盘旋在前额，一双大眼睛，她的声音从门廊传出来，如雷暴滚过松树林涛，让树枝呻吟，她的声音似穿堂风，惹得园里的苹果树洒下密集的花瓣，如雪花凌空舞动：雅林纳！声音撕裂了空气，门廊上显现声音的主人——弗兰茨夫人的身影，一位女汉子：你在哪里呢？声音嗡嗡回响。在这里，弗兰茨先生喘着气应答。

在那里胡侃什么呢？为什么不去草场！听起来依然善意的声音，夹杂了愠怒。也许在这个僻静的林区，大家习惯了相互叫嚷，因为扯着嗓子叫嚷才能让离群索居的他们向世人展示：他们生活在这里，他们存在，并且相互爱戴。我刚到花园一会儿，在欣赏我的果树，弗兰茨先生边回答，边把他的额头靠在马赞的奇迹树干上。什么呀？弗兰茨夫人边喊边从门廊里走出来：已经半个小时没见你人影了！弗兰茨先生辩解：十五分钟……然而弗兰茨先生的女儿和妻子激愤地异口同声道：半个小时！弗兰茨先生用额头轻轻抵住苹果树的树干，小声嘟囔：我就是才到这里一会儿嘛。

这里该多么美，假如没有那些公羊，没有那些马蜂，没有这些叫嚷声……弗兰茨先生准备动身了，挥了挥双手。两个女人还在门廊上叫嚷，嚷得落叶松的树干哈下了腰，树冠上的树枝吱嘎作响：半个小时没见你人影！妻子进屋去片刻，很快手拿闹钟重现在门廊上，她指着手里的奥地利闹钟表盘，闹铃突然响了起来，双铃的声响清脆有力，闹得弗兰茨夫人束手无策，如同面对一头野兽，如同手指缝里夹了一只野性的振翅展飞的银色鸟儿。两个女人快活地叫起来，尖厉的声音将弗兰茨先生团团围住：怎么样，闹钟不会撒谎！你说！你倒是说话呀！弗兰茨先生的脑袋磕在他家房屋的外墙，用额头轻柔地敲击斑驳的灰泥，白灰粘上了他汗湿的额头，他投降了：我承认，我承认，我是消失了半小时，但我是在果园里，在看马赞的奇迹，夏日的阿斯特拉罕果……女人们爆发出银铃般的大笑，夫人走下台阶，肥硕的身体上有两只巨大的乳房，她稍一弯腰，乳房便下垂到第一级台阶上，她急忙抓住缠满了枯萎的牵牛花的扶手栏杆……

夏天到了，弗兰茨先生赶着羊群，手拎麻袋和半导体收音机去林中草地放牧去了。他惬意地躺倒在麻袋上，打开收音机，自我陶醉于对付公羊邦博的妙招。母羊被围上了布兜子，仔细缝好后环绕在羊尾骨上，为此公羊邦博对弗兰茨先生发动了几次袭击，有一次把弗兰茨先生逼到了田野里，他只得爬到原野里的一个大木桶上坐着，不然公羊会杀了他。弗兰茨先生了解它的脾性，大声呼救。直到群羊赶过来，才给饥肠辘辘的弗兰茨先生解了围。在其他场合，公羊邦博因为身上的比基尼也没少袭击弗兰茨先生，弄得树林子里的松树皮翻飞四溅。虽然去牧场的行程只需半个小时，然而弗兰茨先生从牧场回家时，在松树与松树间绕行躲避，至少得走三个半小时。弗兰茨先生突然大笑起来，因为他认为公羊的报复是公平的，母羊身上的避孕内裤达到了目的。然而，三个月之后，布袋子可疑地鼓胀起来，接缝处几乎撕裂开,弗兰茨先生意识到,比基尼和避孕袋在公羊邦博面前不堪一击,它在这方面比以前更胜一筹。

我又沿着栅栏慢慢踱步,弗兰茨先生的手指头在栅栏的琴弦上抚动,如同历尽沧桑的大卫王,为我吟唱他的哀歌和感慨诗篇……这里该多么美,一片丰收景象,您瞧,透明的夏果肯定能装满两大桶,阿斯特拉罕果就更不用说了,我会用它喂羊,然而那二十一只羊里肯定会有六只将下小羊羔。三年前我就打算把羊群控制在十二只,这倒好,现在将近三十只。在我们家,除了我没人爱吃苹果,然而这么多的苹果,他哀嚎起来,这里的黄蜂也无穷无尽,您看一眼!瓶子总是满满的,我隔天往瓶子里倒一次啤酒,这些天杀的黄蜂就是灭不尽,跟那些羊一样。弗兰茨先生边哀叹边拨弄铁丝,他的胶靴应合着诗篇的节拍沿栅栏缓缓移动,手指拨弄着琴弦……

雅林纳啊,雅林纳,他像年老无助的国王那般埋怨:哎,你不想要的,这里全有,羊群、黄蜂,也长得好好的……您瞧,这里,您还记得吗,弗兰茨先生眼睛发亮,这棵是马赞的奇迹!一棵树我就能采摘五大桶苹果……这一棵是我嫁接的老树,不知何故挨了冻,上面结了一个美丽的小苹果,您看到了吗,它在朝我笑呢,像我的小孙子那样,像小姑娘漂亮的小脸蛋……哎,这是我唯一的快乐。那是什么?他惊恐地叫起来,手指头紧扣进铁丝网的琴弦里,我看到的,难道我眼花了?他搬来梯子,靠在老树上,然后爬进枝叶和树杈之间,只听他一声惊叫:在马赞的奇迹里有黄蜂!树上出现了黄蜂!弗兰茨先生崩溃了,他很快从梯子上下来……他片刻没说话,跑来时手执一把大剪刀,有镰刀那么大,两片带柄的奥地利镰刀,他暗自冷笑着,怀着怨恨与愤怒往树枝上爬,展开剪刀候着,等黄蜂从苹果里飞出来,苹果已经被它啃了个大洞,跟它的身体相当,也许更大。黄蜂刚从甜甜的浆果里退出身子,弗兰茨先生咔嚓一声合上剪刀,黄蜂被剪成两截,他洋洋自得地看着我,松了口气说:混蛋,罪有应得,想折腾我,作死!刚一得意,不料苹果里爬出了第二只野黄蜂,好似为黄蜂复仇的联轴偶合,直扑弗兰茨先生的脸,他刚举起剪刀,那两片镰刀在夏日的阳光里亮得刺眼,弗兰茨先生似狂热的宗教信徒般高举起双手,手臂伸向天空,剪刀停留了片刻,随后重重地砸到草地上,刀柄插入了松软的泥土。弗兰茨先生爬下梯子,仰面躺倒在草地上,伸出一只手去触摸眼睛下方越来越大的淤肿,他被大黄蜂蜇伤了。他翻了个身,没有了动静。

门廊上传来女人强横的呼喊:雅林纳!怒气冲冲的声音里裹挟着一丝美丽的怨恨,呼喊本身蕴含了快感,有几分炫耀嗓音的动听。第二次的呼喊更为嘹亮,震得枝头的苹果直打战,那个被马蜂啃啮过的苹果弱不负重,被震落到地上。你在哪里?哼,你等着!喊声消失了,很快门廊上出现了那只奥地利闹钟,在阳光下一闪一闪。大嗓门、高胸部的夫人冲进果园里,手里的闹钟响个不停。夫人跪倒在绿草地的树荫里,刺眼的阳光直泻而下,夫人嚷道:你在这里睡大觉呀!给我起来……然而弗兰茨先生躺着,动了一下,把一只手倚到湿漉漉的草地上,闹铃依然在响,弗兰茨先生嘟囔了什么,然而被闹钟的声响淹没了。等闹铃声止了,弗兰茨太太俯身惊叫:天哪!他被马蜂蜇了,救护车,快叫救护车!她呼喊着,双手捧住自己肥胖的脸颊,弗兰茨先生躺着一动不动,脸色煞白……

然后有人开车来了,跑来一个人,跪倒在马赞的奇迹树下,把白得耀眼的急救箱放到地上,箱盖上的红十字非常抢眼,连那个黄铜扣也不可思议地熠熠闪光。女儿也跑出来了,那个美丽的大眼睛上罩着美丽鬈发的美人,她哭喊道:姥爷,你干什么了呀?她摇晃着弗兰茨先生的身体,她站起来,令人难以置信地托起了魁梧的父亲,如同抱起一个婴孩。她想让父亲自己站立在橡胶靴上,然而弗兰茨先生又滑下去，仿佛他的身体柔软无骨，只有肉；仿佛也没有肉，只是一个用木棍架着工装、裤子和夹克的道具……正当大家把他往车里抬的时候，弗兰茨先生醒了，他自己站到了地上，垂死的手做了一个垂死的动作，打破沉默，用垂死的声音说：别了，我的鸽子；别了，我的公羊；别了，我的母羊；别了，我的苏台德果；别了，我的马赞的奇迹；别了，我忠实的小狗……

弗兰茨夫人扬起手里的奥地利闹钟，想要砸弗兰茨先生的脑袋，她吼道，尽管压低了嗓音：老混球，那我怎么办？我怎么办？女儿说：姥爷，还有我们，我们怎么办？说着把儿子塞过去，让弗兰茨先生祝福他。弗兰茨先生说：别了，我的鸽子们；别了，我的奇迹；别了，我忠实的妻子……

所以啊，弗兰茨太太充满爱心地喊，女儿说：姥爷不耐受黄蜂毒液，所以这样，您知道吗？随着女儿的叫喊，弗兰茨先生晕过去了。

麦德克先生

当秋冬季节降临寂寥的森林,当太阳也不肯出来露一脸,不再像自身存在抑或不存在的无价的样本:太阳还存在,只是看不见。早上七点半时天依然黑着,而傍晚四点一刻黄昏已淹没一切。僻静的森林被忧郁和乡愁笼罩,还有失去了树叶和希望的潮湿土壤。

我坐在黑洞洞的窗边,凝视黑暗,不知道该做什么,我是否应该纵身一跃,跳入火车轮下,在这样的夜晚从河对面遥远的地方依稀传来火车声响;或者上吊自缢,如占卜师玛申卡预言的那样,那一次她在王侯酒店的女士洗手间,用扑克牌算出了我的命。

当油灯的灯芯缩回疲惫的眼睑,一辆摩托车从主干道拐到我家门口停了下来,院门里走进一位黧黑汉子。等我拧亮房间和院子里的灯,看到了身穿皮装的麦德克先生,喜气洋洋地咧嘴笑着,嵌在他浓密的眉毛和长胡须之间的两只眼睛闪闪发光,掩饰不住的幸福、自豪和极大的满足感,跟枝叶凋零的旷野形成反差,落叶跑到了公路和小径,花坛和林间空地,路边壕沟以及所有的草坡、围栏和橡树苗圃里。

麦德克先生给我一个手势,让我跟他走,好让我也沾上他的莫名喜气,还有在院门外就炫目的吸引力。在农舍一角摇曳的灯光斜影里,我看到了他激动的根源,我最初以为,他的车斗里载了一匹四脚朝天的马。然而不是马,是一头僵硬的死羊,毛皮剥去了,开了膛的腹部裸露出肺和肝脏，如同花花公子的西装口袋里露出的手帕。"这是什么？"我吓一跳。"太值了，"麦德克先生眉飞色舞，"超值的一笔生意，这头羊是我用一个电机加五十克朗换来的。"他一脸得意。

"那这羊要派什么用场？我能做什么呢？"我问。"做什么？"麦德克先生说，"您来帮我把羊剁开，听说您炖羊杂很有一手，我们把羊肉腌起来，可以做羊排，火腿，其余的做香肠。"麦德克先生喜笑颜开，虽然寒气把他的脸庞冻成羊肝般的绛紫色，但接下来诱人的目标让他容光焕发，驱散了凛冽严寒，那笔划算的交易让他心头热乎乎的。

我说："很不错，麦德克先生，等我拿上皮外套就跟您走。您家里有洗衣盆或大塑料桶、木桶之类的吗？"我一一列出器具，麦德克先生摇摇头，说一样也没有。我说："麦德克先生，那把我家里的大木盆拿上吧，那样就行了。"麦德克先生又笑起来，露出了牙齿，牙齿增添了他浑身洋溢的幸福度。"那好，"随后他说，"您不要称呼我麦德克先生，叫我米沙好了，行吗？"我说："可是此地林区的人都叫您麦德克先生呀。"我边说边跑进厨房，抓起皮外套，顺手拿上手电筒。当我走进寒冷的夜色里，麦德克先生告诉我："那是我的别名，麦德克在我们那里叫美多德，所以小名就叫米沙。"我说："好吧，米沙先生，您还不曾到过我家里吧？"麦德克先生说："没有。"

我走过松树林，前方屋舍前挂了一盏煤油灯，我们朝房子走去，屋角的灯盏把尖利的阴影直直投射到空中，增加了阴影的深度，我们行进在阴影里，走向小溪去取那只木盆。一路上我的手电筒在百年老松树上晃耀，松针散发出绿松石般的松香气味。

"麦德克先生，"我问，"您家里有百里香吗？有多香果、胡椒和月桂叶吗？""没有，"麦德克先生回答，他正抬头专心打量那些十多米高的修长树干，树冠上的树枝分布匀称。"妈的，"他赞叹，"真是一棵好木材啊！制作木板的理想之材，可以做板材，因为它健康，已经成熟了。您干吗不砍了它？"

我说："是这样的，米沙先生，每棵松树都取了名字，这一棵是美妞冬尼卡，这是她的妹妹甜心贝比奇卡，从霍伯特林区迁来的。这棵叫可爱的约翰娜，那边那棵树最美了，您看到了吗，树枝从树冠中央分梳下来？这儿有一个窗口，可远眺沙特尔大教堂①，所以它被称为巴黎圣母院美妇。还有这一棵，您看她的脸，这是圣塞西莉亚②与两只怒放的乳房……跟您说，麦德克先生，当初我来到这里时，我是从两位女教师手里买下的林区这块地，她们也给这些松树起了名，每次她们来这里，先要祭拜松树，那种斯拉夫式的深鞠躬，一棵接一棵，等离开时，她们还要依次敬拜……"

说着我们走出树林到了草坡上，顺着它往下能走到小溪边。夜里看不见小溪，但它在咕嘟咕嘟冒泡，仿佛刚刷完牙，正从喉咙里发出不同腔调的漱口声。"妈的，"麦德克先生一声惊叹，"前面这是什么东西？"他夺过我的手电筒，上上下下把那棵高高的双杈柳树照了个遍……"呵，很酷嘛。"他激动而细致地照亮了整棵树，所有的柳树枝条都已包裹一层嫩黄的树皮。"玛申卡曾为我预言。"我说，而麦德克先生晃了晃手电筒，斑驳的树影跟着晃动起来，"她能预言您什么呢？"说着再次把手电筒四处一番照射，然后走近小溪一步，久久注视干净的溪流如何冲翻小鹅卵石，流入一片幽绿的在水里摇曳的海藻和水草之中。麦德克先生故意说："妈的，让您死不容易啊……"

---

① 位于巴黎西南郊的哥特式教堂，建于1145年。
② 西方历史上第一个肉身不腐的圣人，生于意大利，出生年月已不可考，大概卒于西元177年。

我听出来了，麦德克先生在为我说好话；我意识到，确实，当你身边陪伴有美丽的姑娘或者美丽的松树林，还有更美的潺潺流淌的小溪，那么那个人，无论是谁都不愿死去，就为了眼前存在的美景。"在那里呢，"麦德克先生说，"那个大木盆，拿上它吗？"我们试图把木盆从泥地上扯走，但盆底牢牢冻结在地面上。最后，我们使出浑身气力，膝盖都破了，才把木盆连着泥土和褐色树叶扯离了地面。我们拎着大盆朝车斗走去，我问："您家里有屠刀吗？"

麦德克先生回答说没有。"那我拿上了自家的厨刀，还有那把军用刺刀。"我摁灭手电，摩托车发动了，我坐在死羊的脑袋边，紧紧抱住沾满污泥和树叶的木盆，盆边沿不时磕碰到死羊的身体，我变换姿势，不让铁箍触碰到羊的肝肺。麦德克先生驾驶摩托车，听声音这款车是雅马哈250，车从主路拐入一条小巷，路面变得松软起来。麦德克先生绕过地面上的水坑，因为这里是矿井区，是波希米亚地势的最低点，水在这里汇聚，只要用铁锹挖一下，酸水就直往上冒，所以每一间木屋，每一栋房舍都立在水里，木桩和墙壁便如同煤油灯里的灯芯，吸附着底下的水，让水攀爬而上。

"我问您，"麦德克先生说着减缓了车速，一只手插到腰间，"您猜猜，哪一棵树是我的？"我回答："松树。""不对。"麦德克先生拖长了声调。"嗯，那么杨柳或者垂柳。"我继续猜测。"不对。"麦德克先生说罢，快速而满意地自答："是白杨呀！因为它这个季节就已经开花，一月初就绽放了，因为它是第一个可爱的报春使者。"他调转车把，猛踩刹车，跳下了摩托车，走进了聚光灯的光里，从口袋里掏出钥匙，放到嘴边吻一下，打开了院门，然后俯身抬起门闩，自豪地打开了大门。他跳上摩托车后，自豪地说："这院门是我自己做的，只花了一百六十五个工时，怎么样？"他转身龇露出洁白的牙齿，笑容在黑暗中闪闪发光，就像铃声响起时的闹钟上的磷光数字。

我不禁念叨:"白杨,白杨,那个出卖耶稣的犹大就是在白杨树上自缢而亡的,那个为讨好别人,谋害小王侯的杜林克①,也在白杨树上上吊而死……可是麦德克先生,您喜欢吃羊肉吗?"麦德克先生啐了口吐沫说:"我都见不得这种肉。"我问:"那您买它做什么,为了倒卖?"麦德克先生跳下摩托车,调转熄灭了的车灯,按捺不住兴奋,嘶哑着嗓音说:"您难道不懂!遇上合适的生意,必须成交呀!我最拿手的就是便宜买下好东西,哪怕有瑕疵。能不买吗,它如此便宜……"

他走过去按下屋舍外墙上的开关,房屋倾斜的屋顶毗连工棚,工棚屋顶再倾斜毗连牲口圈,牲口圈屋顶倾斜毗连柴房,柴房的屋顶就紧挨湿漉漉的地面啦。屋棚到此为止,从棚里探出令人发指的管道,如同喀秋莎炮管或山炮组合。小松树林咆哮着交响乐,它们拗不过底部的地下水,一辈子陷在脚踝深的酸水中,无法往上生长,水从不同海拔高度的黑水池和锈水矿慢慢渗透,汇聚于此。

夏天,房屋整个前翼被仁慈的枝叶交织的绿荫遮掩,有茂盛的覆盆子、白杨和白桦树,整个前翼,丝毫不露房舍的真面目,此刻灯火通明,如夜幕下的马戏团,如流光溢彩的旋转木马,如晚会演出前半小时的蜡像馆。

在空旷的院子空地上,摆放着一台庞大的机器,看似车床,高度有二十米。麦德克先生看我一脸惊诧的神色,说:"怎么样?它只缺一个飞轮和电机,无法不下手将它买下,实在太便宜了,"说着掏出一个笔记本来,看了一眼后抬起头,满脸叮当作响的幸福感:"只要我往这台机器投入一百三十个标准工时,就可以用它切割板材,不仅仅是木板,所有木条都行!投入的钱就回来了,不是一倍,而是放大

---

① 捷克古代传说中的人物。

十倍呀……"

我放下手里的木盆,后悔自己进入了与这头死羊的冒险,但转念一想,假如自己坐在家里,只会沉郁于哀叹时光无情的怀旧怅然之中,于是我吩咐:"米沙先生,拿把刷子来!"

麦德克先生走进屋去,得意洋洋地端出一个胶木洗衣盆,送到水泵边,盆里的刷子不止十把,而是五十把。我操起一把,就着酸水刷洗起木盆来,随即看到刷子上的毛刷刷脱落,我伸手拿起另一把刷子时,麦德克先生激动地说:"怎么能不买呢!一把刷子才半个克朗,嘿,多便宜?"我说:"嗯,很棒,您抬个桌子来,我要在桌上把这只羊切开!"麦德克先生走进屋,我就着煤油灯的微光和投射到黑松林里的聚光灯洗刷木盆,已经换第四把刷子了……

麦德克先生拖出一张桌子,紧靠在墙上,那墙壁只见砖,没有抹一点儿灰泥。我们把羊放到桌上,我拿起刀,忍住厌恶感,刮去干枯的树叶和脏污,发话说:"米沙先生,给我拿一把斧子来,好吗?"麦德克先生找寻斧头去了,他欣喜的嗓音传来,他在计算成倍增加的标准工时,然后以成倍的狂喜强调那些工时带来的成效,那些我未知的欢乐成果,那是他孜孜追求的终极目标,麦德克先生也为此而活,肯定为此兴奋得无法入眠。我不寒而栗,他的这栋房屋、工棚和牲口圈里,到底还蕴藏了多少惊喜……

麦德克先生在牲口圈里乐得合不拢嘴:"哈哈哈!用得着别人来建议我该做什么吗?我就是专业规划师!给我!建议!"他放声大笑起来,直到呛咳,差点儿窒息。他递给我斧头时,双手挥舞,以驱赶走那些百无一用的建议。"我在牲口棚里总共有三十把斧子呢,为什么不买,既然才三十克朗一把,说是都淬火过度,不堪一击……可它物有所值啊,对吧?"我剖开羊腹,如同掏示鸣钟里的宝贝,从肚里挖出山羊的内脏,把那些杂碎一件件摊放在桌上,颈项亮闪闪似玉髓戒指，羊肝变成红衣主教帽那般的美丽紫色，羊肺在如此柔和的粉色荧光灯下似一只羔羊，或者日落之后的天空，预示一场雨即将到来，微冻的羊脂构成美丽的云朵，飘拂在冬日的天空，那种裹挟了雪花的云朵，而卷曲的羊脂犹如草地上的鼹鼠窝，像人类的大脑，充满皱褶和凹痕……

"明天我们炖一锅农家炖肉，把羊舌头也煮进去。"我说着，砍下了羊头，从蓝色的羊眼和羊鼻孔里流出冻胶，蜂王浆似的。我剖开羊头，掀起羊舌割下来，不觉恐怖地联想到刽子手如何在广场上割下耶森斯基[①]的舌头，活生生的人舌头，那恐怖的念头似乎已经离去，实际并没有，而是幻化成云朵留下了。为了让云朵也消失，不遗留哪怕一根针、一根刺，我抛出咒语般说："米沙先生，拿个桶来装内脏，最后用羊脑给炖肉勾芡，那锅辣椒炖肉！"我轻轻拍了拍那半个羊头，然后拍另外半个。那个念头离去了，最后的念头，那个持刀男人的画面，他宰了那头羊，用它换了一辆摩托车再加五十克朗，虽然那头羊有求生的欲望，它肯定特别想活着……

麦德克先生抱来一大摞搪瓷锅，很奇怪锅没有倒下，他放下锅，摆成一圈，一共有二十多只……"怎么样？能不买吗！三克朗一只，正常价是三十克朗！锅底掉瓷有何妨！这买卖合算吧？不用规劝我，我是个职业策划……"我把羊肠轻轻扔进一个底部剥落相对少的锅里，然后麦德克先生摁住羊腿，我一刀剁向羊臀，翻个儿，一把拧下两个羊腿，就像卸下断了铰链的门扇，再用刀轻松切下两个前肩，最后一刀切断颈椎，用斧子轻轻剁下羊脖。这是最好吃的部位，我晃了

[①] 扬·耶森斯基（1566—1621），斯洛伐克医生、政治家和哲学家。因参加反哈布斯堡王朝起义，于1621年6月21日在老城广场被判处死刑，舌头被切除，头颅挂在老城塔楼示众。

晃血淋淋的脖子,但麦德克先生做了个鬼脸。我把羊排大卸几块,把漂亮的羊腰窝和羊里脊并排码放到桌上。

"齐了,"我说,"这只羊真肥啊,现在只需把羊板油扯下来,可以熬油脂,或者您把它挂起来喂山雀?""山雀,"麦德克先生接过话头,我听到手指撕扯羊脂时干脆利落的哗哗声,如同你走在覆盖了新鲜白雪的橡树林,寒冷刺骨,脚下发出干爽的嗖嗖声,靴子摩擦着埋在雪中的橡树叶……"您过来歇会儿吧,"麦德克先生冲我喊,"歇会儿再干。"说着再次呵呵笑起来,那么自信、得意,面对他熟悉的一切、永远不满足的一切,那种大美、那种他竭力想拉上我共同参与的危险状态的美。

他打开门,我沾满油脂的双手铮亮,我张开手指头,麦德克先生领着我从一个物垛走向另一个物垛,像进入幽灵城堡的导游,一路解说的声音里透出昂扬的激情,从中我感受到,麦德克先生要求自己必须成为榜样,不仅对自己,而且对全世界,因为他从未遇见像他那样专业的规划师,如此美丽的楷模。"这里是三十辆自行车,嗯,仅缺少车把和刹车,每辆车仅花去一百八十克朗……您往这边瞧,全部挂着呢,三十六件有蜜蜂标记的马甲,我会送您一件,虽然不时兴了,但总有一天会用得上,它们缺纽扣和纽扣孔,因为裁缝在缝制马甲时喝多了,但怎么能不买呢,一件夹克才六点五克朗,您再瞧这里?"

"这些橱柜,箱子里装了什么?"

"那边是经纬仪,有三个,已经很旧了,但一个经纬仪才八十克朗,如果您去买的话,至少要八百多克朗。您知道,不是每样东西都便宜出售的,我擅长讨价还价!虽然经纬仪缺一个镜片,但镜片我买了满满一纸箱,总共才花了一百二十克朗,什么样的镜片我都储备了,足够用一辈子的……"当我用手暗示要去处理完那头便宜买下的山羊时,麦德克先生说:"现在咱们去工棚,去我的主仓库看看。"

说着推开门，拧亮了工棚里的六个灯泡。眼前同样是满满当当的物品，一直挂到天花板，像一间腊肠铺。天花板上吊了一双双皮鞋、军靴，麦德克先生穿梭其间，抚摸他那些靴子和皮鞋，按捺不住兴奋："我说服他们一只靴子定价五克朗，我挡回了卖方一连串的异议，志在必得，最终他们的负责人让步……"

我说："可我看出来，所有鞋子怎么都是左脚？""对啊，显而易见的事，"麦德克先生一拍手掌，"必须全是左脚啊，不然怎么能如此便宜地买下呢，对吧？您瞧！"为了证明给我看，他脱下脚上的鞋，套上两只左靴，是军靴，一瘸一拐走了几步，也许是聚光灯有偏差的缘故，反正他走得很来劲，一脸自得，说："这靴子穿上很暖和，如同站在温水里！因为里面有毡，反正，穿它们不是为了越野跋涉，而是去车间机器旁干活。既然站着不动，显然，左脚抑或右脚也就无关紧要。对您的双脚而言，最重要的是什么？当然是保暖。您可以拿走一双。"

麦德克先生转悠到水桶边，马上解释说："这些都是水桶！稍微有点漏水，但我从军事管理局买来了胶带，您看，每一只水桶都贴上了军用防水胶带。一个桶才花我零点九个克朗，简直是白给。"他又把我带到四个转盘的留声机前，激动地说："没有唱针，但怎么能不买下呢，六十克朗就购置一台唱机！我配置上唱针，那才值几个工时，很划算，是吧？上千块的生意呀！我已经修好一台唱机啦。"

说着麦德克先生按上唱针，放上一张唱片，是交响乐团演奏的小提琴曲，音乐动人心弦，惊叹之余，我游离的眼睛似乎望见了琴弦和小提琴手的动作，我深深地沉醉在音乐中，麦德克先生更甚，涕泪长流，不是因为音乐，而是为自己这一笔超值的交易而感动，他觉得我被感染也是这原因。当唱片半途停下时，我问："米沙先生，这个间奏曲叫什么名称？不是很具特征，该不是《黑森林磨坊》？或者《银蕨》吧?"麦德克先生幸福地摇了摇头,拿起唱片,他的眼泪滴落到唱片上,随后递给我,我的眼泪也滴下了,我眨了眨婆娑的泪眼,读道:"《魅力》。"我大声重复:"《魅力》?"

麦德克先生说:"《魅力》。"我问:"唱片只演奏了一半?"麦德克先生两眼发光:"是美中不足,然而花两克朗一下子买下三十张唱片呢。另外三十张我也包了,从下半段开始演奏的,令人兴奋吧!三十张《魅力》唱片,我已囤积了可欣赏一辈子的唱片,因为我无意欣赏也不想了解其他曲子了,《魅力》是我的歌,我的生命之歌,我的故事。所以《魅力》将循环播放,直到我的棺材入土。"我喃喃自语:"《魅力》。"在走入最后一间屋子之前,我已经决定了。

由于屋顶低矮,我们不得不低下头,下巴抵到胸口,最终不得不曲膝行走,我看到了更加壮观的场景,麦德克先生最壮观的投资……等我们走出来,回到木盆前,我给羔羊撒上盐,为了制成可享用两个月的香肠,可以掺加五公斤猪后腿肉,再加两公斤小牛肉……当我在木盆前弯下腰,脑子里突然闪过一念,我直起腰,说:"米沙先生,您知道吗,您也不会死得很容易?"

从春天起直至初夏时节,我尽量绕开林荫道,免得听到《魅力》那首曲子。我花了半年时间从大脑里去除了他置办的所有那些便宜货。突然有一天,我思念起麦德克先生来了,于是我重新拐上那条林荫道,实际上我并不想往那边去,只是小提琴甜蜜的线程把我包裹住,那旋律融入了橡树叶的片片私语,仁慈地笼罩了所有的工棚、茅舍和附加建筑,如同用铰链从深井拉起了桎梏。于是我循着曲调而去,它既不是《黑森林磨坊》,也不是颇具特点的间奏曲《银蕨》,而是《魅力》,树叶如水流般汩汩淌过手指和渔网。

我站到麦德克先生家门口,再次为之一振,麦德克先生正叉开腿站在一个三脚仪器跟前,那台仪器的跨度和麦德克先生的站姿角度一致。他趴在仪器上,用一只眼贴在上面,注视一根红白色的小棍,此刻他收敛起微笑,把小棍推远些,又满脸兴奋地看起经纬仪,为这台仪器,他购置了一纸箱镜头,那些镜头可以看到世界的尽头,也就是麦德克先生的生命尽头或死亡开端,他曾那么希望我称呼他米沙。

此时留声机里《魅力》的旋律再次萦绕而起,我听到从邻家地界传来男人的叹息,一个伤在心灵而非身体的叹息,那种备受命运折磨的斯拉夫人的哀叹。然而麦德克先生误解了邻居的哀叹,那个人一定已经上千次地聆听了《魅力》。麦德克先生踩着落叶,走向藤蔓丛生的篱笆,对着枝叶喊道:"怎么样?《魅力》!赫尔穆特·扎哈里亚斯①的小提琴独奏!"当他返回时,我迅速弯下腰装作系鞋带,省得跟他照面,然而他和颜悦色地迎向我,小狗也跑近来。麦德克先生递给我一根红色木杖,我手持木杖跟随他走东走西,因为麦德克先生以为他在平整自家的那块林地,同时热情地告诉我说,他刚找出了电击枪,准备屠宰二十四头猪,无限的池塘似无穷动②,所以在地界上每个家庭都可以在循环的流水里养殖鳟鱼。麦德克先生一边叙述,一边唱起歌来,他清了清嗓子,唱着,而我担心什么,他立刻为我解释,他说:"我借了一台录音机,省得晚上无聊,我就唱歌,想起什么唱什么,您也看到了,我以歌代言,嗯,岂不美妙?"

他边唱边在树林走来走去,把细细的树干握在手指间,"您瞧,我在这里种了一百棵花楸树,五年后这些花楸树带给我的年收益是五千克朗。您不了解花楸树吗?这是黑醋栗,这种树在五年后也会带来同样的收益。"我说:"可是花楸树滴不得水,它们都被松树的树冠

---

① 赫尔穆特·扎哈里亚斯(1920—2002),德国作曲家,小提琴家,擅长演奏爵士、古典和流行音乐,享有"魔法小提琴师"称号。
② 系音乐专业术语名称,指以快速的音符演奏的器乐曲,从头到尾贯串急速的节奏。

罩住了。"麦德克先生哼唱着："您这是在给我建议吗？给我这个专业规划师建议？所有的树都将通过紫外线照射，取代太阳光照。""那敢情好，"我说，"但为什么在这里要使用经纬仪呢？"麦德克先生双手一挥舞，开始播放下半段《魅力》唱片，赫尔穆特·扎哈里亚斯的小提琴独奏曲，那唱针似乎穿透了厚实的灌木篱笆，扎入隐藏其后的那个人的大脑，因为留声机的转盘启动后，在茂密的枝叶后面有人开始呻吟和哀叹，仿佛留声机的唱针往他的大脑里划出了深深的沟痕。麦德克先生抓住我的胳膊，他的眼睛里迸发出金砂般的热望。

他指着经纬仪分隔出的五平米区域，唱道："这里将是一个舞池，灯笼，轻柔的音乐，晚会，您听到了吗？赫尔穆特·扎哈里亚斯！"我说："米沙先生，您这么爱好跳舞？"麦德克先生摇了摇头："我从没跳过，您知道，我建一座舞池是为了给自己证明，我有能力，我总在敦促自己创造美好的事物，如此而已。您看，我同时沿那些管道扔出球去，训练小狗来回奔跑，我一直在训练它，既然我自己锻炼不止，那为何不练一练那条可爱的流浪小狗呢？然而扎哈里亚斯让我心碎。"说罢他似乎有所醒悟，掉头往回走，夸张地注视起经纬仪，我看出那台仪器里没有透镜。然而麦德克先生拧了拧螺丝，好似镜头安然无恙存在的样子。而我，依他的要求，徒劳地手持美丽的红杖在树林里走了一遭，插在麦德克先生用手掌指定的地方，我拄着杖来回走了几趟，这里进一步，那里退一步，直到他终于满意，往笔记本里做一些标注，他非常自豪地写着，容光焕发，宛如太阳钻出云层，光芒万丈……

他脚上穿了两只左脚鞋，就是冬天里也赠给我的军靴，但我穿上后不会走路了，不是我不想走，我尝试过，但我看到，我一迈步行走，那双军靴不仅把我的左脚，而且把右脚往左拉拽，我东倒西歪，开始磕碰，绊脚。然而麦德克先生走得从容自如，他身穿没有纽扣和扣眼的镶满蜜蜂的金马甲,用一根金黄色的绳子在腰间一扎,那是教堂开始弥撒前拉扯的绳子。

我继续手持红杖行走,那探路的木棍,我突然意识到,麦德克先生其实是个可怜之人,他为了不去思考自身和一生中那些无意义的事,如同夏日里仁慈地遮掩他林间房屋、工棚和混乱的茂盛枝叶,麦德克先生同样以每桩合算的交易来遮掩对自身外表,对自己脸面的审视,遮掩他让每个人感到害怕和恐惧的外表。然而生活就是这样……

"麦德克先生!米沙先生,您觉得我在这方面比您更出色吗?"

三角钢琴里的兔子

"我对人性不抱有任何幻想。"公证员先生边走边宣称。他走路的姿势很是奇怪，不免令人心生同情。"就像是几年前我被电车轧伤，四肢几乎都骨折了，我也只得听天由命，让身体自行恢复。"甚至他的脑袋也被挤压过，在走路时必须歪向另一方向，才能看到路。走路时他仿佛双脚踩在高跷上，左右摇摆得厉害，他的双手像藤条那般扭曲着，所以当他提着装有圣约瑟夫泉眼矿泉水的小桶时，那桶就如马车夫的煤气灯一样叮当作响。这样一路走回家，桶里刚打来的水差不多也都洒光了。人们说他曾经是个公证员，在购买圣约瑟夫泉旁的小别墅时使了诡计，竟然没给主人支付一分钱，犯下了这魔鬼般的罪孽，他的伤残自然就是对他恶行的报应。他孤身一人生活，自己能穿衣打扮简直就是个奇迹，光是因风湿而扭曲的肢体套上衣服，每次就要耗费他近两个小时，因此他悟出来，最好在周一更换衣服，然后一直穿着，不然他刚穿上衣服不久就得再次脱掉，因为到睡觉时间了。

在他从公路拐向泉眼去取水时，必须采用复杂的几招，好比给汽车调头时要将所有的轮胎都别到底似的，他先往回退几次，又继续往前走，再退回来，直到找准了方向。接下来是重头戏，准确地到达泉边。显然，他的眼睛只能看到一个方向，就像在黑色面具下通过一个小孔往外看；终于在他第十次，或是第二十次重复这些动作之后，他才找寻到那股细细的闪着光亮的泉水。

他身材臃肿,做完这一系列动作已经大汗淋漓,满脸痛苦,甚至可以说是恐惧的神情。然而他依然独自生活,不要任何人陪伴,孑然一身住在他那别墅里。他肯定是有些积蓄的,手头并不拮据,但他不雇任何人来照顾自己,踽踽独行,承受苦难,他甚至从这苦难中找到了快感,就像获得某种胜利。那是很大的胜利,当他能独自走到合作社买牛奶、面包或日常生活用品,或者去泉眼取水。

在他眼里,一瘸一拐走到他想去或者需要去的地方,是一项运动成就,同时也是道德上的巨大胜利,公证员先生毫不掩饰对自己的钦佩。可以这么说,在做每一次出门前的准备工作时成就感就开始滋生,他甚至规划优化的路线,尤其是在艳阳高照的日子里。所有人都喜欢太阳,但对于公证员老先生来说阳光却等同坟墓。明晃晃的太阳光线射在他的脸颊上,使他几乎看不清任何东西,一直得遮住眼睛,免得走到路边的沟里,或者掉入壕沟。他只得停下脚步,最好的解决办法是把背包或者木桶高高举到头顶上。要是遇上不认识他的陌生人,看到他高举木桶,摸索着探着路,再看到木桶阴影下他那张狰狞的、总带着惊讶神情的脸庞,可真是可怕的一幕。他只有一只眼睛看得见,那只眼睛在他脸上微弱地闪烁出唯一一点亮光。不过当他看得到一些东西的时候,那种喜悦就如在漆黑一团的深夜有一束微弱的手电筒光突然照亮前方的路一样。他调整好方向,继续前行那么几十米,在剧烈的阳光让他再次感觉陷入无边的黑暗之前。

公证员先生从来不希望别人前来搭一把手,自告奋勇牵起他的衣袖为他领路。他停下脚步,厌烦地喘着粗气,脸上浮现的表情谁看了都会被吓退,宁愿离他远点儿,省得直视他那张迷茫而近乎愚钝的脸,那张脸上折射出诡异的恐怖和喜悦,一览无余地昭示世人,他遭受了残酷命运的折磨,但他不会屈服,不会放弃抗争。公证员先生就那样踏上了草地,将篮子举向空中,举向阳光射来的方向,遮挡住四泻的光芒,好让眼睛能看清楚脚下大片的草地。他也会跪下来,但这并不是跪拜,而是崩溃,仿佛被枪击中了一般,仿佛倒在了道义的谴责之下,就如同《罪与罚》中拉斯柯尔尼科夫那样,倒下去拥抱大地,接受大地的宽恕。

就这样,公证员老先生双膝跪地,尽管他的眼睛看不真切,他摸索着,拔着草,就那样恶毒地拔下一把一把的草,然后又转过头张望许久,直到他的视线搜寻到篮子,之后他将手中的草装到篮子里,再拔,直到篮子里的草装不下,用不了。他站起身来,看上去就像站起了一个醉汉,不停地倒下;或是像一个在深夜被车撞到路边排水沟里的人一样,等待自生自灭。然而公证员先生拱起身子,找到一个姿势,唯一能让他起身的支撑点,他先膝盖着地,然后双腿站了起来。

"您是所有人里唯一获胜的人。"有一次目睹了他奋力站起的不屈意志时,我夸他说。他困惑地四处环顾,朝我发出声音的方向寻找,然后长久地转动脑袋,就像在调试复杂的科学仪器,像在罗盘或是格拉霍夫峰①的气象仪器上调整出合适的正切和余弦值。然后我看到他如铁丝一般犀利的眼神,冰冷,然而那是人性的冰冷。

"我对于人性不抱有任何幻想。"他说罢,背着一篮子草,叮叮当当,步履蹒跚地离去,如同一个行走的月球探测仪。昨天电工们刚挖过水沟,往里面铺设了电缆,但只是草草地填上了土。我看到公证员老先生沿着他熟悉的老路一步一步走着;我看到他无辜地从坚实的泥地上一脚踩空,还没等其中一只脚触碰到沟底,触碰到铺盖黑色电缆的砖头上,他整个人就滚了下去,掉进了壕沟里,他的脸撞到了竹篮子上。他动作机械地从沟里爬起来,继续走路。他如此艰难地跋涉

---

① 喀尔巴阡山脉的最高峰,位于斯洛伐克境内。

着,就像一台机器那样发出叮叮当当的声响,那台机器仍然在运转,只是它生产出的都是废品。公证员老先生清楚地明白,只要他一次起不来,只要一次意志消沉,那就是他的终结,人们会将他如报废的机器一样拖走,扔到废品回收站,扔到垃圾场,或者将他抛到村落后面的垃圾堆里,那里堆满了修剪下的残枝和发臭的罐头盒。所以他迈开步,朝家里走去。他听到我走在他的旁边,我看得出来,他最欣赏的是我没有前去帮他。"谢谢您。"他感激地说。

他扶住砖砌的柱子,然后绕过小门,走入了两排云杉树镶嵌的小路,稚嫩的云杉树枝条低垂,拂扫地面。当我目送他噼噼啪啪行走的时候,树枝也触抚着他,扫过他的身体,划过他的脸庞。这位老先生好像很享受这种快乐似的,或者说困顿中的享受,他也伸出手爱抚云杉树苗,嗅闻它们的香味,摩挲新长出来的嫩绿色的新枝,仿佛刚从破了洞的手套里钻出来的绿手指。

"我可以和您一起走吗?"我小心翼翼地问。"来吧!您能看到,我是不会对人性抱有任何期望的……"老人绕别墅一周,到了那里我惊呆了。在庭院中间摆了一架三角钢琴,那是一架黑色的佩卓夫①钢琴,琴身有些歪斜,从那架钢琴中传来一段特别而具体的音乐,琴弦在不规则地跳动,随后我听到几声长长的刺耳的尖叫,简直让我全身的血液凝固。我想起来了,那尖叫声曾在耳边响起过,当我夜晚走在回家的路上时想起,那是暗夜里的呻吟,是猫头鹰和丘鹬的歌声,是呼唤死亡的穴鸮的挽歌……

但是现在我听到了,那呻吟从那架钢琴中传出来,那声音仿佛因受到重击而使得尖叫声倍增。有一个兔子窝挨着老松树,几只雌兔子在里面安逸地晒太阳,有几只身边依偎着小兔子。那些兔子那么安

---

① 捷克著名钢琴品牌。

静,那么平和,它们正在一个晴朗无云的夏日上午晒着太阳,嚼着草,发出呼噜呼噜的声音。我说:"公证员先生,之前在美国的时候,我用一美元见证了一件大事儿。他们用直升机把这样一架钢琴吊起来,吊到运动场上方五百米的高处,开始敲鼓,然后直升机放下了钢琴,钢琴也发出了这样的巨响,这样的音乐,足足持续了十分钟。钢琴肚里的琴弦和弦轴都竖立起来,琴键散落一地。和我一样,其他五千名观众都吓呆了……只是我在看到您的这架钢琴时,受到的惊吓更大。"

"我对人性不抱有任何幻想。"老先生厉声喊道,从钢琴里再次发出长长的声调越来越高的尖叫声,老先生享受地听着,而我则是惊恐得帽子都竖了起来。

"这到底是什么?"我发问。老人掀起了钢琴黑色的盖子,我看到钢琴里到处是半大的兔子,有几十只,在相互厮杀。那些强壮一些的兔子,雄兔,正撕咬弱小些的兔子。我看到那些羸弱的兔子流着血,眼神惊恐;那些强势的兔子神色傲慢,眼中闪烁着暴戾的施虐者满足的光芒,同时那些刚被放进来的兔子都挤在角落里的琴弦之中,也意识到了兔子的祭奠仪式。

"人同样如此,"公证员老先生说,"那些今天幸存下来的,日后也会有同样的下场。那些暂且没被撕咬的,最终也会相互厮杀,直到剩下最后一只,这里没被阉割掉雄性气势的兔子一只也不会留存。所以这里的尖叫声络绎不绝,因为等它们相互残杀得剩最后一只的时候,我就过去,把那最后一只杀死,因为被阉割的雄兔肉的口感更细腻,这是残杀的酷刑在它们身上留下的印记,它们对此也早已麻木……"

"那么,请您告诉我,这些兔子以什么为乐呢?尊敬的先生,人类以什么为乐呢?一直以来仅是搜集牛奶上漂浮的那一层奶油,总是那些最强的被阉割，被剥夺力量……在这架钢琴里，先生，"公证员先生一边说着，一边把草扔给那些待在钢琴琴弦之中的兔子们，"蕴含一个捷克民族的问题，一个存在千年之久的问题，您懂吗？"他的声音嘶哑，满足地笑了。"当初我花了五十克朗买下了这架钢琴，他们要把它运到圣沃伊杰赫教堂的地下室里去。我想，五十克朗购置下一个不赖的兔子窝……"

我说："这真不错，但是我更喜欢的是，在我们那里曾经有一个带着琴箱和小提琴去公园的男人。孩子们都聚过去叫嚷说：'先生，请您给我们弹一曲……'然而那个男人打开琴箱的时候，一只兔子从里面一跃而出。那男人说：'快过来，孩子们，兔子要出来放风了……'当兔子在外面吃够了草之后，它又跳回琴箱里，那个男人就带它回家了。从那之后，他不管买下了什么，想要杀死那只兔子，他都下不了手，那可爱的小动物。为了不让它无聊，他用小提琴的琴箱带兔子去吃草。这对我来说意义才更大……"

"这是堕落的开始，"公证员老先生说，又补充道，"那么再见了，在您出去之前，请把门关上，好吗？您知道，我对人性不抱有任何幻想。"他加重语气，扬起眉毛，轻轻敲了敲那架佩卓夫琴盖，再一次地重复了自己那句话。

在门口我转过身去，感觉一根闪光的毛衣针刺入了我的后背。公证员老先生站在那架黑色的钢琴旁边，闭着眼，刺眼的阳光从上方洒下来，他用篮子遮着那张可怕而崩溃的脸。他的眼中满是死亡的光，那目光犀利地穿过我，直射砖块砌成的白色柱子，那目光如同透过玻璃的焦点投向我的手背，或者在等待棉袖被它点燃。人的目光居然有这样的能量，那眼液形成纤细的铁丝，遭遇凄惨却战胜了命运的公证员老先生就具有这样的目光。

我喊道："您到底是谁？"

老人朝我微微欠了欠身，嘟哝道："我是一具忘记了死亡的尸体。"

太阳照在兔子笼上，它被分成一格一格，在老人身后高高地耸起。雌兔子们在那里晒太阳，在它们身前依偎着小兔子。这些母亲们很骄傲，心怀母爱，她们大概期望自己的孩子顺利长大，足够幸运能够进入那架佩卓夫钢琴中去。自古以来，那个地方不仅吸引动物，也吸引人类为了自己的性别、自身的地位而相互搏斗，厮杀，获胜，直到有更强壮的兔子出现，撕咬和剥夺去那些之前胜出的最强壮的兔子。因为唯有这样才能带来进步，那些强者得以存留；同时那些输家，等待它们的是屠刀与后脑勺的重击。然而那些被撕咬、被阉割的肉总是细腻柔软，没有雄性的怪味。而这味道，恰是世界前进的原动力。

儿 童 节

　　儿童节的前一天，我们还在考虑，我们的节目安排不仅要丰富多彩，而且在筹备和运作过程中将会产生更多的灵感。每一位花匠园丁都表示，儿童节将成为我们日常欢乐生活的延伸，所以大家互相提醒，明确儿童节那天所有活动的隆重展示。节日就在眼前，一眨眼工夫就到。我恳请所有人，抓紧时间，动用一切手段和元素。我说：我们不仅需要想象力，还需要爱、信念和责任担当。我请求朋友们明晰思路，把日程进度有条有理进行。关键是，我强调说：朋友们，儿童节的活动要分层合作，避免疏漏，儿童节筹备委员会委员们要与出纳时刻沟通，因为出纳员们是会计，是我们的联盟。

　　我请求说：儿童节迫在眉睫，大家围绕节日这个目标行动起来，我热烈赞同当天早上大张旗鼓地播放布拉格长号手们录制的唱片，虽然在松树林的圣约瑟夫泉边敲锣打鼓也许会更加热闹，但有时候少即是多。我说，一切将由我们的儿童合唱团弥补吧。在科尔斯克林区，到时将会热闹非凡，因为在儿童节隆重庆典的最后一次委员会会议上，委员们已经表决通过，鼓手们将身穿五彩服装，走过树林，与青年乐队会合，它将充分显示科尔斯克儿童节充满青春朝气。我提议说：希望委员会成员们注意，午后人们容易产生倦怠，体能的消耗需要放松，因此，安排娱乐活动会是不错的想法，大家开启想象的空间，包罗万象，可以组织当地车迷的汽车赛，在四号和二号林荫道上举行四边赛……然而正如儿童节筹备委员会主席所言，高潮和亮点将是儿童们的游行队列，跟以往一样从施图里克营地出发，游行队伍不专门组织，即兴参与，游行从来就是这样的呀。它会将儿童节推向高潮，在此我毫不讳言，我说：这次游行活动将展现孩子们最可爱的童稚，所以尽管让儿童花车紧跟在游行队伍后面好了，让各类活动此起彼伏，从早上起床的闹铃到集合游行到摸彩开奖，只要所有委员们把一切活动有机而巧妙地衔接成呼啦圈，环环紧扣，儿童节就会成为丰收的花环、音乐的盛会。先生们，公交车已经启动，请各位手持车票上车来。先生们，想着那些日程安排，儿童节庆典已在门后，马上前来敲门，距隆重的儿童节庆典，仅剩下一天时间了……

就像春天和夏日里某个曼妙的星期天，儿童节到来了。一大早，每个花匠园丁都起来收拾自家菜园地，给花浇水，忙活一通之后埋头自己喜好的手艺，于是科尔斯克从四面八方传来欢快的圆盘锯高亢的声响，刺激那些牙龈有轻微炎症的人赶紧去看牙医。每一条林荫道充斥了刺耳的电锯声，富世和先锋牌子的加拿大和瑞典电锯，与花园里超大的两个壮汉合力才能抬起的圆盘锯相呼应，如果在砍伐树干的话，疯狂飙起的隆隆噪音要高出普通富世电锯两倍。而此地的每个度假客在干活时还嫌冷清，会在身边放上一台调至最高音量的收音机。你们看到了，儿童节的上午便混杂了各种尖利的美丽噪音，嘹亮播报新闻的收音机构成其背景，音乐、说话声、新闻和评论便充斥了整个科尔斯克林区，这些声音合成美妙的背景音乐，送入每个人的耳朵，但每个人都置若罔闻，早已习以为常了。

一上午，还有整个下午和晚上，从播放器传出的剧烈音乐从餐厅敞开的窗户里飞出来，气势浩荡，流行的爵士乐循环反复，虽然空气里没有一丝风，然而方圆几公里的白桦树叶都在震颤，收音机、录音机和自动风琴，锯子、磨床和车床的声响在科尔斯克上空编织成无形却清晰可闻、无人可以逃脱的帐篷，因为每一个在自己地界上劳作的人们，都被周日劳作的无形链条牢牢拴住了。

大家在约瑟夫泉汇聚，我们在等候那些允诺前来的人出现，然而没有一个人来。我们只听到这些人的妻子和孩子捎来口信说，爸爸表示歉意，他身体不舒服。我们数来数去，统计下来就我们三个。于是我们拿起推车，运来几箱啤酒、葡萄酒和白酒，存放在泉眼附近一个阴凉的房子里，我们放下心来，因为这里紧挨冰凉的泉眼，谁口渴了，自己动手就行。这里的位置已经处于科尔斯克林区上端，就像每一个美好的星期天那样，电动车那让人心烦的刺耳噪音时时传来，那些半大孩子成群结队地在科尔斯克横冲直撞，拐弯时开足马力，让打滑的轮胎扬起一股股沙土，殃及地上的黑莓，浆果表面上覆盖一层细沙，那些来自沙丘和沙滩、很久很久以前从利比亚刮来的沙子……有几个从摩托上摔了下来，费劲地想挣脱黑莓长藤蔓的纠缠，有的甚至只得趴在荆棘丛里束手就缚，央求人找来一把剪刀，嚓嚓几下剪断荆棘丛的囚禁。

快临近中午了，类似赛车的轰隆隆声响传过来，但它不是单座赛车，也不是一级方程式赛车，而是普通的斯柯达车，它的排气管仿照赛车做了改装，就为了让车子发出动听的声响，让听到的人血液瞬间凝固。此外，大多数年轻人都为自己的汽车配置了奇怪的喇叭，嘀哩嘀哩嘀哩，尖锐的高音穿透空气，所以科尔斯克林区，在儿童节这一整天，跟每个星期天一样，各种声音交织成实在具体的交响乐，对付它的唯一办法就是打开自家的收音机，用自己喜爱的音乐砌起一堵围墙。所以一旦所有的声音突然戛然而止，陷入静默，我们反而会吓一跳……我们会一跃而起，跑出去看究竟，我们会看到在电锯和圆锯旁，有人切断了手指或手臂，或者在别的什么地方有人倒在地上，脑袋被旋转叶片打到了。然而它只消停一会儿工夫,那声音和音乐撑起的大帐篷仅消停片刻,仅在那些度假的人突然跑出去喝酒或吃东西的时刻。但这瞬间的宁静和沉默如此雄伟、如此庄严,让每个人的汗毛竖起。而等大帐篷再次鼓胀上扬,最强悍的电机工具和无形的缆绳再次撑起桅杆的时候,我们才松一口气,放下心来,辅助撑杆如此之多,科尔斯克林区上空的音乐风帆再次有力地张开。

我们三个在约瑟夫泉旁边钉上木板条,布置了一个音乐舞台,有个乐队回复说,也许会来,但也有可能不来,随后我们剪开五公斤面粉装的纸口袋,用销钉蘸上焦油写下了"儿童节"三个字。

下午两点,孩子们在施图里克那个地方会合,晚上将有篝火晚会,有啤酒、葡萄酒、烈酒和香肠。两位退休职工已经换上了消防制服,他们也是儿童节庆祝活动委员会的成员,两人用图钉把海报钉在泉眼边那座房子的大门上,然后坐下来歇着。天空虽然晴朗无云,两个消防队员却满脸焦虑,万一晚上的篝火着起火来,燃着了树林可怎么办?两人宁愿打开一瓶冰镇啤酒,坐到长椅上,观看高耸的铁丝围栏里网球手们打网球。在炎炎烈日下,那些年轻人利用网球拍、球和网,进行日光浴呢。

这一刻各种响声、音调和鼎沸的人声达到那样的力度,在科尔斯克林区所有的林荫道上形成巨大的喷泉,来自各方的流水、音乐喷泉,噪音和人声汇聚而成的巨大喷泉,在约瑟夫泉的上空连接起来,顺着松树的松针、白桦树和橡树的枝叶落到地上,等着再次被喷雾送上蓝天,那是美丽的儿童节的保证。因为声音、色彩和气味匹配,约瑟夫泉的上方飘起从对面几个化粪池送来的大粪味,因为每个星期天如此,今天的儿童节同样,一些度假的人不是有心,而是迫不得已清理满得快溢出来的粪池,用水桶把家里的排泄物一趟趟运送到地头,让粪便污秽也发挥作用。在燥热的空气中，所有的声音、颜色和气味微妙地结合起来，成为一个圆环。但没有人对此生气发飙，相反，大家发现一切井然有序，似乎理所应当，因为今天是星期天，是娱乐时间，每一位度假者都是来休息的，他们周一上班后会再回到工作状态。

　　一如既往，下午正式开始儿童节的庆典。斯沃博达先生来到施图里克少先队营地，他的大肚腩搁在一个架子上。因为天热的缘故，他穿了短裤，一百三十公斤体重，胸毛茂密，头戴遮阳头盔和绿色的太阳镜。当人群里聚集了大约八个孩子，斯沃博达先生给出了游行开始的手势，孩子们走得很慢，于是斯沃博达先生走到他们前面，甩开了大步，一边跟身穿泳衣的度假者打招呼，那几个人把浴衣搭在胳膊上，匆匆穿过树林和草甸往河边赶。斯沃博达先生叫他们一起来，说晚上会很热闹。当孩子们走到约瑟夫泉边上时，消防队员正在排球场上码放晚上点篝火用的枯树枝，两人脸色苍白，了无生气。晚上万一树林着起火来怎么办，单单这么一想他们就吓得够呛，好像大火已经燃起来似的，火势很快蔓延席卷整个因干旱而热气腾腾的森林。

　　我站在混凝土公路上，极目远眺，一直望到主干道上，乐队将在那里出现，他们不仅要演奏音乐，还要走在游行队伍里给孩子们和花车领路。下午网球选手们没有来，因为电视里会转播戴维斯杯网球赛实况。孩子们在树林乱跑，玩捉迷藏，敲鼓，或者用细木棒在沙土里画画。

　　公路和林荫道上涌现一群群身着泳装往河边去的度假者，这合情合理，像今天这么一个美丽的星期天，实属罕见，几乎每个儿童节都遇见下雨。

　　时间在慢慢地流逝，斯沃博达先生准备了十公斤香肠，他用小刀在香肠表皮上拉纹路，到时把香肠往火上一烤，噼啪一开裂，香肠就变成一只只香气扑鼻的小刺猬。我在公路上来回逡巡，我的眼睛因为长时间向国道张望，开始酸痛起来。乐队没有出现。

约瑟夫泉的上空再次扬起杂音的帐篷，几把电锯和圆锯继续早上的活计；林荫道上重新驶来轰鸣的摩托车队，车轮胎转弯时发出打滑的呼啸和嚎叫；改装了排气管的斯柯达车嗡嗡地咆哮，西欧品牌的喇叭鸣出报警信号，声音远不如飞速行驶的救护车或者车顶上警灯闪烁、赶往车祸地点的伏尔加车好听；粪便的气味依然在空气里升腾和弥散，松枝、沥青和树脂的香味也遮盖不住这种气味。

唯独在泉边，如同在每个星期天那样，汽车排成长长的队列，人们远道而来为了接取有疗效的矿泉水，他们手提罐子和水桶，井然有序，耐心等候，时而在树林里散步。那些沿混凝土公路行驶的汽车看到儿童节的庆祝活动时，内心的印象一定是此地的居民很好客……

下午甚至到傍晚的情况一样，排起的车队和人的队列并不见短，耐心等候轮到自己接泉水。从泉眼流出的涓涓细流，要接满十升容量的罐子需耗时一刻钟，更不用说二十升的大罐，那几乎人手一个。

当斯沃博达先生了解到，戴维斯杯的第二轮单打将延长至五局三胜时，他决然做了一个手势，欢乐的篝火燃起了。孩子们欢呼雀跃，美丽的大眼睛激动地盯着火苗，看它们噼啪作响，火势不断上升，带着燃烧的树枝和枯叶冲向松树冠。随着孩子们高涨的热情，两名消防队员却提心吊胆，越发坐立不安：如果那些火星、熊熊燃烧的枝条和树叶溅到松树脂上可怎么办？两人提上水桶，以法律的名义冒犯了泉眼边等候的队伍，把十桶装满泉水的水桶围绕篝火布置一周，应对万一发生的森林火灾，尽管他们心知肚明，十桶水其实杯水车薪，无法扑灭燃起的熊熊大火，燃烧的树枝会跳跃，让火灾蔓延很远的距离，仿佛燃烧的松树冠把一个不详的花环抛给旁边的树冠，抛向四周，直到整个林区陷入一片火海……

　　黄昏薄暮里，在树木和树干之间能看到火的背景以及孩子们黑魆魆的剪影，他们用树枝条挑起香肠，伸出去在火堆上烤着，时不时有人的头发烧焦了。我依然站在混凝土路上，两眼盯着国道。每一束汽车车灯都给我带来希望，乐队终于来了；每一次都庆幸不已，当汽车放缓了速度，车头转向泉眼，然而从车上跳下来的那些人，从车上取下的不是乐器，而是用来盛装矿泉水的瓶瓶罐罐。

　　在河水中晒黑了皮肤的度假者们返回来了，冲我们呐喊，说他们想享用晚餐，说他们到这里来只想喝冰镇啤酒……

　　天黑下来了，前来参加儿童节庆典的游客们络绎出现，那些身穿华服的人们在树干之间来回晃动，太美好啦，儿童节，当在漆黑一片的树林里晃动着白裤和白衫，与其他被篝火拔高了的暗影融为一体，孩子们围着篝火，他们放大的身影投掷在金灿灿的松树干上。

　　我与消防员一起站到篝火边，我放弃了希望，况且此刻已经没有人在期盼音乐，也不需要音乐。我看进火里，如此美丽的景象，我们的儿童节多么成功，不仅我看到了，其他所有的游客都看到了。他们环顾四周，在空地上，在树干之间，到处站立着被太阳光晒得肤色健美的人们，白天摆弄电锯、圆锯的体力辛劳此刻让男人们神采奕奕，每个人都显得年轻，容光焕发。他们眼望着篝火，呷着杯中的啤酒和葡萄酒，几个人围拢在一起，兴致勃勃地谈天说地，仿佛身处民族大剧院的片场休息，人人和颜悦色，充满了仪式感，仿佛一整年都在等待这一时刻，为了共同的相遇，为了展示自己最美的礼服，我们的儿童节成了时装秀，精彩的亮相，类似大使馆的花园盛会。白天身穿工作服和休闲布裙的度假者们显得那么不修边幅，当褪下那一层工装，立刻靓丽夺人……

我看到，其实儿童节这一天是成人的节日，一年里安排一天时间让大家放松娱乐，轻松聊天，交流各自的喜悦和忧虑，庄重而悠闲地在松树林里漫步，时不时驻足亲吻一番，或者抬起头来，透过静谧无声的松树冠的孔隙找寻天上的星星，那些星辰在科尔斯克大如拳头。某一时刻所有的声音都静默下来，只听到火焰噼啪作响，似音乐一般，沉默的帐篷罩住了科尔斯克林地，度假者们停下了脚步，不再四处走动，所有人都把目光聚集到篝火上，火焰散发出声和光以及朽木的气味，万籁俱寂，除了升腾和下降的火的面纱，药用泉眼潺潺的流水声……

这一刻两名消防员倍感焦虑，森林着火怎么办？这一刻，微风从西边吹拂过来，松树的树冠随之摇摆起来，奏起了交响乐，然后再缓缓消退。然而又一阵风刮来，在风的呻吟里，几根枯树枝跌落下来。接着一股暖风袭来，松针簌簌地四下散落。所有的度假者不由得朝风的方向转过身去，嗅了嗅空气，每个人都闻出来，空气里裹挟了水分，一场暴雨，夏季里的雷暴即将来临，随即大雨滂沱，电闪雷鸣。我满心以为，大家在空气中嗅到的暴雨气息，会让消防员们舒一口气，没想到他们却更加惶恐，因为这样的松树林一旦燃烧起来，雨水反而加剧了其可燃性，因为相互联接的树枝和树干布满松油和树脂。

风再一次袭来，松树树冠几乎弯下了腰，然后风停了，似乎为了让松树树冠以顽强有力的摆动重新挺直腰杆。天上的星星都消失了，雷声从远处传来，森林末端的那一片天空幻化为橙色，镶嵌着金色的波纹。母亲们开始四下寻找自家的孩子，拉着他们朝混凝土路方向跑去。随着又一次电闪，在苍白的月光里能看到人群四散，慌乱地逃离儿童节，朝着木房和家园奔去。天上下起了细雨，那种无辜的雨丝，猛然间急剧起来，变成愤怒的瓢泼大雨，交替着雷电闪烁。那些带着愚蠢想象的度假者们，以为暴雨转瞬即逝，很快就会过去，逃往大树下面躲避……此时，在横扫的滂沱雨幕里一束聚光灯射来，汽车一个急转拐向舞台，车上下来六个抱着铜管乐器的音乐人，小号随闪电一闪一闪的。

退回去！斯沃博达先生朝他们喊，从篝火边跑过去说，回去吧！今天不用演出了！然而乐队的领队抢先上了舞台，怀抱低音富鲁格号坐下去，其他同伙们也依次坐到椅子上，开始演奏喧器的进行曲。大雨如注，度假者们退到了房子的屋檐下。斯沃博达先生喊道：他们只要演奏满五首乐曲，我们就得付费，相当于他们演出了一晚上，我们无法计较了，不计较了！倾盆而下的暴雨如此猛烈，仿佛下游那个十公里方圆的矿水湖漫过来，成吨的水覆没了整个科尔斯克林区以及我们快乐的儿童节，浑身湿透如落汤鸡的乐手们不停地吹奏，为了提升洋溢了一整天的节日气氛。但人们开始在雨中奔跑，跑在倾盆大雨里。气温明显下降了，大家借着闪电的光亮逃往家里，煮上红酒，服用阿司匹林。

火苗渐渐熄灭了，但两名消防员依然站在矿泉水桶边，继续受着罪，防备森林火灾发生。他们站在齐脚踝深的水里，因为降下的雨量超过土地承受力百倍之多，沙子来不及渗水。火慢慢熄灭了，从网球场涌过来的夹杂红土的水，浇灭了篝火。树林里涌出滚滚洪流，水里漂满了松针。火堆旁的消防员已经站在没膝深的水中，他们依然以可能出现的森林火灾自残。

领队站起身，倒净低音喇叭里的水，其他乐手们也站起来，然后跑向汽车，把乐器堆放进车里，他们从打开的车窗里往外倾倒巴松管和富鲁格号里的水。领队对斯沃博达先生说：账单我会寄来，您通过邮局汇款，对吧？说罢跳上车，开车离开了。车上堆满了黄铜管乐器，那些乐器在黑暗中隐约忽闪……

两名消防员为确保万无一失,不再拎着水桶去泉眼打水,而是直接在没膝深的水里舀水,泱泱大水流经他们的身旁,他们浇灭了篝火,往早已熄灭的火堆中央倒水,烧焦的树枝和余烬早就被水流裹挟漂向了新草甸。但两名消防员依旧用水桶在浇水,即使水没过了他们的膝盖,然后至齐腰深……万一这堆火的某一个火苗让森林着了火呢?

暴风雷雨席卷走了一个精彩的儿童节,大人和小孩们纪念的一天。如今这样的日子不复存在,只留在了人们的记忆里。当今大人和小孩们的节日称作科尔斯克庙会,庙会的一切活动都按时间表井然有序地进行,计划和实施之间不再出现差错。园丁们自己动手粉刷出十多家店铺和摊位,用来出售烤香肠、啤酒和葡萄酒,内容丰厚的抽奖券、纪念品、茶杯和玻璃杯,在其他的小屋里卖糖果和蛋糕,心形姜饼上裱了字:来自庙会的问候。姜饼事先在帕尔杜比采城订购,甚至让供货方用小货车运来,有的店铺还出售清洗干净的新鲜蔬菜、香蕉和杏子等。

科尔斯克庙会布置有两间特殊的木屋,装扮的警察把抓捕到的人押到这里,那些人通过买下几杯利口酒或者乐曲赎身,乐曲可以自己挑选,由现场的两位乐手——口琴师和小提琴手演奏。在科尔斯克庙会上已经有能容纳所有分贝的大舞台,来自萨德斯卡城①的打击乐队多次在舞台上演出。庙会布置有旋转小木马、绿色和蓝色的儿童秋千。如果你成功地把套圈扔到瓶颈上,三下锤击进一颗钉子,可以在庙会上赢得珍贵的奖品,你还可以去参加踩高跷、麻袋打结比赛。科尔斯克庙会甚至有自己的主持人,洪扎·克拉斯鲁通过拉线麦克风与

---

① 位于宁布尔克城附近的易北河低地。

度假者互动，请度假者轮流回答他的问题。还有文化艺人，大家期待的歌星切赫·乌尔姆会亲自登台，演唱自己的歌曲。

所以，科尔斯克庙会吸引数百游客纷至沓来，从中午起这里就人流涌动，摩肩接踵，美丽的少女们结群而行，发出银铃般的笑声，驾驶摩托车前来的小伙子们，连头盔也不摘下，自信地在庙会上闲逛。到了晚上来的人更多，人们从四面八方赶来，装扮得花枝招展，大多数人互不相识，因为整个州都挂出了宣传海报，拥入如此大量的朝拜者，科尔斯克林区还从未经历过呢……

我也是科尔斯克庙会的一个朝拜者，我一间接一间扫着商铺，来回浏览，我注意到，不知什么时候，我们这个地区出现了如此多娇美的姑娘，数都数不过来。我愉悦地逛着街，不由自主地回忆起以前的那个儿童节，儿童节的那一天。在我看来，那一天的儿童节更符合我的想象，那理想和梦想之间的差异，在地平线上的光亮和奔向它的路途之间，它应该如此，它就是那个样子……也许我有些老了。

卡格尔先生

在我们科尔斯克林区最有出息的要数卡格尔先生了。人们传说他是一位牧师的儿子，在他身上也确实有一些痕迹遗留，每逢周日及公众假日，他会去瓦伦卡教堂为管风琴踩风箱，在基督教教义中，他自豪地秉承了旧约的谦卑和简朴，在旅途中如果有人与他交谈，马上能感受到他的博闻学养，然而他始终不忘孜孜做学问，把灯芯捻得非常之小，时常处于幸福、虚空、纯粹的视觉状态中。所以，他能够与动物和小孩对话，也因为如此，他一无所有，除了身上穿的衣裳和低矮房顶上打入烟囱的 U 形钉，他经常躺在楼顶平台的干草堆里，不论晴雨天气，在寒冷的冬天依然如此……他从不接受别人的任何施舍，确实有需要时，他替别人照管孩子，看护怀孕的母猪和奶牛，或者整个牲口圈，如果牲口在夜里挣脱了羁绊，他起来用链子把它们拴到食槽边上。

然而，他什么活计都干不长久，至多两个星期就坐立不安，渴望重新出发，他警觉的生活几乎都消磨在路途上，永远是用双脚丈量，就算有汽车停下来载他，卡格尔先生也都婉言谢绝，说每一辆汽车对于双脚都是有害无益，况且他又不着急赶路。所有的路径都没有所谓的目的地，所以他在路上走得越远，从某种程度上来讲，就越趋近某个地方，当他到达那个地方时，路在他面前再次延伸出去，没有止境，他只好再次出发，继续赶路，不是前往目光所及的远方，而是从一个村庄抵达另一个村庄,所以卡格尔先生永远在科尔斯克林区徘徊,他愿意把足迹遍踏科尔斯克的每一条巷子,每一条小径路和每一段公路,他享受自己笨重的靴子跨出的每一步。卡格尔先生行走时,他的整个身体都在动,他的双手交替摆动,仿佛始终在匆匆奔向某个目标,那是因为他的肺、心脏和胃配合完美,谁与他同行,都疲乏得气喘如牛,唯独他安然无恙。

也因此,我时常在赫拉迪斯科村和赛米策之间,在瓦伦卡和科尔斯克之间的路段与他不期而遇,他胡子拉碴、满脸刀刻般的皱纹,却总洋溢着幸福的大教堂天使般的微笑,大门上鼓室镶嵌画里的幸福天使唱诗班的微笑。卡格尔先生就这样巡游和徜徉在科尔斯克林区,而且整天匆匆行走在路上,所以他的身影每时每刻出现,时而突然走在你的身旁,时而依稀在远处以他独有的步态在小巷里穿梭,时而又现身在某个十字路口。卡格尔先生的跋涉应该是有意义的。他用超过四分之一世纪的时间遍访周边所有的电影院,这也是他的出行目的之一,了解哪家电影院正在上映什么电影。他的记忆力超群,不仅记得住所有的演员,而且一部电影前后看好几遍,对电影内容也了如指掌。当他在公路上大步行进时,大脑里始终在追溯某一部大片,回放一个个电影画面,重温和默念每一帧图像,此起彼伏,挥之不去……

我跟卡格尔先生并行时,他喜欢考问我,"您是否知道,"他一脸欣喜,"《方特勒罗伊小爵爷》里的角色们都由谁扮演的?"我回答说:"卡格尔先生,我不清楚哎。"

"我就料到了,"卡格尔先生说罢继续往前走,扭一扭肩膀,交替摆动双手,仿佛他要起飞似的,"告诉您吧,老伯爵是奥布里·史密斯扮演的,扮演小伯爵的呢?是弗雷迪·巴塞洛缪。您知不知道,小伯爵最好的朋友,那个布鲁克林的擦鞋童,由谁出演?哎,是米基·鲁尼①本人呀！您知道无声电影中的小伯爵是谁演的吗？这个您肯定不会知道，是玛丽·皮克福德，道格拉斯·范朋克②的妻子呀。"在高涨的激情里卡格尔先生又给我介绍起《七十三舰队潜艇战》的剧情和主创人员、驶往摩尔曼斯克③的舰队、主演亨弗莱·鲍嘉④和雷蒙德·马西⑤两位演员，他甚至没忘记给我描绘那艘船，船上的官兵最终在俄罗斯战机的护送下满载战争物资驶近苏联海港。卡格尔先生随即又聊起索妮娅·海妮⑥和泰隆·鲍华⑦主演的歌舞喜剧《第二小提琴手》，接下来又抛出一个问题："在查理·卓别林的《大独裁者》中，是谁出演了另一主角，那个细菌独裁者？……是杰克·奥克呀，这个连小孩都知道。那谁演的汉娜呢？是宝莲·高黛！"

然后他给我复述起罗兰·扬出演的《托普的旅行》和弗雷德里克·马奇主演的《马克·吐温历险记》，当讲到由查尔斯·博耶、爱德华·罗宾逊和芭芭拉·斯坦威克主演的《灵与肉》的故事时，他几乎都要哭出来……然后他又考我金格尔·罗杰斯扮演的《女人万岁》，说它比弗雷德·阿斯泰尔和丽塔·海华斯出演的影片《现在的你最可爱》更美。他通过电影《双面女人》给我分析葛丽泰·嘉宝

---

① 米基·鲁尼（1920—2014），美国电影演员和艺人。

② 道格拉斯·范朋克（1883—1939），美国演员、编剧、导演和制片人。他为他的无声电影虚张声势的角色最有名。

③ 不冻港，俄罗斯摩尔曼斯克州首府。

④ 亨弗莱·鲍嘉（1899—1957），美国男演员，1952年因《非洲女王号》获得第24届奥斯卡最佳男主角奖。

⑤ 雷蒙德·马西（1896—1983），加拿大演员。1943年出演《七十三舰队潜艇战》。美国电影《七十三舰队潜艇战》由劳埃德·贝肯执导，亨弗莱·鲍嘉、雷蒙德·马西等主演。

⑥ 索妮娅·海妮（1912—1969），著名的挪威花样滑冰运动员，20世纪30年代中期转入电影界，曾是好莱坞酬金最高的女演员。

⑦ 泰隆·鲍华（1914—1958），20世纪30年代的美国影星，代表作有《西点军魂》《黑天鹅》《碧血黄沙》和《琴韵补情天》等。

和茂文·道格拉斯的演技，讲述时再次为《帕格尼尼》里那个魔鬼小提琴家的故事唏嘘不已。"《剑胆琴心》的主角是斯图尔特·格兰杰……"

我的记忆被他激发起来了，忍不住插嘴说："女主角是菲利丝·卡沃特！"卡格尔先生说："没错，那么，弗蒙特伯爵是谁演的呢？您不知道了吧，这个可是妇孺皆知的，是亨利·爱德华兹本人……"

为了不冷场，我开口说："卡格尔先生，您总是风雨兼程，行色匆匆，像亚历山大大帝，他也迫切希望看到在地平线之后有什么……"

"不过先生，"卡格尔先生驳斥我，"拜托，难道您还觉得不够残忍吗？那个亚历山大几乎杀绝了自己所有的亲人，甚至连朋友都不肯放过，付出如此沉重的代价，就只为了满足自己的欲望——看到遥远的地平线之后有什么吗？可是，看到了又如何呢？先生，我已经摆脱了这种愿望，对我来说，我也曾想看到人类旅程的地平线之后是什么，但我所付出的，仅是牺牲自己的双脚；我也曾充满战斗的欲望，但只是针对我自己；我曾渴望活着，但那几乎要牺牲自己的全部，我只索取别人主动给予的，我不期望更多，只要吃饱，穿死者遗留的衣服，便已足矣，为此我帮人们打理花园、清除草地；我现在也有杀戮的欲望，但是，是杀死我内心里不善的一切；我有写下宣言的欲望，但是，仅是针对始终滞留在我身上的小市民气；然而，我最渴望的，是抑制这个世界太多的邪恶，因此我不伤害任何人，如果必须，我只伤害我自己，所以您跟您的亚历山大大帝去麦加吧。

"他小时候，差一点死于肺炎，连《荷马史诗》也帮不上忙，那是他的老师亚里士多德赠与他的。您知道，我在人们的眼里近乎疯子，但从人性的角度看，我的大脑很正常……上帝与您同在，我现在渴望去雅罗谢克太太家里，帮她劈柴……"

卡格尔先生笑了起来，厚密短发下幸福的笑容，发际贴近他额头第一道皱纹。有人会判断说他是幸福的、快乐的,另一人却会说他是个可怜虫、疯子,然而卡格尔先生微笑着,因为有时他会哭泣,为自己,为这个世界,为这迤逦而枉然的路途;因为卡格尔先生会狂奔,因为他找不到平静,他在路途中让自己游离,为了在下一程路途找到惊喜,因为脚下的路虽然渐行渐远,他却越发走近自己,当他回到当初的出发地时,他重新找回了自己,必须与这个人共眠。

据常给他借宿的那些人家透露,他先在牲口棚里洗漱,然后把火柴盒和刀放到窗台上,再顺梯子爬上阁楼的干草堆里,在那里宽衣脱鞋,关键是脱鞋。在霜冻天气,为了不让自己的双脚冻伤,他滚入温暖的烟囱旁边的干草堆,一遍遍复述电影《新兴都市》,主演是克拉克·盖博、斯宾塞·屈塞、克劳黛·考尔白和海迪·拉玛。他爱死海迪·拉玛了,每天晚上与她相拥而眠,在观看她的第一部影片《神魂颠倒》时,海迪·拉玛在片中赤身裸体,在池塘和树林中沐浴时,他就不可救药地爱上了她。

如同在路途上,卡格尔先生也常常出现在酒馆里。他一走进酒馆,就带去一股牲口棚和干草的刺鼻气味,从他那件继承自去世的猎人的长毛大衣里散发出来。他同时也把松树和云杉的香味、草地的气息以及雨雪的味道带进烟雾缭绕的大厅里。但他饱经风霜的脸一成不变,红彤彤的,胡子拉碴,笑容满面,他为发生在其他酒客身上的事件和趣事而笑。从猎人施劳夫那里得到的那件长毛猎装,卡格尔先生一直得意洋洋,没少吹嘘。猎手施劳夫只要看到枪,尤其是步枪,总要拿来长时间地瞄准,直到射出子弹;他钟爱射击,射动物,射泥鸽,也打靶。卡格尔先生喜欢叙述那个猎手的最后一次狩猎,是打野鸡,伴随着每一次枪响,总有一只野鸡应声落地。每射击一次,猎人都要把步枪掰开,吹一吹枪膛里的硝烟,这是他的习惯。当他再一次举枪射击后,他又掰开步枪,深吸一口气,比以往任何时候都要深的呼吸，可这一次，当他吹净枪膛，同时吹走了自己的灵魂，他猝然中风，倒地而亡。

卡格尔先生在每个啤酒馆都喜欢点啤酒和牛肚汤，一般能喝下两份汤，遇上别人请客，他就能一口气喝下三盘牛肚汤，能喝得身上冒出袅袅水汽，因为卡格尔先生从来不脱猎人施劳夫留给他的长毛大衣。他就那样热气腾腾地坐在那里，喝汤，呷啤酒和白酒。夏天，当野蜂和大黄蜂在酒吧大厅的天花板上回旋飞舞，卡格尔先生手持啤酒杯迅捷地一把抓住黄蜂，用手碾碎，扔进烟灰缸里，再重新坐回去，嘴角上扬，微微一笑。有时，酒客们已经喝得情绪激昂，卡格尔先生同样，此时卡格尔先生端起一杯啤酒，把椅子挪到角落里，用啤酒祈福，朝酒吧的各个角落，东南西北四个方向逐一膜拜，口中念念有词，祈祷世界永远和平安宁。卡格尔先生应该从事写作，只是卡格尔先生所做的一切，所经历的一切，无需再一次用笔记录。他所践行和谈论的一切，都异乎寻常，毕竟它们发生了，而且隶属人类事务的范畴。

卡格尔先生给我介绍了所有啤酒馆的历史，我发现其中几家极有意思，令人难以置信。我最喜欢卡格尔先生讲述的一个赫拉迪斯科村庄酒馆的店主，这位店主，冬天时仅在厨房里烧暖气，酒吧大堂寒冷刺骨，因此，谁来喝啤酒，就扯下白桌布当披肩，客人们就那样在冬天身披白色桌布，跟泥瓦匠似的。为了稍微暖和一点，他们把桌子上的烟灰缸聚拢到一起，在烟灰缸里点燃小纸片、火柴和报纸，于是店主端来一个大陶罐，装白菜或猪油的那种，他把那个大陶罐搁到那些火舌四起的烟灰缸上，再抱来裹在羽绒被里的小宝贝，放进那个大陶罐里取暖……卡格尔先生叙述的另一个店主来自哈宴卡餐厅，那个人即使在夏季也浑身发冷，穿一件毛皮长大衣，还不停地喝煮热的葡萄酒，炎炎酷暑依然不能让他的身体热起来……

卡格尔先生不停地给我讲啊讲，为了让我写下这一切，他始终同时给我讲两个对立的故事，让两个相反的故事互相补充，我想说的是，为什么卡格尔先生自己不写呢？但没等我把话说完，卡格尔先生告诉我说这不重要，更重要的是活着，并看到自己的生活原样呈现在自己面前，就如同此刻畅饮着的玻璃酒杯。

在酒店举办的每一场婚礼，都少不了卡格尔先生的身影。当婚礼进入高潮时，卡格尔先生就会出现，依然浑身裹挟那些来自树林、田野和牲口圈的气味，脸庞经风吹日晒，黑黝黝的，一圈粗粝的胡茬。当他摘下帽子，他剃光的脑袋上覆盖一层蓝幽幽的发茬，密密麻麻的，几乎连着他的眉毛，发际从他第一道皱纹伸展开去，头发长起来，卡格尔先生便无法梳理了，根根发丝如同蓝色的铁钉，所以他宁愿剃光头。在每一场婚礼上，卡格尔先生都会握住新娘的双手，只对新娘表示祝贺。而当他坐到椅子上，给他端来吃的，毫不例外，他从来先一把抓起肉，放在腿上，用餐巾纸裹起来，塞进猎装大衣口袋里，说是他明天的饭食。然后才开心地大快朵颐，至今不曾出现那样的情形，卡格尔先生打着饱嗝说他已经吃饱了，他始终不停地在往嘴里填食，他吃得越多，婚礼就越会出现狂欢，因为客人们已经酒足饭饱，卡格尔先生是代替他们在吃，一盘接一盘，也没有因此大腹便便的迹象。

卡格尔先生也常去参加各种葬礼。其实他不喜欢墓葬，唯独打动他的是安魂曲。当他踏完风箱，二十克朗拿到手之后，卡格尔先生总要前去拜访新遗孀，请求获取亡者的衣服。然后他把那些衣服销到区镇的旧货店，有时直奔布拉格，徒步走着去，兴高采烈地，为了能当天晚上返回，他往往一早就出发。卡格尔先生总是走在送葬队列的最末端，发噱的是，因为卡格尔先生习惯健步如飞，不会慢慢踱步，所以一不留神他就走到了队伍最前面，只好不断地往回退。他行走时，时常绊脚，所以倍加小心才不致摔倒。他与送葬队伍保持同速前进时，在旁人眼里像个醉汉，尽管他很清醒。有一次，我跟他并行走在送葬队伍里，一会儿就不见他的踪影，他不是跑到了队伍最前面就是消失在相反方向，他居然退回到了灵房。

死者埋葬死者，卡格尔先生有一次悄声告诉我："我自己将一切从简，事先我将安排妥当，第一个发现我的人将电话通知殡仪馆说：麻烦你们过来清理一具腐肉。然后埋葬我的时候只需给我穿内裤，打赤脚，因为衣服和鞋子可以卖钱；我要求火化，至于怎么处理骨灰，我有两个想法。"卡格尔先生大声地权衡起来，"要么让护路员把骨灰掺上沙子撒到最中我意的公路上，那条在赫拉迪斯科、赛米策和瓦伦卡之间正好形成等边三角形的公路，或者，嗯，还有更美的？我现在越来越离不开啤酒，最爱宁布尔克十度啤酒，所以，可以考虑不把我放入骨灰盒，而是装入啤酒易拉罐里呢？"

我说："不过，卡格尔先生，只有百威啤酒或比尔森啤酒才有易拉罐。"卡格尔先生愣了一下："哦，那不行，"他说："我就喜欢宁布尔克啤酒。那么，最小的啤酒桶，铝的那种，要多少钱，四分之一容积的样子？"

我说："不会怎么贵，卡格尔先生，即使要一百克朗，也依然比不上骨灰盒的价钱。"

"那好，"卡格尔先生开心起来，"那让我的朋友沃瑞尔领了我的骨灰，然后买下那个铝质啤酒桶，按上漏斗，往桶内注入我的骨灰，然后去买来宁布尔克啤酒，一瓶接一瓶，把啤酒桶灌满，就像我有时候喝了一肚子啤酒那样，塞上软木塞，然后把我埋到瓦伦卡墓地里。简直美极了！"卡格尔先生兴奋地喊起来。我被吓得不轻，太阳穴嗡嗡直响，因为整个葬礼我始终在想那个装满啤酒和卡格尔先生骨灰的小桶，在夜里我也忍不住反复想象，念头挥之不去。而卡格尔先生已经撇下我远去了，他走过了树林和草坡，绕过田野，大步行进在公路上，就那样走过春、夏、秋、冬，经受季节和天气的周期循环，他对什么都了然于胸，因为卡格尔先生已那么老态，没有人能猜出他的年龄，也没有人知道，只能估计他也许七十了，又或许只有六十。卡格尔先生清楚地知道，同样的路，他每一年以同样的方式徜徉，已经在他的生命里历经四个季节，因此，那条路，野外的路，仅是在重复他自己内心里走过的路径罢了。所以他笑对一切，因为他知道，无论是他或是他人，已经无法从道上走下来，他对我说，只有那个人能抽身而出，那个人不知道自己正走在路上，不知道一路走来，那条路迟早总要结束，而且结束得总是不合时宜，而卡格尔先生知道，他的旅途终点排列在事物和世界的尽头，因此，他只能微笑着去寻找属于自己的归属，终有一天，在那里，他的路将终止，在那里，他将吹出自己的灵魂，如同猎手施劳夫，他把最后一口气经他最后一次射出子弹的步枪枪筒吹出去时，把自己也吹爆了，卡格尔先生这样感叹，说每一个思维清晰的人真心要羡慕他呢。

"嗯，您知道在哪里能发现最美的碑文吗？"他突然发问，两眼熠熠放光。"您不知道吧，就在此地，在瓦伦卡那个地方，安娜·诺娃科娃在那里已安眠百年，她在二十四岁那年去世，她的碑文这样写道：玫瑰从坟茔弥散出芬芳，一位新娘安眠于此，她在等待新郎，等待耶稣，等待基督……"

"您看过《黛绿年华》那部电影吗？查尔斯·科本和比弗莉·泰勒主演的？……不，那是有关英国普通人的生活的，有关工作、贫困和匮乏，但最终……怎么样？玫瑰从坟茔弥散出芬芳，一位新娘安眠于此……先生，这文字毫不逊色于哈莱克①。这样吧，您跟我一起去

---

① 维捷斯拉夫·哈莱克（1835—1874），捷克诗人，小说家，剧作家，文学评论家。与扬·聂鲁达一起被称为现代捷克诗歌的奠基人。

电影院看《黄金时代》，我已经看过了，但同一部电影我可以看十次，总有一些细节在观看时会被忽略。"

"您想变美吗？"卡格尔先生突然停下脚步，目光迷茫，"请在您刮胡子的镜子前站五分钟，端详一下自己；每天请在自己灵魂的镜子前站两分钟；每天请在自己的镜子前站一分钟，在自己的上帝面前……等边三角形，那条位于赫拉迪斯科、瓦伦卡和赛米策之间形成的等边三角形公路，自那里上帝一眨不眨的眼睛在凝望，道路的中央便是我。"卡格尔先生说着，几乎被自己说出的话吓着了，他打了个颤，然后吞下那些图像，幸福地颔首，他摘下帽子，朝天上的某个人鞠躬，他那厚密蓝幽幽的粗硬头发似一顶皮帽往前探伸出去，发际生成和始于额头第一道皱纹……

晚上在《黄金时代》开演之前，我们俩在雅罗谢克老酒馆碰头。酒馆里越是喧闹，雅罗谢克就越满意，他端着啤酒满场跑，很快送到我们桌，他说："吉福德，多喝点。"然后转过身对叫嚷的客人们喊道："自觉点，闭上嘴，安静。"又对那个要结账的客人说："你能给多少钱？"客人回答："二十克朗。"雅罗谢克点了点头，心算后答复："行。"

卡格尔先生面带微笑，但他的心已经飞向了电影院。"这家电影院我最喜欢，然而他们却不太喜欢我，难道是我的错吗？"卡格尔先生说，"那次放映奥逊·威尔斯的影片《审判》，我坐在第一排，但一刻钟之后有两排观众离去了，这部电影不太合观众口味，后来其他人也陆陆续续走了，就剩下我一个人还坐在那里，又哭又笑。电影院的负责人走过来告诉我她可以补偿我十克朗，只要我离开回家，她说电视里也在转播一部很好看的电影，但我坚持留在那里，说你们继续放吧，我太喜欢这部电影了。后来放映员也过来，奉劝我去喝啤酒，并且他也愿意给我五克朗，我回答说：'接着放吧，这么棒的电影我已经好久没有看到了。您知道胡尔达医生的女打字员,就是罗密·施奈德扮演的那个角色,长什么样吗?她跟水仙女一样有六根手指头,两根手指像蹼似的连在一起。'这下,他们只得把电影放映到结束,我真担心今天也会发生纠缠不清的事情。咱们这就走,早半个小时到,就坐到第一排去。"

卡格尔先生把杯里的啤酒一饮而尽,我也把剩余的酒喝光。店主雅罗谢克先生在吃炖牛肉,我走到他跟前,说:"我们喝了四杯啤酒,加上一包烟。"雅罗谢克埋头继续吃着,心里在盘算,当他看到我手上的二十克朗时,说:"嗯,啤酒七点八克朗,香烟九克朗,合十六点八克朗,加上百分之十服务费,总共十八点六克朗。"雅罗谢克叉起一块牛肉,把叉子举到我嘴边,我张开了嘴,当牛肉块脱离叉子时,雅罗谢克说:"算上这一口肉正好二十克朗。"他用手按住那张钞票,继续吃起来,道别时他对我说:"吉福德,在你付账的时候,要显得快活一点……"

我们出门走入黑暗中,马路对面电影院的灯光隐约闪烁。售票窗口一个人也没有,桌边坐着那位负责人,当她看到我们时,起身表示欢迎:"你们可是亲爱的宾客,来,坐下来吧。"她让我们在一张铺了台布的桌子边坐下,桌上的花瓶里插有鲜花,旁边摆了一摞海报,整整一个月的电影节目预告,还有装了即将放映的电影画面的信封,那些电影分别在下周三,周五和周六放映。"这些是给您的,"她转过身,用余光打量我是否在浏览。我饶有兴致地看着,女负责人继续说:"约翰·韦恩出演《流亡者》时,还相当年轻呢,影片是关于北达科他州的,情节很有趣,约翰·韦恩在剧中扮演一个魁梧的牛仔,试图说服落后的农场主通过现代技术改变荒芜偏僻的平原……"

卡格尔先生补充道:"海伦·麦凯勒出演女主角——那个不幸的女儿兰卡,此前曾恳求父亲离开荒原到别的地方去谋生……"女负责人站起来说:"既然卡格尔先生您什么都知道,那您自己跟这位先生讲吧……"门打开了,售票员女士来了,我买了两张票。然后来了两个男孩,但女负责人说,这部片子少儿不宜,于是我们继续等待……在大门口上方的时钟指针快接近七点半时,两位姑娘走了进来,买了票,女负责人说:"观众将陆续入场了,你们进去就座吧……"说着她打开门,一股寒意袭来,以前那里是本德尔啤酒馆的舞蹈和剧院大厅。卡格尔先生在第一排落座,锣声响起,帷幕被拉开,露出白色的屏幕。卡格尔先生笑着拍手喊道:"棒极了!"我转过头一看,除了两个女孩,没有其他观众,女负责人站在炉子边,双手把我推到远离座位的地方,安慰我说:"大批观众很快就来,这部电影很有人气的……"她愉快地点着头。

到了七点四十五分,卡格尔先生眼望屏幕,嘴里喃喃自语,他哈下腰,仿佛屏幕上有赛车手从他头上飞越而过,坠入万丈深渊,或者汽车飙飞了。我问:"怎么了,卡格尔先生?"然而卡格尔先生继续盯着屏幕,眼睛眨都不眨,依然在嘟嘟囔囔:"我已经看过三遍了,现在是第四遍,玛娜·洛伊!您瞧,她越来越漂亮了。"我站起来对女负责人说:"我去啤酒馆找几个人来吧!"于是我往外走,两个女孩跟我一起出去,我看到她们在灯光醒目的大厅里拍打售票窗户,我冲进啤酒馆,说服客人跟我去看电影《黄金时代》,但没有一个人愿意,我承诺花钱帮他们买票,我倾囊买下六张电影票,但仍然无法放映,因为赛米策电影院的规定是现场必须有十二名观众。

只有卡格尔先生依然坐在那里,眯缝双眼,《黄金时代》他已经烂熟于心。他转身对着空旷的放映厅说:"战争是如此可怕,能怎样!"又转头继续观看,他不时闭上眼睛,以免看到屏幕上的镜头……我再一次跑进夜色之中,我截住行人,试图说服他们,说这部唯美的电影充满人性意味,每个人都应该看这片子,但没有一个人停下脚步，因为不存在充分的理由让他们看这部《黄金时代》……

等我回到电影院里，那里已经有了十二个购票的观众，然而放映员在半个小时之前就坚信，没有人会再来，扇着扇子回家去了……这下所有人都跑了出去，我们跑去敲打放映员公寓的窗户。窗子打开了，然而他夫人告诉我们，说她的丈夫已经骑自行车去哈尼纳了，他夜里要在那里捕鱼。

我怏怏地返回，女负责人朝我跑过来，乞求我把那个疯子卡格尔领走，说他始终坐在那里，自娱自乐。她退还了电影票款，包括卡格尔先生的。她熄了灯，然而卡格尔先生依然不起身，他扫了一眼昏暗的大厅，在黑暗中依然盯着屏幕，我只得挽起卡格尔先生的手臂，请他在路上给我把这部电影讲完……

就这样，卡格尔先生在赛米策电影院大厅看了第四遍《黄金时代》。

有一天我想念卡格尔先生了。我蹬上梯子往上爬，爬到最后一格上到了阁楼，那里弥散着干草的气味。"卡格尔先生！"我轻声喊，可是没有回音，我摸索到屋顶的天窗，看到卡格尔先生身穿长毛大衣坐在烟囱下方，背靠烟囱壁，两腿弯曲，双手搭在膝盖上。他的脑袋缩在外套的衣领里，整个人看上去很小，如同一辆被压成废金属的汽车一般。我招呼他："卡格尔先生。"他摆了摆手，像一头老态龙钟的大象，在舞动自己的耳朵时，身体是静默的。然后他开口："我知道，没事儿，文撸，你去拿一根铁丝握一下，就好了。"他自言自语。在他头顶上方的衣钩上挂了一件衬衫，然后又是一个挂钩，上面挂了件大衣。在他脑袋上方用图钉钉着一幅电影传单，是莫琳·奥哈拉和沃尔特·皮金主演的《青山翠谷》。

卡格尔先生今天心情不好，没有讲述任何电影，也没有出行去远足。今天，当我第一次看到卡格尔先生如此神情惨淡，我以为，是他的行程不再具有意义，他屡次长途跋涉只是为了去某一个地方，他之所以去，是因为必须去，而他在这里，背靠温暖的烟囱这样活着，仅这样坐着，对他而言意味着死亡啊。卡格尔先生再次用手摸了摸膝盖，说：

"它会过去的。我记得有一年，很久以前的事了，我的住处很好，我住在一个很标致的女人家里，她长得很像莫琳·奥哈拉，我们甚至有了舒适的公寓，房间里有家具和各种物品，然而我仅住了一年就病了，我病倒了，当时医生们说我精神有问题，但并不是那样，我没有病，是因为那十五个衣柜，因为三十六把椅子七个桌子和茶几而病的，这一切让我抓狂，五十六把大小不一的钥匙让我累得要死，脑袋里塞进了一百二十个碟子和盘子，十五个瓦罐、酱料碗和绞肉机让我大伤脑筋，甚至连我的身体也不舒服了，因我们有了冰箱，但罪魁祸首是那四个房间和一个厨房，成千上万的玻璃杯、刀叉、汤勺和茶匙；浴室和里面挂着的浴巾让我吓个半死。当我打开柜门，里面的毛巾、抹布、内裤、睡衣和衬衫纷纷向我伸出不雅的舌头，还有那五十条长舌似的领带。我绝对被各个角落里的茶几和花瓶吓坏了，因为我那时不操心别的事情，只需让这些东西正常运作，然而所有东西都跟我对着干，知道如何对付我，我也了解他们，终于有一天，我决定离开，我离开了那里，走得远远的，我一直在路上走，无论什么路都无所谓，我不能停下来，因为我走得越远，我就离那些不人性的物件越远……而且从那以后，每当我觉得我该回去时，内心深处却宁愿继续走啊走，我走过原野和林区，只为了可以不回去，为了保留我三十年来在这里的样子，有两个衣服挂钩，或许某一天，我也能在那挂钩上自缢。您知道，我们生活的这个年代，我这样的人并不受欢迎，我曾两次被送到精神病院，然而我在那里证明了，发疯的是他们，而不是我……

我说:"卡格尔先生,在这方面我也有同感,我也为家具、冰箱以及上百张的桌椅烦恼,还有房间和厨房,在那里我和妻子共居一室,常常碰撞,尽管我们有那么大的空间,但是,卡格尔先生,不同的是,您决绝地摒弃了桌子和沙发床,而我仅是在考虑,却从来没有勇气去尝试像您那样与那些东西告别……"

"走吧,让我们一起去林子里,去哈宴卡餐厅坐一坐,那里一定热闹极了,您去吗?"此刻我注意到,卡格尔先生光着脚,他往身后一伸手,掏出一双黑色的工作鞋,烟囱工穿的那种鞋底翻新的系带靴子,他解开鞋带,把脚伸进靴子里,仔细系上鞋带……

天色早已昏暗。当我们走进哈宴卡餐厅时,外面已经一片漆黑。然而餐厅里人声鼎沸,古兹尼克先生刚讲完一个故事。在科尔斯克,天气向来很好,但人们必须会穿衣服,根据天气穿鞋,免得受冻……

女店主在厨房的水槽里给小女孩洗澡,同时刷洗盘子和咖啡杯。向来被烟尘和煤灰弄得黑乎乎的烟囱工,在给客人们讲述什么,双手不停地舞动,几乎抹黑了所有的桌布和所有的客人。珍宝先生,那个飞机机械师,总是身穿带裘毛领子的皮夹克坐在酒馆里喝啤酒,细细品着菲奈特·布兰卡酒,他给在场的每位客人都点了一杯,当我们进酒馆时,也给我们点了。他喊道:"先生们,几何王国是航空的基础,还有数学!而且在这个地方,只有我和工程师胡普卡先生懂这些知识!"他激动地欢呼着,女店主用湿淋淋的双手端来几杯菲奈特·布兰卡酒,她说:"那么,珍宝先生,数学的王国能托付给我吗?"珍宝先生得意洋洋地喊:"哦,不行,根本行不通,因为夫人您,属于天生的愚蠢!"被冒犯的女店主很生气:"那我衷心感谢您。"

卡格尔先生问:"你们有谁看过电影《东京上空三十秒》吗?"他环顾四周,普罗哈斯卡先生在安静地睡觉,刚醒过来,说了句"可是!"又睡着了。古兹尼克先生和弗兰茨先生面面相觑,惭愧自己没有看过那部电影,唯独珍宝先生手舞足蹈:"就是它!《东京上空三十秒》!B-25轰炸机'瘸老鸭',特德·劳森中尉战队,跟谁合作来着?"他支起耳朵,卡格尔先生回答说:"在'大黄蜂'号航母上的杜利特尔将军中队……"

所有人都疑惑地看着他们,只有睡梦中的普罗哈斯卡先生说了一句"可是",又继续睡他的觉。珍宝先生又点了新的一轮菲奈特·布兰卡酒,激动地叫嚷:"先生们,这是个男子汉,可是卡格尔先生,您知道我前天这个时候去了哪里吗?没有人知道,我飞越了乞力马扎罗山!"弗兰茨先生大惊失色:"天哪,那是什么地方?"古兹尼克先生说:"它位于某个地方,那里是青白尼罗河的发源地。"烟囱工弄脏了最后一块桌布,他一路扶着所有的脏桌布朝珍宝先生走来,说:"乞力马扎罗山,它在科威特那个地方,先生们,在那里,境内总共只有三十六棵树,其中十七棵归他们的酋长所有,类似总统的那个人。"

普罗哈斯卡先生醒过来,说:"当你喝醉的时候,乞力马扎罗山便位于科尔斯克。"说完又睡去了。

珍宝先生站起来,举起酒杯,向所有人敬酒,热情地喊道:"布兰卡酒万岁!劳驾先生们,七月份,七月二十六日,你们有计划吗?在那一天拜托所有人腾出时间来,不是休假的就请病假,因为那一天珍宝客机将首次在我的滑轮上降落,那是个能搭载三百六十名乘客的巨型酒店呀,先生们!我现在已经在担心,那个混凝土降落坪是否能承受得住那个庞然大物!万一珍宝客机在降落时如同巨型冰山,巨大的气流将那些长桌一下子扫到克拉德诺城去,那可怎么办?"珍宝先生庸人自扰,在那一刻他成了天才,因为他已经灌下六瓶啤酒,还有几杯菲奈特·布兰卡酒。

烟囱工坐到珍宝先生身旁,当他想把脑袋支到自己乌黑的掌心时，他厌恶地看到，桌布沾满了煤灰，于是他拿来一份报纸，摊开，然后把胳膊肘搁到报纸上，用掌心托住脑袋，惊奇地盯着珍宝先生，说："妈的，照这么说，飞机也可以降落在这里，降落在混凝土路上，对吧？它有多大，像一辆带拖车的大货车那么大？"

珍宝先生喊叫道："您说什么，珍宝客机可容得下十辆货车，连拖车也捎带上，它有二十米高，左右机翼的长度各十七米。"

"那太遗憾了，"烟囱工说，"如果您驾驭珍宝客机降落在这里，降落在混凝土路上，该有多好。不过，如果我们在座的所有人合力抓住珍宝客机的翅膀，那么即使它想飞，恐怕也飞不起来……"珍宝先生不停地叫嚷，卡格尔先生热情地附和他，此刻他拍了拍手，拿起啤酒站到椅子上，他祝福珍宝先生，对着哈宴卡餐厅的四个角落一一祝福，因为珍宝先生让他迷醉了，他仿佛看到了《东京上空三十秒》……珍宝先生继续叫嚷："这种巨无霸飞机横扫一切，它的引擎启动就需每小时消耗两万公升汽油，那力道可以席卷一切，如同《东京上空三十秒》……"

卡格尔先生在椅子上转了个身，那一刻我的想法是，他真的疯了，那个疯人院始终如同一道光环萦绕在他脑际，卡格尔先生说："没错，可是，谁演了那部电影，珍宝先生？"珍宝先生幸福地回答："出演詹姆斯·杜利特尔将军的是斯宾塞·屈塞，范·强生演的是特德·劳森。嗯，卡格尔先生，那谁演的德亚·达文波特呢？"卡格尔举起啤酒杯，朝西南角祝福一番后说道："蒂姆·默多克。"珍宝先生开始喊叫起来，长长的呐喊直冲哈宴卡餐厅黑乎乎的天花板，然后他面无表情地发问："你们带手电筒了吗？"所有人回答说有。"那么，先生们，咱们出门去，我们到外边去勾画珍宝客机有多大。"说完他拉开门，又返回来，所有人重新往肚子里猛灌了一通啤酒，然后大家微醺地走到餐厅门前，走到大门上方那独个灯泡射出的光影里，灯泡上罩了一个篮子，像给奶牛喂草的那种。

"嗯，这个餐厅，"珍宝先生发话，我们都惊愕地看他，"好比客机上机长和机组人员的小机舱……这一棵白桦树，有十米高吧，在它的树冠上再加上一棵，你们一定头晕了……弗兰茨先生，您沿混凝土路照直走，一米接一米大声报数！"弗兰茨先生使劲踩着靴子，诚实地迈出橡胶底，大声吼道："七十！"他转过身来，照亮手电，灯泡摇摇欲坠，弗兰茨先生说："那瓶菲奈特酒，真不该喝下肚……"

珍宝先生继续下令："您，古兹尼克先生，向右走；而您，卡格尔先生，往左走十七米，等您计数完毕，同样点亮手电；至于烟囱工大师，他可以爬上那棵白桦树，在树的顶部拧亮手电筒，至少让你们看到珍宝客机一半的高度……"

珍宝先生沿着餐厅的护栏走了来回，然后跳下去，用铿锵有力的声音发问："这下你们看明白了吗？你们这些花椰菜脑袋！看，在尾翼、翅膀那里有大灯，机舱处有小灯，这下你们自己也能描绘出那个飞行酒店了？"手电筒都亮晃晃的，足够的光源勾勒出大型运输客机珍宝的轮廓。随着一阵风吹过，白桦树的树冠摇曳起来，手电筒从烟囱工手中跌落，直飞下来，在普罗哈斯卡先生身旁的地上摔得粉碎，现在正是他回家就寝的时间，他正扶着自行车的车把，一跃踩上踏板，在混凝土路上喊道："善良的人们，闪开，我冲过来啦！"一路向远方驶去了……

卡格尔先生用绝望的声音在他身后喊："普罗哈斯卡先生，您干什么呀！您驶入了我们的客机，破坏了我们的远景！"他拍击双手示意，但普罗哈斯卡先生依然我行我素，提醒前方："善良的人们，闪开，我冲过来啦！"他在新草甸上躲避开一辆对面汽车射来的前灯，而卡格尔先生颇为不满，慌乱地迎向照射灯，大喊："停下，停下来，我们这里的混凝土路上停着珍宝客机呢，难道您没有看到吗？非要撞过来！停下！"他指挥着，但汽车依旧驶来，越来越近……卡格尔先生跳到路中央，张开双臂，想阻拦汽车撞到客机的尾翼上……我们眼睁睁看到，汽车的挡泥板将卡格尔先生撞进路边的壕沟里，他的手电筒也飞了出去。

一片静默。我们一齐跑过去。烟囱工搓了搓手掌，他刚从白桦树的树干上滑下来。汽车司机让我们作证，说是卡格尔先生自己跑到他的车身下去的。卡格尔先生躺在壕沟里，面朝天空，他那只黑色系带皮鞋滚在白色的雪地上，鞋带系得很美观……

"卡格尔先生，您哪里感觉不适吗？"烟囱工问道。卡格尔先生喃喃地说："从前有一个绿色的山谷……"我们伸出手臂做担架，把卡格尔先生抬上了汽车，司机央求我们记下他的电话号码，等候他片刻，他从医院出来就去找警察。汽车驶远了，弄掉的手电筒依然在壕沟里亮着。弗兰茨先生说："很不妙，也许这是我们最后一次见到他了。"

然后大家坐在餐厅里，沉默不语。伴着一杯黑咖啡等待消息，等待关于卡格尔先生伤情的消息。然而没有一个人出现。就这样，卡格尔先生再也没有无恙地回到我们林区，因为，第二天我们得知，他躺在了医院里，臀部和脚踝骨折，腿断了。后来他曾五次试图逃离医院，但始终没能越过那条出城的公路，那条通往科尔斯克森林的路。于是医生们只得把他绑在床上，因为每次只要他心生念头，想看到赫拉迪斯科、瓦伦卡和赛米策有什么新鲜事时，他的腿都会因为逃跑再次摔折……

等他一瘸一拐地前来做客时，已是两年之后，那条断腿在他身后拖着，像一辆载重货车。现在他住在位于利萨的一家养老院里，周日方能外出，可再也去不了那条等边三角形的道路了，仅走到科尔斯克林区就得返回，他必须及时赶回去，因为养老院管理严格。我甚至没有勇气前去拜访待在养老院里的卡格尔先生，我宁愿在我脑海里保留我所认识的卡格尔先生，他从前的模样。况且，卡格尔先生的腿伤残之后，外出旅行的渴望也随之游离了他的身体；因此，我更愿意记住卡格尔先生从前的英姿。

可以肯定的是，当卡格尔先生仰望天花板时，在那里，在白色的平面上他一定储存了足够丰富的内容，每一天根据瞬时的心情回放所有他曾看过的电影。最主要的是，他会在天花板上放映那部未完成的影片，他亲手拍摄的关于他自己的故事，关于他在漫漫旅途上的所闻所见，有自己的经历，也有对自己的问候……也许恰在今天，他将赋予他的那些旅程某种意义，不过，即便他不给予自己那些跋涉的旅程任何意义，也已不再重要，因为我们之中又有谁知道，每个人的人生旅途有怎样的意义？

雪绒花的庆典

科尔斯克的林海如此深邃，正如古斯塔夫·弗瑞什登斯基①在其回忆录里所述，他们的希腊罗马职业队里有一位黑人在林中走失，后来古斯塔夫再没有见过他。

我一直在找李曼先生，苦苦寻觅了很久，自己差点儿在科尔斯克森林里迷失方向，直到我走到一座颓败的房屋前，旁边有几个牲口圈和一间残破透光的板棚，一位身穿工作服的老人坐在椅子上，一头白发犄角似的支棱着，就那样，长长的头发如刨花钢丝，摊满老人的脑袋，难道他身上安了一架刨床？他坐在那里，一群母鸡围在他身边啄食，他不时往地上撒一把玉米粒。

我搭话说：这个地方真美呀，是吧？他点了点头：可不，您不是本地人吧？我回答：我刚在林区买下一间别墅，实际上也就是一座小木屋，位于第二十四林荫道……老人不等我说完，声音洪亮地接口说，那地方他熟悉，人们管那里叫紧急地带，地界上淌过一条名叫瓦伦卡的湍急溪流，那片草地原先属于赫拉迪斯科国王，人们称它桤木林。

我说：我很喜欢这里，不说别的，空气异常清新。没错，老者说，此地空气虽然潮湿，然而健康呀，科尔斯克也很健康，作为森林

---

① 古斯塔夫·弗瑞什登斯基（1879—1957），捷克古典式摔跤手。

之城，它仿照纽约市政图进行划分和编号，那条混凝土公路好比第五大道，那些通往山坡的林荫道就是大街。如果您从主路上过来，靠右手边的林荫道以偶数编号，左侧则为奇数。所以如果您在高处俯瞰这座林城，它的布局就类似蕨类植物的叶片，说着老人站了起来，头发吓人地根根直竖，我感觉那些鬃发的尖刺可以戳伤我的眼睛，一根根青铜铸成似的。

他迈开步，问：您有何贵干？在找人吗？我说：我在找一个人，可这个人可能找不见了。劳驾，那条混凝土路有多长？他说：很荣幸，我会把我知道的如数奉告。从公交车站到那条自赛米策通往赫拉迪斯科村的公路，长度为二千三百四十八米，那是护路员普罗哈斯卡先生亲自测量出来的，说着老先生拿出一把红色折叠椅来，抹了抹椅面上的鸡屎，示意我坐下。我谢过他。从牲口圈和不知何处漂来令人反胃的气味，弥散在空气里。而这位老人芒刺状的鬃发，让我觉得他气度不凡，我带着赞叹注视他镀铬似的发丝，思忖万一出现雷暴，它们保不准会噼啪闪出圣以利亚的火光。

我问：听说附近有一棵古松，我想去那里看看。他扫了一眼挂在松树上的钟，挂钟的指针滴答走着，准点的钟声敲起来似愤怒的啄木鸟……我还有时间，哦，您说的是美妞冬尼卡？我得告诉您，那是个美人，美极了。您从树底下仰头往上看，太阳照下来，她的树冠跟圣维特大教堂的窗户一模一样，树枝如同窗户的辐条，那么精确地以同样的节奏盘成圈圈。那棵树栽于一六二〇年，稍远处有一棵她的姊妹树，猎人们称之为甜心冬尼卡，在我眼里甜心更美一些，小巧的脑袋，枝叶紧密有致，像个梳短发的利落女子。不然她也是个巨人哪，可惜闪电炸裂了她的树干，长势就缓慢了。

老先生叙述时，一阵柔和的风翻转了新栽的白桦林那丝绸般的枝叶。老人伸出双手，仿佛想要爱抚它们，他真的触摸起那些树来，手指头来回游移,他的情感沁入了枝叶间。我看得出来,这是一位敏感的老人,他听命于自然,释放情感的元素,这样的举止符合他的年纪。他继续摩挲着树干,手掌张开,仿佛白桦树摇曳的枝叶变成了飞舞的火焰,他用双手在摄取温暖。

我们这里还有一样宝贝,你沿那条叫作宁布拉奇卡的六号林荫道一直往前走,能走到那一片叫徽章的森林里。在林沟边上有一棵云杉,树身突兀,比云杉林里的其他树木高出一半,树龄肯定超两百年了,那棵树靠下的九个树杈都扭曲着冲天而去,树尖反倒像树根,往上又钻出了枝杈,九根十米高的枝杈,于是那棵树就像一个在表演的马戏团演员,手擎九根顶着旋转飞碟的枝桠。另外,那棵巨型云杉,也神似一个巨大的烛台。老人边说边点燃一支烟,坐到我身边的椅子上,他身上那件沾满酱渍的工作服,发出难闻的熏人气味,我转过身去,逆风而坐⋯⋯

为了打破沉默,我开口:这里丘鹬真不少?我指了指那片耸立在他地界后面的白桦林,栅栏外白光闪耀。他猛吸一口烟,火光照亮了他的嘴巴,就像他咬了一截纸烟似的,香烟明显短了,然后烟雾从他的嘴里喷出来,跟他一头炸开的硬实的长鬈发有异曲同工之妙。现在还不到季节,这里的丘鹬已经少多了。从前猎人们曾以一瓶酒打赌,一晚能否射下二三十只鸟来?那样的时光不会再现了。丘鹬在三月底或四月初求偶,当太阳落下山去,第一颗星星冒出来,雄鸟们便来回飞舞,向雌鸟发出婉转的求爱的鸣叫,雌鸟们伏在寒冷的草丛里默默倾听。

他说着,清了清喉咙,吭吭咳了几下,挂钟里的杜鹃也飞出来了,应和老人的咳嗽声,鸣叫了五下。知道啦,老头冲挂钟喊道,继续说起丘鹬如何折磨同类的话题,他又猛吸一大口烟,火苗快燃到烟头了。他扬了扬手里的烟说:丘鹬没有了,只剩下不多的几只。但在仲夏夜，夜莺会来咚咚敲击，很美妙的声音，如果您留意，在您住的那条街边的橡树上，夜莺也会驻足敲击，俨然是小提琴协奏曲，也好像是在晶莹的水晶玻璃上，艺术家用钻石笔雕刻出剔透的画。在那些夜晚我都不睡觉，我追寻夜莺的声音，四处漫游。老人拍了拍胸口：我这里很甜蜜，我感到幸福，身边存在如此美妙的事物。

在米德罗瓦，在河对岸那边，汇聚的夜莺最多。您可以这样去，从普日夫拉克往卡梅尼方向，或者，你还年轻，假如您去赫拉迪斯科的庙会参加舞会，午夜之后，您陪伴一位美丽的姑娘沿十字军国王道走入田野，穿过路什基尼足球场，那么，河对岸那条迤逦的土路，您越往里走鸟的啁啾越发激越，歌唱的不止一只，是三只，是四重唱，有时我听到六只夜莺在那里唱呢，一小时，一个半小时，鸟儿口吐纤细的银丝，用呖呖歌声绣出一台永不重复的小提琴音乐会，它们一旦静默下来，您会看到小鸟疲惫不堪地栖息在树梢上，甚至能目测出来，那只鸟的体重减了二十克，即便消瘦了一斤呢，您说，为了什么？它们为谁在歌唱呢？老人说着，神情严肃起来，他动容了，俯身用手背擦拭起眼泪……他的发梢挺立在我的眼鼻前，我闻到了，那股可怕的恶臭就来自那一团团发黏的头发，我一阵晕眩，身体向后仰去，直到仰面倒地，我抬起双腿，一只膝盖踢到了他的前额。

我赶紧滚到树叶堆上。拍打一番起身，眼见衣衫上沾满了鸡粪，我的脸涨红了。老先生站在我身边，俯视我，现在我发现，他比我高出一头。他扬起长臂，在我头上方拢成拱状，安慰我说：现在不要拍打，适得其反，等它们风干后，一掸就掉了。我给您画张示意图，您是新来的，您不用去操心人，但对大自然要用心。在第六和第四林荫道之间是一块林间空地，那里盛开有几百棵西伯利亚鸢尾花，如果有一天您要去米德罗瓦，河对岸那个地方，嗯，待会儿我要去那里。那里长了很多棵百年古橡树，其中一棵空心了，有一次为躲暴雨，里面竟藏下了二三十个人！我喜欢去那里，春天去跳舞，现在也时常去。您知道吗，从上个世纪延续了一个美丽的习俗，小伙子们要在老橡树下走一遭，姑娘们在音乐伴奏下，头饰雪绒花，在那些古树下翩翩起舞？可是，您为什么在我的门前停步不走了呢，为了什么？您在找人，或者，该不是在找我吧？他指了指身上的工作服，上面布满鸡粪污渍，似一枚枚陈旧的奖章……

不，我刚才没说实话，我只是随便走走，我很高兴您给我讲了这么多森林里的事。老人一摆手，对着从挂钟里飞出来咕咕叫唤几声又缩回巢里的杜鹃说：知道啦，再过半小时我就出发。嗯，您知道，这里还有什么值得一看的吗？在那边叫赛米茨卡的小山坡，秋季会盛开成千上万的蓝色龙胆和黄色山柳菊！每天开拖拉机去碾压，然而越蔓延越多。假如您去另一个叫作普谢洛夫的白山坡，也那样，您不用吃惊，那里的田野里啊，漫山遍野长满了野生芦笋，没错，野生芦笋！说着他的双手按到我的肩膀上，这时我注意到，他的手臂上也鸡屎斑驳，他似早衰的白桦树叶的头发里，夹杂了稻秸秆、肉末、干草和一些摇摇欲坠的鸡粪，但老人现在仿佛行色匆匆，他一边打量我，一边用一只手打着手势，加快了语速：您知道吗，科尔斯克林区出的松木板呈美丽的蜜糖色，年代越久颜色越红？您知道吗，在历史上本地的松木一直航运到汉堡？您知道吗，以前荷兰风车的转轴是用科尔斯克橡树制作的？修建泰雷津堡垒时使用木板和横梁，耗费了五百棵科尔斯克橡树呢？您知道吗，赫拉迪斯科的三栋别墅和民族委员会的哥特式窗户，村民们使用的是科尔斯克小教堂的大门，教堂被胡斯战争毁坏了？您知道吗，科尔斯克的落叶松早前曾用来制作海船的桅杆？您知道吗，那些河湾是易北河的死河浜，河面覆盖了白睡莲、水百合和大毛茛？您知道吗，圣约瑟夫泉深达七十八米，它的泉水流经湖山汇聚到这里，流到此地花了七十年时间？您知道吗，科尔斯克山寨最美丽的别墅是哪一栋？在第二十一林荫道，紧挨那条混凝土公路，是一位远洋船长建造的，别墅像一艘被抛起在沙丘浪尖上的客船？老先生一句紧接一句滔滔不绝，而我只祈求他赶紧放我走，他的工作服散发出的气味甚于牲口圈，这股浓郁的恶臭，简直让人晕厥或引发过敏、荨麻疹甚至死亡。挂钟开始鸣响，疯狂敲击着，仿佛在谴责老人，指针像神经质的牛尾巴，晃动个不停。

在钟声消失之前老先生醒过神来，我知道啦，他对杜鹃吼道，一脚踹开板棚边上的门闩，柴门因自身重量和斜度自己启开了，满地鸡屎的板棚里，却停了一辆超豪华轿车，象牙色，是最新款的福特轿车，带自动伸缩门，车身上落满鸡粪，车里蜷缩了一群打盹的鸡。老人笑了，看着我。难道他就是那个我一直在寻找的人，只是我没有认出他来，他在我面前完美地掩藏和掩饰了自己，让我云里雾里，不明眼前所见。老先生用胳膊肘把鸡群扫下车，绕车身走了一圈，站在振翅奔逃的鸡群中间，鸡飞越过他的头和手，跑到屋外去了。

老先生按下一个按钮，福特车门滑向天花板。关于这辆福特车，我听说了，李曼先生家里有，那么我此刻是在李曼先生家里，我想问他，李曼先生住在哪里，虽然有人详尽告诉我了，但老先生和他的工作服让我真假莫辨。但他知道，我会问他是否出售这辆汽车；他知道，我在寻找李曼先生；他知道，最好像狐狸那样清除身后留下的踪迹，然后重新出现在猎场的另一头，出乎别人的预期……

福特车驶出来了，豪华气派，我看出来了，我怎会视而不见呢？李曼先生就是从前的那个百万富翁，每隔一年他的儿子们从美国给他寄回一辆车来。这辆车也很适合他，坐在车里他看上去跟银行总裁一样，虽然车身覆盖满鸡粪……

李曼先生迈下车来，身后的皮座上粘着鸡屎印，满车羽毛飞舞，李曼先生做什么都适合，包括那群母鸡。我知道了，我说，您就是李曼先生。他鞠了一躬，说，我是。为了让我信服，他打开了板棚的第二扇门，窗口正对花园，板棚里冲出两只山羊来，差点将我撞倒，山羊们也带出一股难闻的恶臭，总算弄清了恶臭的源头。母山羊跑到了公山羊前头，李曼先生像神一般站着，喊道：鲍勃斯，卢克斯，雍塔！上牧场！走了！母山羊和公山羊挤进了福特车，犄角交错在门里，但母山羊动作更迅捷，坐到了窗边，焦急地看着，等车子开动起来，在母羊身边坐着两只臭气熏天的公山羊，李曼先生坐到方向盘后，按下一个按钮，车门从天花板上滑下来，李曼先生锁定窗子，耳边马上传来清脆、野蛮的皮革撕裂声，我看到山羊的蹄子刨入了皮垫，撕扯着，我感觉那些蹄子好像在挖我的大脑，我觉得我的大脑皮层在层层开裂，撕扯开，山羊的腿在里面践踏。然而李曼先生豪爽地笑道：我太开心了，当鲍勃斯和雍塔互相撕扯，抢夺右边的窗户。

我说，左窗户在哪里呢？卢克斯占着呢，但是从右窗户能清楚地看到河面，知道吧？年轻人，我们现在去河边，然后坐小舟去河对岸，去米德罗瓦草滩，在那里山羊们吃草，我自己玩晶体管收音机。没准，为了纪念雪绒花的庆典，我会在百年老橡树下跳一曲舞，跟母山羊和公山羊们一起跳，像一个老牧神，老牧神的午后时光，如此而已。

他鸣响喇叭，六米长的象牙白色福特车，缓缓驶出了白桦树林荫道，在太阳光下，所有的树叶在招展，在微风里绽放的橄榄花，花香气味撒向新草甸的某个地方，现在李曼先生载着他的宝贝们正驶入那里的牧场。

朋　友　们

只要洛萨尔一来，科尔斯克便欢声笑语一片，因为洛萨尔是中欧最快活的人。当他开着那辆豪华轿车从维尔茨堡出发，我们已翘首盼望，然后是拥抱，微笑和开怀大笑。洛萨尔伸出有力的臂膀跟每个人握手，然后是商量规划，跟洛萨尔一起去哪里，晚上在哪里喝掉一木桶啤酒，在烤架上烤鸡，畅饮产自肯塔基的占边波本威士忌，这种酒洛萨尔每次都会带来好几瓶，一起抽美国长红香烟。说着立马拉出一箱山羊牌啤酒，因为啤酒是洛萨尔的最爱，可以兴致勃勃地从早喝到晚上临睡觉，上床后仍要在床边的木桶里放上几瓶，万一夜里醒来，感到口渴呢。

他每次都住在巴维尔家的森林白宫里。巴维尔坐在轮椅上出来转悠了好几趟，迫不及待迎接好朋友到来，他用手掌盘转着轮子，来来回回，竖起耳朵倾听，然后再失望地回去，轮椅径直进入大厅，因为他的白宫只有一个盘旋而上的水泥台阶，像跳台上的跳板。巴维尔驶入厨房，俯身扫了一眼炖牛肉，然后再次焦躁地出门往林子里去，绕房子一圈，挨近熏房。他推开小窗，伸出手触摸香肠和熏肉，检视熏制的成色。他在熏房待到洛萨尔的欧宝车在十字路口鸣响喇叭，穿过林中公路驶近来，敞开的车窗露出洛萨尔欢快的笑脸，他腾出一只手挥手致意，然后重新握住方向盘，因为洛萨尔的车和巴维尔的一样，刹车、离合器和油门都在方向盘上，看上去好像双脚也在驾驶汽车似的。

　　洛萨尔停下车，打开门，伸出双手向所有迎候他的人们打招呼，他的侄子从后备箱搬出轮椅，或者如果他独自驾车来的话，那么美丽的康复女护士奥琳卡推来轮椅，她那么美丽，仿佛奥黛丽·赫本迷路来到了科尔斯克林区，奥琳卡是巴维尔的未婚妻，心灵手巧，什么事情看一眼就能领会。洛萨尔用健壮的手臂挪动身体，同时双手搬起无力的双腿，费劲地把两腿搬到轮椅上，然后用一个翻滚动作把他壮实的身体扔到轮椅上，随后便行动自如，畅行无阻了，身心在长途驾驶后得到放松。驱动轮椅时，他发出欢快的叫喊和欢笑，而深爱洛萨尔的巴维尔，跟他并驾齐驱，如同断体的若虫在舞蹈，在舞蹈时，一边驱车一边呼喊对方，欣喜若狂地叫嚷着今天和明天将要做什么。洛萨尔绕着圈，因为他知道，熏屋已散发出熏肉的香味，然后他和巴维尔喊奥琳卡，直到她拿来了砧板。洛萨尔早已按捺不住，即使巴维尔提醒他火候还不够，他已经克制不住，扯出一截香肠，不顾烫了手指头，尝到了香喷喷的第一口熏肉。巴维尔去取啤酒了，他再次驶入前厅。在墙角，墙上贴有十几张证书和地区摩托车赛奖状，在巴维尔作为曾经的摩托车赛手赢得的枯萎的花、褪色的奖品丝带下方，他拿了几瓶冷藏啤酒放入怀里，往外冲入灯光里，双手使劲转动轮椅胎，为了尽快回到朋友身边，用常年挂在镍制轮椅上的开瓶器启开酒瓶，把上好的窖藏啤酒递到朋友手里。

　　此时奥琳卡从车上取出洛萨尔的行李，沿楼梯送到阁楼房间里，洛萨尔被安置睡在那里。奥琳卡静静地微笑着。哦，奥琳卡，无论她在做什么，无论您从哪个角度，在哪条路上看她，她永远那么美若天仙，像奥黛丽·赫本那样，无法用语言描述。

　　当洛萨尔随便往肚里填食之后，开始灌啤酒，此刻的他和啤酒成为他口中啤酒最鲜明的广告，谁看到洛萨尔喝啤酒的样子，即使不渴，也会马上产生喝酒的渴望；如果谁不会喝酒，他会遗憾自己竟然从来没有尝一下啤酒，因为如此开朗和风趣的人，在我们这里不存在，除了乐力，他和洛萨尔一样，不仅快活，而且博学，是信息的活词典。

洛萨尔立即带来了最新消息，世界上出了什么新鲜事，股票市场是涨还是跌了，因为洛萨尔早晨睁开眼，会用一上午时间收听广播，阅读所有的报纸，然后用午餐，随后进入他那间小作坊，把收音机调到萨尔州频道，那个台播放音乐、给汽车司机以及收音机前的每一位听众提供交通信息。洛萨尔边听边动手制作好看的铁器，给邻居们修理他们拿来的东西，洛萨尔自己有电焊设备，有所有型号的钻头，还有一台小型车床。

有一次巴维尔从洛萨尔的作坊回来后，感叹说，这样的车间，连他所在的那家摩托赛车生产企业都没有。洛萨尔在作坊里驶来驶去，哼着歌，慢慢呷着啤酒。这一阵他偏好喝赫佰仕啤酒，坐在轮椅上来回干个不停。就跟他的汽车设备一样，作坊里的所有东西都触手可及，只需一抬手，工具就在手边。透过巨大的窗户可以望见花园，他的母亲在花园里忙碌，洛萨尔从不多愁善感，有时思念之情也会涌现，但他不给自己时间去惆怅或诅咒命运，一旦发生了，他也甘心认命。当洛萨尔下决心不自杀时，他把一切都投入到了平凡的生活，他每到一处，都带去一片欢乐，洛萨尔给各方传播来自不同渠道的信息和知识，从书籍、广播、电视和聊谈，加上他自己的乐观见解。只要是好的一切，那必定是好的，包括他的轮椅和他断裂的脊柱，也是好的，因为那已经发生，除了接受它，你别无他法。

洛萨尔会说捷克语，他怎么可能不会呢，毕竟在五年前他还代表霍穆托夫城参加举重比赛。他曾是一名焊工，捷克斯洛伐克公民，但属于德裔，他有家庭，有一个儿子，然而天有不测风云，一天他和朋友一起在矿上六米高的操作台上焊接，操作台的架子坍塌，他的朋友掉进了煤堆，洛萨尔仰面摔倒在一个大煤块上，断了脊椎。半年后他作为永久的瘫痪者被抬进养老院，每天以泪洗面和琢磨如何了结残缺的生命，随后妻子提出离婚并抛弃了他。后来，洛萨尔想起在德国施佩萨特酒店当糕点师的妹妹，想起他多年前就移居德国的母亲，他提笔给她们写了封信，去德国投奔了母亲和妹妹，从此每月领到两千马克养老金。他重新开始了生活，坚强起来，开始一趟趟去科尔斯克找巴维尔，他们俩在海德堡奥运会上，参加在轮椅上投掷标枪的比赛时相识。

关于巴维尔，我们只知道，他像什佳斯特尼先生①那样实现了梦想，参加公路摩托车赛，赢得了地区和州摩托车赛亚军，前厅墙上那些证书可见一斑。但有一次，在他赢得比赛后，一个朋友来把他从床上拉起来，一起去萨扎瓦找女孩玩。他们骑上了那辆赢得赛事的摩托车，途中车子打滑，巴维尔跌落黑暗，昏迷不醒了。同行的那位朋友，错误地把巴维尔从公路中央拖到路边沟里，后来巴维尔说，当伊拉塞克教授给他手术时，他突然感觉自己的双腿离开了他的躯体，身体躺在那里，可两条腿一直在走啊走，他看到自己的腿像裤子那样在行走，看到它们离去，走过了遥远的地平线，当他哭喊起来时，他的双腿已永远消失在地平线之后了。

痊愈后，巴维尔坐上了轮椅，他的汽车里需要使用腿操作的一切，都转成手控操作。同样，当他早上醒来，盯着天花板思考时，他无法相信现实，仿佛做了一个梦。但是当他坐起来，想迈开双腿时，无法动弹。于是他迅速坐到轮椅上，迅速乘电梯下去，迅速翻滚进自己的车里，费力折叠好身后的轮椅，驱车无目的地闲逛起来，他不停

---

① 弗兰基谢克·什佳斯特尼（1927—2000），捷克公路摩托车赛传奇赛手。

地开,一天接一天驾驶汽车,直到半年后轮胎爆了,他才冷静下来,松弛了精神,说服自己必须面对现实,必须生活下去,必须相信命运的安排,他的脸上第一次出现了笑容,笑了很久,直到笑不出声来。他发现,没有了腿照样可以活在世界上,也许可以比那些行动自如的人发现更多生活的意义。

两个朋友有他们各自的道理,他们成为道德的楷模,所有那些认识洛萨尔和巴维尔的人,当他们出现一点气馁和彷徨,怀疑是否值得继续活下去时,那么每一个人,也包括我,在那一刻就会想到巴维尔和洛萨尔。相比他们俩的价值观,大家会羞愧难当。

巴维尔的未婚妻奥琳卡是一位天使,您可以去找她,用扫帚掸去她的翅膀上的羽毛。她做康复护士时认识了巴维尔,两人相爱了。如果您要寻找一对恋人,不必去看罗密欧与朱丽叶,也无需去看特洛伊罗斯与克瑞西达①,或者拉多斯与玛呼莱娜②,只需看奥琳卡推着轮椅上的巴维尔,顺着台阶,六级台阶,用力拉起巴维尔的轮椅,然后进入哈宴卡餐厅的门,只需看下这一对情人、未婚夫妇,他们秉承了地球的遗产,以爱情和道德的力量呈现生动的例子,为所有那些沮丧颓废之人,或者那些想着从外界和生活里获取更多他们不应得到的,所以为此懊恼,把脑袋缩到角落里的人。

四月中旬的一天,洛萨尔来到科尔斯克,突然出现但却神采飞扬,他告诉巴维尔和奥琳卡说,他在股市赚钱了,要买一辆奔驰车,使用柴油的白色奔驰。巴维尔告诉洛萨尔:如果他买下白色奔驰,那么奥琳卡就去购置白色的婚纱礼服,在同一天,当洛萨尔开回白色奔驰时,巴维尔同时将白色的新娘娶回家。

---

① 莎士比亚名剧《特洛伊罗斯与克瑞西达》中的主人公。
② 德沃夏克《幽默曲》中的主人公。

想不到在四月天降下了白色的雪花，两位朋友开心极了，因为开心喝掉了储存的所有啤酒，巨大的喜悦令他们感觉越发干渴，于是决定外出去哈宴卡餐厅喝啤酒，之后再捎回几瓶准备夜间喝的酒，万一夜间渴了呢，即使夜间不渴，清晨也会口渴呀。于是，两人坐上轮椅冲入黑暗，装饰了飘落邮票般大小的白色雪片的黑暗。奥琳卡推着巴维尔，洛萨尔用戴了手套的双手使劲拍击着轮椅车胎，迎着乱舞的风雪往前走，每个人都用牙齿叼着耀眼的手电筒，走过颠簸的土路和春天的泥泞，从侧荫道赶往混凝土公路，然后只得低垂脑袋，用羊皮帽顶开稠密的暴雪，走了很久，直到前面出现粉红色的光源，从餐厅酒吧的窗户射出的光的隧道，斜斜的隧道里飘洒着阳春白雪，密集而湿润。

距餐厅越来越近，两位朋友欢呼起来，声音里有快乐，有渴望，有对餐厅舒适环境的想象，炉子里散发出暖暖的热量，满怀憧憬的他们加快了步子，如同在海德堡奥运会上冲击最终目标。然后在粉红色的光影里，他们摇落身上厚厚的雪毯，擦了擦脸，猛地一甩头，抖去羊皮帽上的积雪……

奥琳卡先把九十公斤重的洛萨尔推过堆满白雪的六个台阶，推上露台，然后回身去推巴维尔，很少有人知道如何上第一个台阶，先转身，向后使劲挺举，再一级接一级拉住坐在镀镍轮椅里的人，直到上露台，然后径直驶入大门里。

当时我坐在酒吧里，店主诺瓦克先生依然情绪不佳，他装作第一次见到我们这三位客人的样子。我坐在那里没动唤，喝着啤酒，因为羞惭觉得入口的酒苦涩，弗兰塔·沃利切克坐在火炉边，静静地在梦想他那位美丽的匈牙利女郎，几年前她在老威斯德茨村的斯达特酒吧为他梳理过头发，那位匈牙利女郎第一次见到弗兰塔，他也同样，然而她突然为他梳理了头发，然后对他说，她要用自己的汽车把他绑架到布达佩斯，弗兰塔为这句话活着，他坐在那里，梦想着那个美丽的到布达佩斯的绑架。普罗哈斯卡先生四肢舒展，睡得沉沉的，若在午夜，他一如往常，香甜的睡眠在九点钟时分袭来，这有益于健康，鼻翼边的汗滴在他红彤彤的脸上一闪一闪。

这时餐厅的门猛然开了，一阵白雪扑进来，湿润的四月雪，诺瓦克先生手握酒注，困惑地望过去，像我似的。奥琳卡推着巴维尔出现在门口，然后拐向餐桌，巴维尔擦拭着湿漉漉的冰凉的额头。奥琳卡又返身出去，推着洛萨尔走进来，洛萨尔脸上洋溢着热情和希望。两位朋友搓着手，要了啤酒。

但诺瓦克先生面无表情地说：啤酒刚卖完。两位朋友直视前方，笑容僵硬在满怀希望的脸上。巴维尔说：那我们要瓶装啤酒，能带走的瓶装啤酒。但诺瓦克先生盯住一个角落，酒吧里看不到的某个地方，冷淡地回复：瓶装啤酒也没了，送货的没来……

巴维尔又说：我们要一瓶葡萄酒。但诺瓦克先生走到门边说：我们关门了。说着拿起一串钥匙，哗啦啦摇晃了几下，宛如最后的钟声。说完他拉开了门。

奥琳卡的脸刷地一下红了，她再次推起轮椅，先是洛萨尔，然后是巴维尔，把两人推到露台上。白色的雪花比之前下得更加稠密，邮票般大小的雪花疯狂地扫向前院，穿堂风，幽怨的穿堂风怒气冲冲地撞上了酒吧的门。弗兰塔在火炉旁甜蜜地叹了口气，继续沉湎于美丽的匈牙利女郎给他梳头的梦里，普罗哈斯卡先生继续他健康的睡眠，好积攒力气，过一会儿蹬上自行车穿过树林回家，他的住房就在林子后面的村子里。

店主诺瓦克先生回到吧台的酒注前，给我打了一杯啤酒，我在内心里挺身而起，大声呵斥道：你真无耻，下流鬼！如此恶劣地戏弄可怜的客人。我不会再登门了，请你记住，你这个无赖，你甭想在餐厅再看到我，除非哪天你滚蛋了，因为没有人会做出如此下流的事情来，除了你，你，你……我在内心里语无伦次，这时诺瓦克先生把啤酒放到我面前，我大声喊道：结账！

我一口气将啤酒灌下肚，站起身，穿上皮外套，把帽子拉向前额。店主诺瓦克先生跟我道别：您明天来吗？我说：我来。说罢一头冲进暴风雪，在公路上狂奔起来，一直到新草甸我才赶上那两辆轮椅。他们依然用手电筒照着前面的雪道，手电叼在巴维尔和洛萨尔的口中，我上前主动提出，我到前面给他们照亮。我拿起一个手电筒，走到轮椅前面，打出一束光。我想骂人，想狠狠地咒骂店主。

此时洛萨尔那欢快、明亮的嗓音响起来：帕夫利克①，太好了，你要去意大利旅游，你去找我吧，咱们一起去慕尼黑喝啤酒。时间你自己选择，最好秋天去，到时慕尼黑会搭起帐篷，嘿，看得你眼花缭乱，帕夫利克，洛萨尔激动起来，那可是能容纳四千人的帐篷，有狮王啤酒公司的帐篷，马特乌斯啤酒公司的帐篷，普朔尔啤酒公司的帐篷和奥古斯丁啤酒公司的帐篷，到处是音乐，人山人海，有香肠、烤肉和烤猪肘，为了肉皮酥脆，他们用毛刷给肉皮涂抹上啤酒！我带你去那里。或者你夏天来，我们就去花园酒吧，所有慕尼黑的啤酒馆都有容纳数千人的花园，仅奥古斯丁啤酒公司的花园就能容纳两千人！或者，帕夫利克，我带你去十字架山啤酒厂？要知道，那是一家多明尼加修道院，酿造顶级的贮藏啤酒！我带你去那里，在里面可以唱歌，当客人们在花园里唱得太响亮时，就会出现身穿白袍的修士，他亮出牌子：僧人们在祈祷，请不要大声唱！我带你去那里吧……

巴维尔兴高采烈地舞动双手，幸福得声音发颤，好，好，好，就去那里，我已经期待了，但明天我带你到咱们的比尔森酒馆去，那个

---

① 巴维尔的昵称。

酒馆没几步台阶，很方便轮椅上下？也方便我们上厕所。

洛萨尔打断了巴维尔的话，我们不必上厕所，我有一样东西，也给你带来了，你只要把它像避孕套那样套在生殖器上，导尿管连着脚下的小罐，你尽管可以喝几个小时酒，然后去厕所把尿倒出去就行了，那是英国专利，在我车上放着呢，可是，明天我们去哪里呢？巴维尔在暴风雪中沉思，我迈步走着，眯缝起眼睛，身后是愉快的欢呼声，似春天的云雀在鸣唱……

去松鸦酒馆最好，那里就一个台阶，比尔森酒馆有三个台阶……行啊，我们也可以去双猫酒馆，就一个小台阶。要玩得开心，我带你去平卡斯犹太会馆，那里一个台阶也没有，里面的服务生跟我很熟。就这样安排妥了！你的慕尼黑酒馆，我这一周的布拉格酒馆。你刚才说，那个多明尼加修道院，啤酒有那么美味吗？

它位于巴伐利亚，在慕尼黑城外的山岩上，叫十字架山……洛萨尔欢快地解释，你去意大利的话，要去拜访毕毕吗？洛萨尔问。巴维尔欢呼：要去啊。自从我们在克拉德鲁本康复医院结识之后，每次我都会去他家停留。你知道吗？他也娶了一位护士小姐，帮他上下轮椅。我要在那里停留，在米兰，他妈妈总给我做一堆美食，准备各式各样的肉，例如六种鱼虾的马赛海鲜汤，谁也做不出来，意粉肉酱，他妈妈也会给我做，可是洛萨尔，你经常去意大利度假，我家里有一张地图，我们煮上茶，加入肯塔基威士忌，你给我指点一下，你眼中意大利最美的地方，嗯，只要我的轮椅也能到达，行吗？

洛萨尔喊道：哎，帕夫利克，咱们设计一下你的蜜月旅程吧，挑选一条美丽的线路，避开最热的景点，去那些小镇，到处有美酒佳肴，蜜月旅程兼商业线路……

我迈步在暴风雪里，意识到可以侧过脸去躲开扑面而来的大风雪，于是我看到了路边的小巷里停了一辆伏尔加车，浑身是雪的警察长倚车站在那里,他神出鬼没,这个时分出现,没人预料到。他又打开手电筒,没有对着胸章,胸章被他的毛皮大衣罩住了,他照着自己的额头,自己的皮帽,皮帽上的红星闪闪发光。他悄悄走过来,悄声发令:先生们,检查身份证。他用手电筒示意,让我们跟随他到伏尔加车前,然后他一张张接过身份证,翻开,他把身份证伸进伏尔加轿车打开的窗口,那里背风,雪花吹不进去。

谢谢。他说,把护照还给洛萨尔,又问,您的捷克语怎么说得这么流利?

洛萨尔说:流利?因为我上的是捷克学校,我是前捷克斯洛伐克公民,但是是德国国籍,我曾经代表霍穆托夫城参赛……

好,警察长说,又重复道:您的捷克语棒极了!

洛萨尔低沉的声音之外,能听到雪花轻轻落到树枝上的沙沙声,也悄然飘落在公路的雪层上,直至脚踝,洛萨尔轻声说道:我从小跟捷克人一起长大,跟他们一起上学,嗯,我们可以走了吗?

警察长把手放到洛萨尔的肩膀上,轻声说道:可以,一切正常。但我始终不解,您的捷克语那么出色,那辆欧宝是您的吗?

洛萨尔已经转动了轮椅,他回身说:是我的,我要把它卖掉,卖掉。

我用手电照着路,到身后能听到轮椅的轮胎扎在雪地上的声响,这条路还没有人走过,我们走在一条洁净的公路上,没有任何脚印、任何轮胎的痕迹,我们品尝到首次踏入和驶入雪道的神秘,这条道尚没有人涉足,没有车驶过……

远处传来警察长的声音:那您要买什么?洛萨尔把双手放到嘴边,大声喊道:白色奔驰,像雪花那样洁白的奔驰……我们侧耳倾听,但警察长只是一声叹息。然后,我们都陷入了沉默,或许我们在回味那位警察长,此时他正倚靠伏尔加车,静静看着漫天恣意飞扬的雪花，在值守时静静品味雪花飘落的魔力，如同在夏季品味绵延在新草甸的夜的气息，看晚月慢慢升起……

在十字路口我们分手道别，朋友们因寒冷身体瑟瑟发抖，盼望回到家里，围着暖融融的火炉，在桌上摊开那幅意大利图册，描绘和标记巴维尔和奥琳卡的白色蜜月旅程，等洛萨尔买下白色的奔驰。

我久久驻足，望着灯火闪烁的白宫，我看到，通往楼上房间和阁楼的楼梯上，灯亮了；我看到，洛萨尔从轮椅上消失了，然后我看到，他像士兵们向敌人阵地匍匐前行那般，张开有力的臂膀，一个台阶接着一个台阶，拖曳着身后无助的双腿……在他身后是巴维尔，用肘关节支撑。我看到，两人不得不在楼梯中央停下来喘口气，仿佛那条前往餐厅的路令他们不堪重负，无能为力，然而这十二级台阶，他们有能力攻克，必须一步接一步积蓄力量，慢慢上升。

当白宫的灯光全部亮起来，一片灯火通明时，两位朋友一定在讨论白色的蜜月计划，在叙说世界上所有美丽的酿酒厂和啤酒馆，叙说白色的奔驰，而奥琳卡呢，此时她早已躺下，睡着了，疲劳让她进入了梦乡，让她梦见白色的婚纱礼服、婚礼花束和盛大的婚宴。

乐　力

乐力是个重义气的哥们儿，为了朋友的事儿顾不上找媳妇成家，他真是个好朋友。要说科尔斯克林区没有什么庆典吧，却几乎每个星期天都有喜庆活动，譬如年轻，年轻本身便是一场值得庆贺的盛宴，任何庆典自然都少不了乐力。尤其是，有人要以开启啤酒桶的形式庆贺，那是何等特殊的庆典。当我们当中有人要娶妻，或者家里添了丁，那么就得举起双升啤酒杯，在乡间别墅屋和林荫道上喝个尽兴，婚礼或洗礼都在那里举办。在这种场合，乐力会作为发起人和技术顾问出现。他无所不知，如同一本厚厚的实用技术手册，他饱览群书，涉猎广泛，当然，哪个地方出了意外或者发生了什么，他都信手拈来，可以做一场演讲。

有一次准备开启啤酒桶庆祝，男人们用马车驮来圆滚滚的啤酒木桶，把它卸到老橡树底下的篝火堆前，低垂的橡树枝叶轻轻拂扫过酒桶，现场却没有人胆敢把龙头砸入木桶里。直到乐力神秘地出现，他迫不及待发问：什么事你们不明白？搞不定？

有人告诉他说，大家不敢下手往啤酒桶上砸龙头。乐力喝道：拿围裙来。他郑重地套上围裙，而且戴上了手套，解释了一通何谓龙头及其原理，然后把龙头插上木桶，拧松了螺丝，使劲一锤向龙头砸去，那几个用马车拉来啤酒桶的家伙，不敢下手是有道理的。只见龙头似飞矛般射向空中，啤酒随之喷泻而出，像汹涌的间歇泉哗哗冲向橡树枝叶，乐力伫立在啤酒喷泉里，浑身被浇透，等桶里的啤酒喷射殆尽，他才像落汤鸡似的从树叶间返转身，回到长凳上，回到大伙之间，乐力摆出手势表示：技术故障而已，给我拿脸盆和毛巾来。他解下围裙，面对技术故障面无羞愧地洗净双手。我们喝掉了木桶里剩余无多的啤酒，提上罐子，开车出去又拖回几箱山羊牌啤酒。大家坐在长椅上，唱歌，弹吉他，娱乐到天亮，头顶上的橡树叶间，啤酒往下滴落个不停，每个人身上都沾满啤酒，浑身散发出酒气，大家依然乐呵呵，因为我们年轻。是呀，正如我所说，乐力是个重义气的朋友。他继续跋涉在科尔斯克林区，谁有疑惑，乐力会停下来给他解答，给出建议，或者亲力亲为……

斯沃博达先生想粉刷厨房，迟迟不敢动手。乐力问，您有什么弄不懂，哪个地方出问题了？斯沃博达先生说：他有点担心，因为他想给厨房喷涂成蓝颜色。乐力猛夸斯沃博达先生好运气，正好他经过这里，说罢马上往小桶里准备漆料，并掏出一只随身带来的特殊小瓶子，往漆料里滴入了几滴油状物调合颜色。斯沃博达先生刷完了厨房，晚上躺下休息了，可是午夜时分，他被黑魆魆的厨房里传来的声音惊醒了，那声音好比有人在甜蜜地亲吻，他拉开灯，朝天花板望去，天花板上密密麻麻布满小鼓包，随着此起彼伏的噼啪响声，鼓包逐个破灭，在地板上撒下一层蓝色粉末。

乐力得知这一消息后，解释说是油漆出了技术故障。他面不改色地继续启程了。路上看到库哈什先生在自己的小车旁修理雨刮器，于是走过去，注视片刻，然后说：好吧，幸好我在这里，可以让我来修吗？没等库哈什先生有所反应，乐力开始给他演讲，所有的汽车零配件包括螺丝都讲到了，然后让库哈什先生递给他一把螺丝刀，动手修起来，在拧紧最后一颗螺丝的时候，雨刮器断了，乐力振振有词地说：这个技术故障源自材料，说完把断成半截的雨刮器递给库哈什先生，扬长而去。第二天库哈什先生出车去乌斯基城，天下起了雨，他只得一手把握方向盘，另一只手从打开的车窗伸出去，代替雨刮器擦拭雨水，他骂了一路：他妈的，乐力那个王八蛋，让他见鬼去。他甚至用家乡话咒骂，因为他是摩拉维亚人。是啊，乐力是个讲义气的朋友。

乐力在自己的乡间别墅布置了一个美观的工作间，在那个作坊里有一长排衣架，挂满各式礼服和工装，这取决于乐力在做什么，要去哪里。假如他在使用钢锯切割东西，那他会穿一身工装，头戴美国工人帽，带大帽檐的那种。他干活时专心致志，万一有人上门来，连他的父亲都不敢打搅他。有一次我费力说服了他父亲，于是他父亲前去禀报说：乐力，你的好朋友来了。然而乐力用虎钳夹着铁皮继续锯着，都没有抬头看我们一眼，傲慢地说：爸爸，我告诉你多少次了，我在干活时，不希望被人打扰？他说得没错，他就是这样的人，庄重而正经，当他身穿工作服干活时，总是很有范儿。乐力骑自行车外出的话，他会换上赛车单裤，水壶里装上牛奶或矿泉水，一路骑出去，俨然去参加自行车和平赛似的。所以乐力是个时尚又靓丽之人。

如果乐力去树林里或野外观察动物，他会换上草绿色猎装，戴上猎人帽，胸前不忘挂上一副望远镜，所以人们打老远就看出来，乐力狩猎去了，到了晚上大家便会得知一切，乐力看到了哪些动物，随后便是他洋洋洒洒的一场演讲。所以我们作为乐力的好朋友，从他那里学到了很多，他就是我们的大学。如果有人邀请乐力去易北河乘船游览，他会像船长那样穿上蓝白相间色的海魂衫，还从朋友那里借来海军帽，那个朋友曾在远洋轮船上待过，航海环游过世界，总是半年漂在海上，半年跟我们泡在一起，我们称他为水手。乐力头戴海军帽，坐在一艘普通的船上，举起望远镜，严肃而机警地观察八方，什么船迎面而来，交错而过了，他会很有见地地讲解各种类型的海运船、商贸船以及军舰。乐力是军舰迷，他能滔滔不绝描述几个小时，在沙盘里他不仅能描绘不同类型的船只，还有从特拉法加①海战到纳尔维克②战役的大海战计划。

夏天，当树林后边的公园着了火，所有人都急急忙忙地赶去灭火，只有我们在等，等待乐力出现？此刻消防队员都被召集到了一起，甚至动用了消防水炮，大家扑灭了大火，从现场返回来。乐力迎面朝我们走来，身穿石棉制服，肩上扛一铁耙，抬头挺胸，器宇轩昂，大老远就让人精神为之一振。他马上把我们召集起来开始上课。他讲解说在苔藓地上发生的森林火灾，最好不要用水炮，连水枪也不用。一旦出现火情，尤其火苗刚刚燃起，最好使用铁耙，必须使用铁耙把着火的地段彻底翻挖一遍。因为这样的森林火灾，乐力已经经历过四次，所以他胸有成竹，知道用耙子挖开来隔离火情，他给我们演示：这里，你们看到没有，这一块在阴燃，三天之后火苗会再次复燃，因为带火星的苔藓和泥炭很隐蔽……

结果消防巡逻队把乐力从火灾现场赶走了，就像他是在开玩笑，或者是无理挑衅，乐力只得再次把耙子扛在肩上，身穿像小熊维尼似的石棉装回家去了，仅完成了一场森林火灾正确灭火法的讲座，他转过身，指着林子里烟雾弥漫的地方，说：你们瞧着吧，星期四火势会卷土重来……果不其然，四天之后，如乐力所预测的那样，就在老地方林子又起火了，苔藓和泥炭死灰复燃。是啊，乐力，他是一个重义气的朋友，他心里装着我们，处处为大家着想，他跟大家生活在一起，我们尊敬他。

乐力痴迷于汽车赛，不仅一场不落地关注一级方程式赛车的大赛

---

① 位于西班牙，1805年10月英法海军舰队在那里交战。
② 挪威港口，战役发生在1940年4月9日。

事，还事无巨细地从外国杂志上搜集赛车手埃默森·菲蒂帕尔迪[①]的生活琐事及其家庭生活。如果我们恰好凑在一起，闲聊在报纸上读到的一级方程式赛车赛事，乐力会接过话头，语气沉静地给大家详细介绍每一位赛车手的情况，他们的肖像，他们的思虑。乐力也有一辆汽车，东德产的特拉贝特，他开车时，除了不戴头盔，从来都要穿上一身赛车服。

而在启动特拉贝特时，他会慢慢伸展他的手套，曼弗雷德·冯·布劳希奇常戴的那种，手腕上有扣带，手背上装饰有杏仁和眼泪形状的孔眼。汽车一旦驶出去，便开足马力，像是去比拼似的，反正就那样，只要菲蒂帕尔迪是风驰电掣的风格，那么乐力同样，只是乐力脑子里还牵挂着朋友，这让他几次惹出麻烦。

村民常邀请乐力父子去村里赴杀猪宴，他们很愿意乐力去，因为乐力一到村里，第一件事就是给村民开有关杀猪节的讲座。假如那头待宰的猪能听懂他的话，一定会觉得片刻后被宰乃是荣幸之事。有一次，乐力在杀猪节上帮忙拉扯绳子，为了展示如何在正确的时刻下手宰杀，不料屠夫突然手一软，这下使劲儿拉着绳子的乐力，毫无防备向后倒去，一头栽倒进农家粪池里，只见他的白色围裙，那条胸前绣有他名字首字母的围裙，慢慢浸入了粪便里，所有在场的人都吓傻了，以为屠夫没有杀成猪，反而伤到了乐力。好在屠夫只是割断了乐力手拉的绳子，乐力举起沾满粪液的绳子，解释了掉进粪坑的原因，说自己无大碍，然后大家在院子的一个角落里把猪宰杀了。

乐力洗过澡，换上洁净的衣服，又开始谈笑风生，确实好笑，大家笑得前仰后合。事实上乐力很少开怀大笑，他几乎从没大笑过，在

[①] 埃默森·菲蒂帕尔迪（1946— ），巴西赛车手，曾经赢得两届 F1 车手世界冠军。

他脸上时常是似笑非笑，他的眼神很单纯，喜气洋洋的，惊讶于新的发现，或者为他人无私解惑后的惊喜。只要他去了杀猪节，大家就会期待，在啤酒馆里等他，因为乐力每次都会带回满满一罐肉汤和血肠，始终给我们这些朋友准备。那一次，我们盼啊盼，乐力没有出现，后来有人来报信说，乐力滑进了森林边缘的壕沟里了。于是我们绕过泉眼和运动场，抄近道一路狂奔过去，在林中池塘的边上四处张望，没发现踪影，突然间我们看到，乐力的车直接躺在壕沟里，车倾翻了。我们跑到车前，看到乐力还在车里，于是大家齐力把特拉贝特车翻转过来，车里立刻流淌出了汤和谷粒，我们一拉开车门，香肠也滚落下来，我们问乐力到底是怎么回事？

　　乐力拿起一把小梳子，先梳掉头发里的谷粒、干了的血和马郁兰叶，认真地说，都是他妈的因为朋友产生的条件反射，在汽车拐弯时罐子倾斜了，眼看就要倒下，那一刻我想起朋友们在翘首以盼呢，于是伸出手去扶罐子，我的车一下子就滑进了壕沟，不仅罐子翻倒了，我的车也翻了。大家围住特拉贝特车，齐声喊：嘿嚯……共同发力，汽车便像玩具似的被抬起来，连同车里的乐力一起挪移到公路上。乐力走下车来，说：你们可以装作特拉贝特车重得抬不起来呀！说罢给大家分发香肠和血肠，嘟囔了一句：可惜，肉汤全洒在车里了……

　　一个星期后乐力告诉我们：跟你们说吧，连续三天我的头发里还能梳出谷粒来呢？是呀，正如我所说，乐力是个重义气的朋友，一心为朋友着想，虽然我们也处处想着他，然而比不上乐力对我们的牵挂，今天大家都有目共睹，每个人都会认同。等春天一到，我们可以打赌，乐力定会给大家送一篮子从村民那里买的新鲜鸡蛋来，他自己见不得鸡蛋，他做这一切都是为了我们，为了朋友，尤其为那些有孩童的家庭。过后他会跟我们收钱，但谁能有这样的朋友，把自己的特拉贝特车变成移动店铺，运送黄油，鸡蛋？

又有一次大家等乐力,他开车出去为我们采购两百五十个鸡蛋,给孩子们吃的新鲜鸡蛋,然而迟迟不见他出现,突然有人来传话说,乐力又掉进上次的那个壕沟里了,让我们赶紧去解救。大家奋力跑去,状况跟上次杀猪节洒掉罐里的肉汤一样,乐力陷在壕沟里,虽然之前他踩了刹车,汽车还是几个翻滚,滚进了沟里。然而车上没有乐力的身影,整个特拉贝特车里全是碎了的鸡蛋,如同水泥搅拌机在往汽车上涂抹水泥似的,汽车在不停地转动,为了搅拌出刚刚好的液体水泥。我们打开车门,乐力仍然端坐在车里,手握方向盘,身体整个被包裹在鸡蛋液里,就像待煎的维也纳牛排,先蘸满鸡蛋液,再裹上面包糠。乐力央求我们帮他擦拭被糊住的眼睛,他什么都看不见了。我们照办了,乐力开口:俗话讲,吃一堑长一智,但跟上次扶汤罐一样,当副驾驶座上装鸡蛋的纸箱失衡时,我没能忍住撒手不管,心想为朋友挽救哪怕十个、二十个鸡蛋呢,哎,最后弄得鸡飞蛋打……

我们花了一整天时间,甚至第二天都在清洁特拉贝特车,最后我们用细线把快干了的蛋黄液从缝隙里滤出来。春阳炙烤着我们,鸡蛋散发出阵阵臭味,我们只得重新用汽油,把车清洗和清理一遍。两个月之后乐力依然抱怨,说他的特拉贝特车里总有二氧化硫的气味,像波杰布拉迪矿泉水,所以他的车除了死党不载任何人,因为任何一个陌生人都会觉得恶心,以为乐力把屎拉在车上了……嗯,乐力就是这么一个讲义气的人,一心只为朋友,为我们大家着想,处处想到我们。而我们呢,更关心自己的女朋友和妻儿。如果在瓦伦卡或赫拉迪斯科举办庙会,每次也只有乐力为孩子们从庙会上捎来各种吹管和小鼓,然后买上满满一托盘的甜点。有一次他开车运纸箱,真让人揪心,万一纸箱里的蛋糕和奶油卷掉出来,车毯就无法收拾了,关键是,他并不专门给我们带,他像甜品店的伙计那样把一个纸箱送到了啤酒馆的露台上,像侍应生那样优雅地托着装满食物的托盘,于是汽车再次滑进沟里,乐力再次安然无恙,只是那个纸箱,汽车侧倒进壕沟里时,乐力像美国滑稽片里的人物那样,一头扎进五十个蛋糕块和奶油卷里,奶油糊了满脸满手,全是鲜奶油和雪露呀,虽然乐力从来不碰甜品,也不爱吃甜食。如果别人给他送上甜品,他的表情是,只要一瞥见甜品,就会作呕和窒息……

是的,这个家伙就是乐力,心里装着朋友和朋友的家人,就好像他是一位总统,而我们却没有好好珍惜。当除夕来临时,乐力总要在我们当中的某个人家里举办除夕晚会,之前两个星期大家会在哈宴卡餐厅碰头,乐力主持聚会,他先神秘地对餐厅侍者说:哎,伙计,给我们桌送六杯贝赫尔酒来,都记在我账上。他每次都这样充满亲和力地开始我们的会议:先生们,朋友们,我召集这次委员会会议,旨在庄重地辞旧迎新,所以我觉得,新年宴会应该这样安排:烤肉,四公斤,整条火腿……他一一报出菜单,我们表示同意或提出改善建议,最后是乐力的活,他亲手炖制八升牛肚汤,而且一大早就要炖好……

会议休息时乐力去找餐厅负责人,压低嗓音吩咐:伙计,要六杯贝赫尔酒,送到我们桌,记在我账上……乐力就是如此大度的一个人。

除夕终于来了,乐力围上长长的白色厨用围裙,胸前绣有蓝红色他姓名首字母的字样,从下午起他就在准备烤肉,男人们已经喝上酒了,边上还摆了一个啤酒桶和一堆啤酒瓶。乐力一如既往,作为一个好屠夫,呷着白咖啡,就着大理石蛋糕,等一切安排就绪,才端起贝赫尔酒,这是他的至爱,后来乐力给我们做讲座时提到,这次的烤肉同样非同寻常,他认识塔特拉卢姆尼查大酒店①的主厨,总统先生曾派直升机把他带到总统府邸,只为了享用地道的烤肉,你们知道,乐

---

① 斯洛伐克酒店,位于塔特拉山滑雪胜地,建于1905年。

力收住话题,我是在依葫芦画瓢,但我跟主厨一样做得认真而投入,烹饪最重要的是前期准备……

他开始转动烤架上的烤肉,乐力讨厌像查尼先生那样用燃煤烤肉,我们只得在屋外用原木段生火,乐力像查尼先生那样用火钳把红红的煤炭从木段里夹走。当肉在烤制时,乐力解下围裙,说需要开车出去一趟,去取他诱人的牛肚汤,那汤一大早就会让大家满血复活,喝下更多的酒。乐力炖的牛肚汤美味至极,没有人能企及,因为乐力有独特的秘笈,就如同那个流亡总统带走了贝赫尔酒的配方,秘方还基于一个事实——所有的香料都来自神圣的救主,这没有几个人办得到,而乐力之所以有,是因为他跟药剂师成了好友,共同研制出那种香料。然后乐力开始大谈特谈我们闻所未闻的香料。

当乐力坐进特拉贝特车里时,突然想起那盛肉汤的罐子,想起那盒鸡蛋和满满一纸箱甜点,那些他始终只为我们运送的美食。想到此,他从车上下来,走向摩托车,骑摩托车去,他似乎更加自信。后来我们得知,他驾驶摩托车回到家,换上了燕尾服,把几瓶酒塞进双肩背包,一大锅牛肚汤装进一个大提兜,为保险起见,他把提兜放在车前,喜气洋洋地出发了,为我们送来他亲手炖制的牛肚汤。他曾告诉我们,汤熬好后,需要不停地搅拌,直到它凉下来。如果让汤自己冷却,脂肪和油脂会凝结,牛肚汤就搞砸了,不如拿去喂猪。搅拌良久是前提。

我们的好哥们乐力,骑上摩托缓缓往回骑行,为了给我们送来那锅肚汤。突然车前方蹿出一只母鹿,乐力猝不及防,为了不伤着鹿,为了汤不洒出来,他赶紧闪避,摩托车在雪道上打滑了,乐力,那个曾用摩托车轻松搭载过所有朋友和酒醉的人,重重地滚倒在地。我们吓呆了,他会站起来吗,带着折断了的手臂,还是不再醒来?他从来都是从地上一跃而起的,拍去身上的沙粒。

为了那一锅牛肚汤，乐力时刻揪着心，他熟练地一脚蹬开突突咆哮的摩托车，完全把自己置之度外，一心想着那锅汤，他双手紧紧抱住汤锅，不让汤洒出来。他滚倒在地，后脑勺撞到路边石之前，及时地将那锅汤放到了地上……

乐力迟迟不来，于是我们沿公路去迎候他。我们发现，他仰面躺在地上，两眼望着满天繁星，生命已经垂危，那速度堪比年轻的罗斯迈尔冲向达姆施塔特①终点。当鲍勃抬起乐力的脑袋，顷刻间满手是血，乐力说：小心点，别弄翻了牛肚汤……

一个小时后，乐力死了，他为了自己的朋友，为了他们护住了那锅牛肚汤。正如我所说，乐力是个重义气的朋友，是个大度的朋友。现在谁来款待我们呢？

---

① 位于德国黑森州南部的中型城市。1937 年，赛车手伯恩德·罗斯迈尔驾驶奥迪车在法兰克福至达姆施塔特的高速公路上突破了 400 公里时速极限。

露倩卡和巴芙琳娜

跟我一样，小餐厅的老板诺瓦克先生是个性情乖僻的人。有些天他春风满面地迎接顾客，同每一个人握手。顾客们也常带些小礼物来送给他的太太：几枝鲜花、一小筐蘑菇，冬季带来肝香肠、杀猪的杂拌汤或腌制的腊肉之类，这纯粹是因为这家餐厅出售的啤酒味道纯正。遇上诺瓦克先生情绪好，他会向顾客讨几只野兔或者几块鹿肉，烹调美味菜肴款待大伙儿。总之，只要他心境欢愉，他是一位难能可贵的好老板。他的太太做馒头片，他会关照她把厨房的窗户关上，免得馒头片着了风。每周一次肉送来时，他把肉分门别类挂在粗大的木杆上，脸上带着喜悦的神情，一块块仔细翻看、鉴赏，心里已在盘算哪块派哪种用场。遇上情绪特别好的时候，他会马上从猪腿上割下肉片，不一会儿工夫，已经给顾客端来黄油煎猪排，上面还淋了一层柠檬汁。在这种美好的日子，他晚上会供应土豆片和维也纳煎牛排加鞑靼沙司。在这种美好的时刻，他走来同我们坐在一起，一只手搭在我们的肩上，望着我们的眼睛，约定下次聚会的日期。他那位漂亮的太太，晚上也会系着小围裙过来同我们坐在一起。我们大伙儿兴高采烈，暗自庆幸终于遇上了这么一位令人满意的餐厅老板。

诺瓦克夫妇有两个孩子，儿子弗拉嘉五岁，喜欢坐在顾客的膝上，像只迷途小猫似的偎依着你，另一个是十岁的女儿米尔卡。小姑娘尽管身体长得圆滚滚，却一心想当舞蹈演员，因此成天在花园里或店堂里跳舞,有时脸上戴一方面纱,有时不戴。当你乘车驶近哈宴卡餐厅时,离得老远就会看见这个圆滚滚的舞蹈家在跳舞。她一味自顾摆着、舞着,沉迷在僵硬的体操动作和笨拙的芭蕾舞姿之中。

  当圣诞节临近的时候,上这家餐厅可谓是赏心乐事,然而是这样的!伏利切克家的弗朗达扛来一棵云杉放在厨房,随后又给店堂弄来一棵松树。圣诞夜的前一天,整个餐厅里的顾客都参与到装饰圣诞树的活儿中去了。这时诺瓦克先生给大家端来白兰地和樱桃酒,还有他那味道绝佳的啤酒,老板娘则捧出她烘烤的圣诞点心,顾客也几乎个个带了一包自己家里做的甜点来作为酬谢,就这样,大家谁也不愿意离开餐厅,直待到了打烊时间。然而更教人高兴的事还在后头,诺瓦克先生说现在他当东道主,我们全体都是他请的客人。他上了门板,欢乐的节日便在他闭了门的店里进行。圣诞夜过后,在圣诞日和圣史杰潘日,顾客们在他的店堂里各自坐在座位上。弗拉嘉搬出玩具火车,在啤酒杯中间架起小轨道,小火车便在挤拢的桌子上穿行,咯噔咯噔地响着。圣诞树上彩灯通明,弗拉嘉和米尔卡坐在客人的膝上,一位一位轮番坐过来,亲热地偎依在他们的下巴底下。我们大伙儿都像在天堂里似的,因为这样的餐厅老板很久以来已难以见到了。

  不过,我之所以喜欢诺瓦克先生,却始终只是因为他喜欢猫——两只乌黑的小猫,露倩卡和巴芙琳卡①。两只猫总是跟在诺瓦克先生的身后,只跟在他身后,不管他干什么,它们都陪伴着他。诺瓦克先生沿着一条小路穿过林子去采购,露倩卡和巴芙琳卡跟着他一起去。午饭后,餐厅从两点钟起闭门休息,小猫陪伴他去采蘑菇。他上地窖里取酒,露倩卡和巴芙琳卡也尾随着他。诺瓦克先生上床睡觉,小猫同他一起入睡。他切菜片肉,在厨房里烹调,两只小猫就坐在窗台上

---

① 巴芙琳娜的昵称。

深情地注视着他，诺瓦克先生也知道小猫在注视他，因而每隔一小会儿便提着刀、身上系着白围裙走到窗口，俯身同它们碰碰脑袋，就如同晚上他跟顾客为健康而碰杯一样。这两只猫，露倩卡和巴芙琳卡，于是也像他的两个孩子那样开始在顾客中间来来往往，并且像弗拉嘉和米拉①一样也喜欢坐在顾客膝上，领受顾客的抚摩，直到顾客站起身，或是它们厌倦了人手的抚摩，跳下地去躺在菲拉克牌火炉后面，把身体蜷成一个团，甜蜜地睡着了。它们在睡梦中叹着气，伸开四肢，露出黑里掺着火红毛色的小肚皮，仿佛整个饭馆是它们的母亲。它们把前爪富有弹性地举到空中，拍打着空气，吮吸空气中甘美的乳汁，也就是饭馆里弥漫的烟雾和渐趋沉寂的谈话声。这里有小天使飞过，也不时飞出一声喊叫，几句骂人的话和诅咒，偶尔还有含糊不清的呓语和歌唱。可是露倩卡和巴芙琳卡明白，所有这一切都没有恶意，是餐厅交响乐的组成部分，而这个餐厅是它们的家。因而露倩卡和巴芙琳卡在椅子腿周围散步，喵喵地叫唤几声，便有顾客过去给它们打开店门。它们走进美好的夏日的空气中，坐在凉台的矮墙上，或者跃上一把红色靠背椅，在那里呆望着阳光或雨水，等有人推门进餐厅时跟随着进去。人们会迎接它们，给它们擦干身上的雨水，或者只是用亲切的目光看着它们，在这样的目光中，它们亲热地靠在顾客身上，几乎每一个顾客都会摸摸它们，或者对它们说几句话。因而露倩卡和巴芙琳卡已成为哈宴卡餐厅的一份活资产，它们随意走进店堂，也随意走到外面去撒腿跑一阵，或是钻进了橡树林。

不过，也有这样的日子，诺瓦克先生忽然变了，一切都翻了个儿，他像一匹咬人的马，耳朵竖在后面。他不给顾客端啤酒，即使端来嘴里也不干不净。他不供应吃的，供应也是冰凉的。在这种贫

---

① 米尔卡的昵称。

痨的、火药气十足的日子,他不同顾客坐在一起,却倚在啤酒柜台上,用满含敌意的眼神瞪着我们,并且突然一下子对所有顾客都一律以"您"相称了,尽管平时他是称"你"的。在这种日子,当我们聚集在餐厅门前的水泥地上时,会发现玻璃门扇从里面挂出一块牌子:今天停业,大扫除。尽管就在隔晚诺瓦克先生还情绪很好,同我们以"你"相称、坐在一起来着。现在他把店门紧闭,牌子上方露出了他的脸,狞笑着,做了个怪相,随后这张脸便消失在帘子后面了。就这样我们被关在门外,其他顾客还在陆续到来,于是我们异口同声地骂了起来,大声叫喊、诅咒,责问他为什么昨天不告诉我们……

另外也有这样的日子,我们兴冲冲地走来,心里挺快活,因为当我们从各条胡同和公路朝这里走来时,我们都蛮有把握,确信有烧旺的炉火在等待我们,因为离得老远就瞧见这里灯火辉煌,明亮得像座灯塔,像一盏枝形大吊灯……谁知走到跟前按动门把时,却怎么也打不开,我们每个人都试了,这才发现门是锁着的。我们敲门,没有人应声,便趴在啤酒柜台的小窗洞上朝里张望——这个小窗洞是老板在夏季向露天酒座的顾客供应啤酒的——我们看见店堂里的桌子已拼在一起,上面铺着雪白的桌布,诺瓦克先生脸上带着梦幻的神情正在摆餐具。他依次把汤匙和叉子放在碟子旁边,碟子和碟子之间用天门冬的翠枝衔接着。我们高声叫喊他:"拉奇奥,让我们进来吧,我们保证像小耗子一样只待在火炉旁边。"我们用"你"称呼他,因为就在昨天诺瓦克先生还用"你"来称呼我们的。可是诺瓦克先生完全着了迷,他退后几步,站到门畔如痴似醉地审视他为明天某人预订的结婚宴席布置的桌面,火炉龇牙咧嘴地笑着,煤块烧得绯红,可是外面很冷。后来,诺瓦克先生总算给了点面子,他托起窗扇,冲着漾漾细雨问道:"你们要什么?今天只开露天酒座,你们难道没有瞧见!"

他怒气冲冲。于是,我们只得站在外面,冒雨坐在花园里那些久已无人光顾的椅子上喝啤酒,被这位老板情绪的突然变化弄得不知所措。而诺瓦克先生又着了魔似的继续摆弄他的杯盘去了,他按照明天饮酒的顺序在大玻璃杯的旁边放一个小玻璃杯,高脚杯旁边放上另一个高脚杯……

而我们却举着空杯。我们冲他叫嚷,他却一味忙他的,把那颗脑袋瓜歪过来侧过去,从各个角度鉴赏他为明天婚宴布置的桌面。后来,他好不容易赏了光,带着满脸不耐烦的厌恶神情给我们添了啤酒。当工程师胡勃卡先生亲自跑过去,请求他再给一份留着备用时,却不料诺瓦克先生走到窗洞前,猛地拔掉挂钩,啪一下放落了窗扇。要不是胡勃卡先生躲闪及时,他那几个手指头怕就保不住了。这下子可是连我也给惹恼了,气得发抖,连我也像其他顾客一样发誓再也不去这家餐厅了,发誓这是最后一次,连我也不由得暗自盘算用什么法子惩治这个店老板。不过,当我透过窗户朝灯火通明的店堂里瞥了一眼时,我跟大伙儿一样不得不承认诺瓦克先生倘若情绪好,他是世界上最可爱的人,也是最可爱的餐厅老板。他确实以非常高雅的审美情趣在布置这喜筵席面。我还看见露倩卡和巴芙琳卡怎样坐在椅子上,两个小脑袋也是追随着诺瓦克先生所在的方向转动。诺瓦克先生每隔一小会儿就忍不住俯下身去,在露倩卡和巴芙琳卡的额头上依次亲一下,也许这是特意做给我们看的,说明在他眼里他的猫比我们这些站在门外的顾客可爱。他亲一下猫,接着又去摆弄花束和仙客来花枝,把天门冬的枝条弯成环状,使大席面显得更加赏心悦目——这个席面是用店里所有的桌子拼成的,上面铺了一块极大的桌布。当我看到诺瓦克先生依次抱起露倩卡和巴芙琳卡,那两只猫也仿佛在等着他来抱似的伸长了身体扑向他的怀里,当我看到诺瓦克先生把它们一一宠爱地搂在臂弯里,这时我的心软下来了……而我们这些顾客呢，我们忘记了自己的尊严，一个个冒着漾漾细雨站在门外，敲他的窗户，举着空啤酒杯央求他行行好，赏个光，想一想过去那些美好日子，那些杀猪宴，想一想我们在一起度过的假日，一起去史瓦尔奈——董采和巨松苑散步的情景……可是诺瓦克先生却一扭电门灭了灯，瞧着我们低三下四央求他的面孔取乐，在这些面孔上我们献给他最温驯的目光，表现出最热切的渴望、无以复加的谦恭和一副可怜相。

但诺瓦克先生在遇到什么烦恼，心里不痛快，发了怒的时候，所有的顾客在他眼里就都变得面目可憎了，他不仅不愿意见到他们，而且还变着法儿加以凌辱，而他选择的日子恰恰都是任何一个顾客都意想不到的……不过，尽管这样，我仍然喜欢诺瓦克先生，因为我本人也正是这么个脾性，也是这样变幻不定，一天想拥抱全人类，另一天又恨不能给人类制造一场灭顶之灾。

我喜欢诺瓦克先生还因为他爱露倩卡和巴芙琳卡，这会儿当他灭了灯，让我们在外面淋着冷雨，他则猜度着我们将想出什么最可怕的招数来把他从世界上消灭掉的时候，我知道他已回到自己的屋里，仰卧在床上侧耳谛听，露倩卡和巴芙琳卡躺在他的胸脯上，他抚摩它们，爱它们。诚如我说的，诺瓦克先生像我一样当时是——现在也许依旧是——一个性情乖僻的人。后来，出现的情况是，这种阴暗的日子持续得越来越长久，待到他脸色开朗，展现了笑容时，我们已前嫌尽释，把他对待我们的种种无礼举动统统抛诸脑后了，因为我们很高兴又能在餐厅里欢聚，因为在科尔斯克及其附近林区，黄昏六点以后，每一个规矩男人的脑袋瓜里别无所思，唯一想望的便是愉快地上餐厅，想望啤酒，想望那里妙趣横生的高谈阔论、闲聊天、争吵、开荒唐的玩笑，使人从日常生活的烦恼中摆脱出来。

但不久之后，这一天来到了，诺瓦克先生说他后天要搬家——这事我们已早有所闻——因此他邀请我们明天来此，他将设宴招待我们，同我们作为朋友话别。于是发生了这样的事，那天晚上我们在家只吃了很少一点东西，都期待着那顿告别晚餐哩。谁知走进餐厅，诺瓦克先生却像个陌生人似的，炉火没有生，椅子四腿朝天倒扣在桌上，他和老板娘自管收拾东西，装箱子。他最后端出来的啤酒没有泡沫，活像有一回我装在啤酒杯里送去让一位神医猜一猜我患了什么病的那杯尿液。我们裹着大氅坐在那儿的景象也是够悲惨的，一个个惊得发呆，流露出失望和受了欺骗的神色，两眼直愣愣地盯着店门，看着后到的人怎样神采奕奕、脸上洋溢着喜悦和期待的光彩走来，怎样一进门像挨了棍子似的呆住了，泄了气，只是脸上点亮的喜悦之光却一时无法熄灭。最后大家落了座，诺瓦克先生一声不吭送来没有泡沫的啤酒……当弗朗茨先生议论说啤酒没有泡沫时，大伙儿不由得惊恐地一齐扭头去看他，暗想他怎敢如此大胆……诺瓦克先生于是走进厨房拿来一根搅拌棒，活像把细面粉搅进白汁沙司一样在啤酒里搅了一通，然后随手把搅拌棒往炉灰桶上一撂。搅起的泡沫噗噗地轻微响了几下便没有声息了。这样的奇耻大辱把我们一个个气得瘫软在椅子上，谁也无力站起来愤然离去，因为对于一个爱好啤酒的人来说，最大的羞辱莫过于给他喝没有泡沫的、走了味的啤酒……

露倩卡和巴芙琳卡像我们一样，也是丝毫不曾料到等待着它们的将是什么命运，它们在大大小小的箱箧间穿来穿去，帮着收拾厨房用品，整套整套的刀具——这是诺瓦克先生心情愉快的日子用来切肉的，在这种日子他菜单上供应的主菜起码有六种之多，而在他情绪不佳时连香肠和涂油脂的面包也一概全无。这会儿，只见诺瓦克先生叉开两腿，双臂抱在胸前准备对我们讲一番可怕的话了。这些话必定是满含敌意的，是他过去有、现在有、今后也将带到别处餐厅去的一种敌意，因为他的仇恨不是针对我们和我们的姓名，而是冲着所有顾客来的。他竖起一根手指，我们瞪大眼睛望着他，有几位甚至紧张得站了起来，不过大家的目光却不约而同地投向诺瓦克先生的这根手指，恰如自行车车轮上的辐条一根根都集结到轴心似的。可是诺瓦克先生的手指却缩回了手掌，他挥了一下手，仿佛对我们说什么告别的话已属多余，他用这个手势诅咒了我们，就像《最后审判》那幅绘画上耶稣诅咒那些背弃信仰的罪人，让他们万劫不复一样……

诺瓦克先生的小儿子弗拉嘉这时推门进来了，他天真烂漫、一脸稚气地偎依着我们。诺瓦克先生的小女儿米拉也跳着舞进了门，她现在已戴了眼镜，脸上垂着一方面纱，两条胳膊高高地举在空中，一心想飞身腾跃却做不到。她舞得那样专注，使店堂里原就紧张的气氛显得更为紧张了。小姑娘在一张张桌子中间舞着，仿佛在向我们告别，一双晶亮的眼睛闪着光，面颊绯红，为我们作最后一次表演。她舞着舞着又出了门，舞进了黑暗。小弗拉嘉跟在她的身后砰的一声关上了店门，用力这样猛，震得所有的小牌子都丁丁冬冬地响了起来。我们于是一个接一个离开了餐厅，分手后各自抄最近的路走回家去，心里又委屈又沮丧，而且饥肠辘辘，急于到家吃几口残剩菜，或者啃几片涂油脂的面包，而刚才出门赴宴之前却是连家里的烤肉都不屑一顾的。

第二天，诺瓦克先生搬家了，当最后的箱箧装上卡车之后，诺瓦克先生从小屋里抬出一个小筐，里面有六只小猫崽。露倩卡和巴芙琳卡在等待主人把小筐和它们自己一起抬上卡车。不料诺瓦克先生锁了店门却径自走去坐进了卡车，撇下了露倩卡和巴芙琳卡。它们坐在平台的矮围墙上，小猫崽从筐子里爬了出来，笨拙地钻到露倩卡的肚皮下面。卡车渐渐驶远，露倩卡和巴芙琳卡孤零零地留在那里，呆望着摇摇晃晃的卡车颠簸着远去的方向。它们依旧深信这只是暂时的，主人仅仅是上什么地方度假去了，早晚要回来，也许稍稍迟些日子，但一定会回来。然而诺瓦克先生已经不再回来。

天开始下雨了，露倩卡和巴芙琳卡把小猫崽拖到餐厅的墙边，通过柱脚旁的一个窟窿眼，拖进地板下面阴暗、低矮的洞穴，之后它们便坐在公路边沿，一动不动地望着主人该回来的那个方向。可是主人没有回来。来了几个陌生人，过一会儿又走了。其后又来了另外几个，当他们打开店门时，露倩卡和巴芙琳卡跑了进去，匍匐在火炉旁，但陌生人把它们撵出门外，大声呵斥，还朝它们跺脚。露倩卡和巴芙琳卡又一次靠近，以前不是人人都那么宠爱它们么，它们已习惯了爱抚，然而现在这些人却对它们跺脚，露倩卡和巴芙琳卡只得钻进炉栅，可是当它们稍稍探出小脑袋，虽然这并不妨碍什么人，却马上被赶了出来，撵进了树林。之后有一阵子静悄悄的，没什么动静。露倩卡和巴芙琳卡已学会到排水沟去找水喝。

可是，有一天，一辆卡车驶来，它跟诺瓦克先生乘着离去的那辆一模一样，车上跳下两个人，他们打开店门，把箱箧什物搬进厨房和那几间居室。随后两人开始打水洗地板，洗厨房用具，一面洗一面嘴里骂骂咧咧，因为诺瓦克先生留下的餐具正是餐桌上撤下来的那个样，杯子里残存着咖啡渣，到处又脏又乱。这是餐厅易主的惯例，好让新来的业主领教一下开餐厅不易。

第二天，我们这些顾客便都闻风而至，大家高兴万分，因为我们又将有称心的餐厅了。业主是两兄弟，他们立刻向顾客亮出了经营宏图，菜单上列出的主菜将有七大样，啤酒有可能弄到比尔森产品，起码也是波波维采的。我们于是再度兴高采烈，又要了一份肉杂烩和牛肚汤。两位年轻人精神抖擞，手脚很麻利，说是想挣钱买汽车，说他们的店天天营业，杯盘的丁当声将从早响到深夜，中午也不休息。两人还指着地板让我们看洗刷得多么干净，说这就是他们的信誉证……说得大伙儿心里热乎乎，只是我却不以为然。因为当巴芙琳卡和露倩卡跑进店堂，跳到我们膝上或在菲拉克牌火炉旁卧下时，新店主马上把它们提在手里扔出门外，还对着它们大声叫嚷，说讲究卫生同养猫势不两立……

就这样，巴芙琳卡和露倩卡再也不能走进饭馆了，它们惊惶地瑟缩在平台的矮墙上。雨季开始后，小猫崽一个个相继死去。又过了些日子下雪了，巴芙琳卡和露倩卡完全陷于绝境，它们又习惯性地跑进店堂，仅仅希望能允许它们在那儿稍微暖一暖身体。可是店主用笤帚驱赶它们，或把它们踢出门外……后来有过多少次我伸手想抚摸它们，可是巴芙琳卡和露倩卡对人类已失去信任。因而当小饭馆里留声机乐声震耳，炉火烧得红旺旺时，露倩卡和巴芙琳卡一见有人走近便拔腿逃窜，躲避每一个人，等店门关上后却又踅回来，静静地坐在门畔，眼睛呆望着门把：会不会有一天它们的好主人诺瓦克先生回来给它们打开这扇门呢？

可是诺瓦克先生没有回来，于是露倩卡和巴芙琳卡，虽然还只是两岁的小猫，却衰老了，头上的毛像老圣伯纳犬一样耷拉在脑门上，饿得皮包骨头。由于无处可以容身，它们只得蜷缩在餐厅的地板下面，那是从紧挨公路的一个通风口钻进去的。在这里，它们看着汽车怎样驶近，看着过路行人怎样走来解开裤裆对着通风口小便，它们蜷缩着卧在这儿，头顶响着跺脚声、靴子声、椅子拖动声和人的脚步声。可是它们没有从洞穴里出来，即使出来也只在黑夜，出来啃几口人们扔掉的冰冷的、有时冻得邦邦硬的残肴剩菜。在滴水成冰的隆冬时节，露倩卡和巴芙琳卡在地板下面只得紧紧依偎在一起，彼此吸取一点对方身上的热气。

尽管如此，每天夜晚，餐厅里顾客盈门，喧闹的乐声中夹杂着醉汉的歌唱，露倩卡和巴芙琳卡这时仍会跑到平台，跳上一只装着泥土的小木箱，那里面种植的天竺葵已经干枯、冻坏。露倩卡和巴芙琳卡并排坐在上面,一动不动地透过一扇窗户凝视着灯光明亮的店堂,望着烧得旺旺的菲拉克牌火炉。也许它们在梦想或回忆着那样的时光,它们安逸地躺在火炉旁,时而把身体蜷成一个团,时而舒开四肢,时而翻身仰卧,让身上的各个部位都烤得暖暖和和。每一次,当我看见它们这样坐在那里,便不由得把脚步放轻,我看到了它们那两双好奇的、热情的眼睛。它们似乎在餐厅里望见了什么东西,一种叫作希望的东西,是对昔日美好时光的回忆。我看到,对于露倩卡和巴芙琳卡来说,望一望餐厅里的这个景象就足以使它们生活在希望之中,相信那一天会到来:诺瓦克先生会回来,那位宠爱它们、它们也热爱的诺瓦克先生……

它们就这样长时间地凝望着窗户,直至寒冰开始在窗玻璃上绘出花朵,不是希望的花朵,是美丽的冰花。当飞雪和冰霜镂刻的画面遮挡了一切,露倩卡和巴芙琳卡什么也望不见了时,它们便悄悄跳下木箱,钻进那个因小便而结冰的洞口,在地板下面艰难地曲曲折折爬到烟道同菲拉克牌火炉相衔接的地方。在那里它们把身体蜷成团,这个搭在那个的身上卧在尘土里,脑袋相互埋在爪子和颈脖下面,喷着鼻息,叹着气,睡着了,思念那些美好的时光,相信这样的时光有一天会回来,因为这家餐厅是它们主人的,因而也是它们的。

后来,每天我在走进餐厅时,我的手按在门把上总不免犹豫片刻,心里说:进去呢,还是不应该进去?然而,我是个意志薄弱的人,我进去了,由衷地向两位新店主瓦茨拉夫和卢勃什问好。这两位店主虽然厨房收拾得很干净,虽然备有菜单,虽然带来了其大无朋的留声机使大部分顾客兴奋若狂,但是在菲拉克牌火炉旁烤得暖烘烘的是两把小铲——一把铲垃圾,一把铲煤块,而那地方本该躺着露倩卡和巴芙琳卡……现在这两只猫却坐在种花用的小木箱上,仿佛窥伺耗子出洞似的举着一只前爪,眼睛则专注地凝视着温暖的店堂,那神态活像两个踮到饭馆窗口来,站在这里看出了神的老太婆,窗户里面消防队员的盛大舞会正在进行。今晚寒风格外凛冽,窗玻璃上冰花织成一张化纤窗幔,遮掩了里面的世界,一个对于露倩卡和巴芙琳卡来说如此珍贵的世界……

最美丽的眼睛

小时候，我没有名字，但我很幸福，因为我跟妈妈和弟弟在一起，我们生活在树林里，在林间空地上撒欢。晚上我们去草坡吃草，但我们最喜欢去田野。站在麦田里，看妈妈的脸色我们就知道这个地方最棒了，因为只需稍抬起头，在田野中央妈妈就能眼观六路，再根据翻滚的麦浪判断出，危险自哪个方向在接近我们，她发出温柔的呼唤，我们便朝妈妈奔去，跟在她身后跑起来。无论妈妈跑向哪里，我们都一路跟随。然而那一刻到来了，妈妈不再照管我们，经常自己跑开去。我看到，或许爸爸在等她；我看到，她循着爸爸的声音跑去。爸爸非常英俊，甚至看上去比妈妈还要美，因为他的脑袋上长有小松树枝，很好看。

妈妈一次又一次跑出去找爸爸。爸爸长得跟我很像，只是个头更高大，麦穗仅够到他的脖颈。那景象特别美，当爸爸的脖子和装饰有小树枝的美丽头颅在麦田里起伏奔跑，妈妈紧随其后，带着同样强烈的渴望、同样的力量，就如同我跟在她身后奔跑那样。妈妈在离开之前，总会轻声吩咐我们说：不管发生什么，我们必须待在妈妈为我们铺设的巢穴里。于是我和弟弟并排躺着，紧紧依偎在一起，阳光照在我们身上，麦子随微风在我们头上时开时合，发出飒飒的响声。我们静静地躺着，怕别人发现我们的踪迹，这是妈妈叮嘱我们的话。

但是有一天，妈妈离开我们去找那只美丽的角鹿之后，突然传来奇怪、可怕的声响，轰隆隆似风暴来临，太阳不见了，我们浑身发冷，之前给予我们温暖的天空，此刻逼近而来的是那种轰鸣声，虽然暖和的阳光又照到我们身上，我们依然冻得瑟瑟发抖。轰响声越大，我和弟弟就依偎得越紧，回想妈妈温柔的嗓音也不管用了，妈妈说过，让我们不要害怕，不要到处乱跑，她很快就回来。

我们眼前突然漆黑一片，轰响和噪声那么瘆人，吓得我忍不住跳起来，忘记了妈妈让我待在窝里睡觉的嘱咐。弟弟也跳了起来，有一个巨大的谷仓，它张开血盆大口，吞吃了我们的小麦，一步步逼近过来。我的印象是它要吞噬我们，于是我跳到一旁，拼命逃跑，我听到我的弟弟在嚎哭，然后朝我跑过来，那个谷仓从我们身边慢慢驶过去，在身后留下一堆乌云，等乌云沉静下来，我感觉自己裸露了，我们之前生活的田野也变得光秃秃，那个大家伙走远了，还在吞吃我们的麦田。

现在我看清楚了，弟弟走路一瘸一拐，少了一条腿，腰部在流血。那条腿，我们躺在一起时曾依偎倚靠，曾跟随着妈妈一起去吃草，此刻那条腿仅连了一层薄皮，弟弟费力地拖着它，然后躺倒在地，我看到，弟弟的脸色煞白，那个远离我们的可怕的大家伙，它调过头又逼近过来，就在我们以为将再一次被它吞掉时，妈妈的呼喊声在另一头传来，我开心地跑过去，可是弟弟跑不了了，他只能爬，那条伤腿在他身后拖曳。妈妈的呼喊声那么有力，像一条绳子把我和弟弟拖拽了过去。妈妈低下头来，舔去弟弟腿上流淌的血迹，慢慢把我们从地里带进了小树丛，藏在树枝间，那些树枝看起来很像爸爸头上的鹿角。然后妈妈把我们安置到树荫里，舔遍了小弟弟的伤腿，她俯下身体，当她抬起世界上最美丽的头颅时，我看到，泪水从她那双世界上最美丽的眼睛里潸然而下。小弟弟的伤腿留在了地上，他用三条腿一瘸一拐地跟在妈妈后面，那条伤腿留在青苔上，妈妈领我们到了森林深处，到了僻静的禁猎区。

不久之后，我已经觉察不到弟弟只有三条腿，而是跟以前一样，只是我们的田野光秃了，从四面八方都能瞧见我们。妈妈宁愿跟我们一起睡在树林边，躺在小树下，那些小树的年龄似乎跟我们一般大。晚上我们出去觅食时，妈妈用身体一侧托扶住弟弟，弟弟在吃草时，她会紧紧靠着他，以此来替代他那条失去的腿。我们不再随风奔跑，而是小步急走，因为妈妈必须停下来等弟弟，三条腿的弟弟跑起来比我们慢多了。在寒冷的夜晚，气温一天比一天低，而我们一如从前依偎在妈妈身旁，始终吮吸着她甘甜的乳汁，睡得平静安宁，而妈妈却不睡，抬起头保持警惕，留意那个庞然大物是否会再次出现，之前它吞食了所有的庄稼，吞掉小狍子、弟弟的小腿，以及挡在路上的一切。

这一段时间里，这时光啊，我最爱凝视妈妈的眼睛，看得越多，我就越发希望可以永远看到这双眼睛，它从中折射出深情、无忧和信任，它注入我的身体，直接投入我的眼睛，我希望一直可以延续……和妈妈眼睛很相像的是我那只有三条腿的弟弟，母子俩的眼睛几乎一模一样，妈妈的眼睛稍微大一点，每次妈妈的眼睛望着我时，我都深陷其中，仿佛在小溪里游泳，或者在森林池塘中洗澡。每当我看着妈妈的眼睛时，我能看到弟弟也在注视这双眼睛，这下我们两个一同在妈妈的眼睛中游弋，妈妈就是拥有如此的力量，把我们摄入她的双眸，就像把我们喝了下去，以她温暖芬芳的躯体遮挡我们，因为妈妈的身体就像她的眼睛一样，散发出温馨和安详。

当我们静静地躺在妈妈的怀里，靠在她的肚子上，我们能听到妈妈心脏的跳动，跟我们的一样，只有当妈妈扫视到令她不安的动静，当她深吸一口空气，确定空气里有可能对我们产生威胁的异样时，妈妈的心跳会变得激越，我马上感觉自己的心跳也随之加快了，就如同我也受了跟妈妈一样的惊吓。然而当危险离去，妈妈平静下来，我的心跳也会平和，重新把脑袋倚靠在妈妈的怀抱里，慢慢睡去，妈妈会优雅地蜷缩起身子，把我们俩拥进怀抱。当在妈妈的怀抱里感到燥热时，我会把一条腿从妈妈的腿间伸出去，把脑袋伸到妈妈的颈下，弟弟的脑袋也靠在那里，我们俩在妈妈的颌下呼吸着，而妈妈呼出的气息轻抚我们的脊背，这一刻我们，至少我，别无他求，只要能够一直这样和妈妈在一起，什么也不需要，什么也不奢望，什么都不考虑，因为我们这两只幼狍，属于这只世上最美丽的狍子，她是我们遇见过的最美丽的狍子。

　　然而那一刻来了，妈妈变得焦虑不安。当夜晚降临，每时每刻从森林里传出枪响，我看到，随着枪声，我们的同类在拼命奔逃，然后出现让妈妈胆战心惊的云雾，我突然看到，跟我们一起奔跑的还有其他狍子的妈妈，跑着跑着慢下来，然后栽倒在地，腰部流出鲜血，血色染红了她美丽的红色皮毛，从树林中跑出几个人来，穿绿色外套，手里举着枪，就是那种铁器，能发出响声，冒起缕缕烟雾。那一行人赶到被击倒的狍子边，其中一个绿衣人掏出一个白光闪烁的东西，弯下身，用那个明晃晃的物件在那个陌生妈妈的脖子一抹，鲜血再一次涌出来，就像那次从我弟弟的断腿中流出的一样，只是更加汹涌。

　　我们也撒腿跑起来，妈妈不得不停下来，扶住缺了一条腿的弟弟。妈妈一停，我也只得停下来，心里有一种不祥之感，因为我知道，那些穿绿衣服的人，不像我们那样四肢着地，他们直立，却用后腿稳稳地跑，倏忽间其中一个赶到我们面前，弟弟跑不了了，妈妈站着没有动，为了搀扶住弟弟，随后便是一声巨响，我僵立在那里，惊恐得说不出话来。我看到妈妈摔倒在地，又艰难地往前跑了几步，然后又倒下，鲜红的血自她腰间汩汩涌出来，玷污了她最珍视的那身华贵的皮毛。多少个寒风凛冽的夜晚，我们躲藏在那皮毛里，偎依着取暖。我和弟弟闻声朝侧翻在地的妈妈跑去，用鼻子嗅着，呼喊：妈妈，快跑，这次我们俩来搀扶您。您起来，跑吧，我们赶紧离开这里，跑到小树林的空地去，那掩映在灌木丛和树林里的空地，到了那里我们给您疗伤。我们像以前那样重新在一起；如果您觉得疼，我们给您暖和身子，现在由我们来看护您，因为过不了多久我们就长大了，长得跟您一般大……

然而妈妈脸色惨白，直挺挺躺着，我们从未见过她那样子，身子侧翻，瑟瑟发抖。我听到了妈妈的心跳声，我夜夜倚靠的胸膛里那颗心脏的搏动。当我们沐浴在阳光下，这颗心跳得舒缓。此刻它的跳动更加缓慢，微弱得如同露珠从灌木枝头滴落。当我望进那双世界上最美丽的眼睛时，我看到大滴的泪珠自妈妈的眼角缓缓滑落，她发出一声哀叹，里面包含一种指令，让我们赶紧跑，往各个方向逃，逃离这致命的灾难，那些给她带来苦难的穿绿衣服的男人们，他们正慢慢逼近。

正当我们想依照妈妈的嘱咐，准备四散逃开时，又一声巨响传来。我看到弟弟一跃而起，就像平日里我们俩顶脑袋嬉闹那样，跳起来用两个脑袋相撞，弟弟向上跃起，被什么东西一扑——那个可怕的东西曾击倒了妈妈——而后侧倒在地，脚爪不停地刨着泥土，鲜血随之涌出，染红大片……

我不再逃跑，返身回到妈妈身边，望着她的眼睛，我看到，妈妈此刻的目光已经异样，那曾经温暖我、给予我力量和快乐的眼神已经飘散，仿佛妈妈的灵魂游离了，留在这里的仅是一身皮毛和一具心脏不再搏动的躯体。她直直地躺着，全身僵硬，我也从她的眼睛里丢失了……

随后两个穿绿制服、绿大衣和橡皮靴的男人走来，推了推妈妈，也推了推弟弟，往他们的嘴里喷了些绿色液体，就像我们在草坡啃啮云杉树的嫩枝时口里溢出来的汁水。那两人摘下头上的帽子，站了一会儿，其中一个把一根白色的小棍塞进嘴里，而后吐出白色的烟雾，跟妈妈在清冷的早晨口中飘出的雾气一样……

然后他们瞥见我，驱赶我走。但我自小跟妈妈在一起，这里躺着的是我的妈妈，我的兄弟，我怎么舍得离开。这时一个小谷仓样的机器朝我开过来，在田野里驶来驶去的那种，发出轰鸣，穿四只橡胶靴子，如同那些穿绿色制服的人一样。那些人把妈妈和弟弟的后腿分别捆绑起来，机器再次轰响起来，妈妈和弟弟被拖到了田野里，他们无法站起来了，我紧紧跟随那机器，走上前嗅了嗅妈妈，一路小跑紧跟在那些人后面。然而那些凶恶的绿衣人不停地把我往外轰，于是我伫立在原地，眼睁睁地看着他们把妈妈和弟弟丢上一辆车，那辆车里还躺了其他的妈妈和幼崽们……

车启动了，那些绿衣人弹冠相庆，我看到了他们的幸灾乐祸，把死去的妈妈和弟弟从我的身边夺走，他们非常开心。我跟在车后追着跑，我希望那些绿衣人像对待妈妈和弟弟那样也给我来一枪，让我也被那个穿橡胶靴的机器拖走，让我躺在妈妈和弟弟身边，在车上跟他们团聚，失去了妈妈和我那缺了一条腿的弟弟，我该怎么办？今后谁会在夜里给我温暖，喂我香甜的乳汁？谁又会保护我免受那些狂吠猛兽的侵扰？而我在夜里惊醒时，谁来安慰我？最根本的是，当世界上那双最美丽的眼睛在我眼前阖上，被丢入满是泥泞的车厢拖走时，为何我还待在这处田野，留在这片林子里呢？

现时的妈妈满身沾满了污泥，之前的妈妈从来光彩照人，皮毛洁净柔滑，她还教我们怎样清洗自己。我常常模仿妈妈的样子，花费一个小时梳洗自己的毛发。我朝那些绿衣服的人跑去，希望他们也结束我的生命，既然在这个世界里没有了妈妈和弟弟。然而那些绿衣服的人只是一个劲儿把我往外赶，抬脚踢我。当我被他们的橡胶靴踢了两次之后，我停下了脚步，呆立在原地。自此我常常站着，吃足了草就长时间伫立在草地上，放眼四周，看到身边污泥一片，因为那双世界上最美丽的眼睛从我身边消失了，那些人用那满是污泥的车拖走了我死去的妈妈。妈妈，你在哪里？

我成为形单影只的孤儿。夜幕低垂，湿寒沁骨，失去了妈妈的我茫然无依，迷失了方向。我只得自己扒拉树叶，刨出一个小窝，不得不独自去吃树枝和青草，自己在灌木丛中穿梭找路，去林中小溪或是路旁水沟寻找水源，因为妈妈不再出现在我身边。我倍感孤寂的是，没有了妈妈的体温，没有了那温暖的我曾吮吸甘甜乳汁的乳房，寒风夜雨穿透我的皮毛，冰冷刺骨。

我站起来，回到从前和妈妈一起待过的地方。头几天里我不停地呼唤，低声啜泣并侧耳倾听，期待我望眼欲穿的妈妈有回应，然而四下里一片寂静，阒然无声，我蓦然意识到自己真的成了孤儿。如果妈妈在身边，有那双世上最美丽的眼睛陪伴，当她用温柔的眼神凝望我时，我会别样地面对眼前的一切，感觉自己长大了，然而现在我是个弱小单薄、萧索寒天里顾影自怜的孤儿，灵魂和内心里充满了哀伤。

有一天，我看到有个人走过来，身后拉一辆载有云杉和松树幼苗的拖车走入树林，我曾在那些树苗下的干草堆上睡过觉。我看见那个人秀丽的脑袋，一双眼睛尤为引人注目。我跟在她身后，看到她从车上搬下那些幼苗，把它们栽种到地里，再用一把银色的铁铲给它们松土。我目不转睛望着她，暗自希望她回过头看我一眼，是否她也拥有一双美丽的眼睛？而后我鼓起勇气，朝她的车走去，那人回过身来，看着我，我下意识地想逃走，但没有逃，我立在原地害怕得浑身发抖，不知道是否又会响起那可怕的枪声和枪响过后的那缕白烟。

然而她只是望着我，看进了我的眼里。我看到，她的眼睛跟我妈妈的眼睛何其相似啊，我那长有四条腿的妈妈，虽然她只有两条腿，双手正拿起树苗把它们栽入泥土里，周边是林中空地，其后是一片松林。树林静谧无声，鸟儿在枝头婉转啼鸣，有鸟鸣的地方就是天堂，幽静并且没有危险。我看见，那个人继续望着我，柔情脉脉，突然她叫了一声，那声音很轻柔，就像妈妈帮我舔皮毛时那般温和。我壮了壮胆，朝她跑近几步，停在她面前，我的身体再次发颤，因为我知道：现在不尝试，就永远没有了机会……

那个人对我轻言细语起来，她的眼睛跟妈妈的一般大，我整个装进了她的眼眸，被她的目光包围。我看得出，她没有觉得我有恶意，她喜欢我。她弯下身子，从提兜里掏出一块面包递给我，我伸了伸脖子，我和她之间始终保持一段距离，脑子里总回放枪杀和逃离的场景，在林中欣赏那双眼睛，我想靠她近一些，然而身体不听使唤，我浑身颤抖个不停。然后那个人上前几步，把那块面包递给我，我接过来，狼吞虎咽吃起来，因为面包散发出那双美丽眼睛的芳香，那么温馨的味道。然后那人的胆子大起来，不似我那般胆怯，她走近我，伸出手抚摸我，我闭上了眼睛，脑袋紧贴那只温暖的手，它跟我妈妈的手一样，散发出力量，注入我的体内。我暗自期盼她能一直这么爱抚我，不由得伸长了脖子。

她拍了我一下，说：乐桑，我以后就叫你乐桑了。乐桑，乐桑，她反复呼唤着这个词，那嗓音和她的手一样散发出香味。现在那个人坐下来了，我站在她身旁，我们两目相视。她知道，我没有了妈妈，是一个孤儿，她笑了笑，这笑声使我活泛起来，不觉发出一声欢呼，用前爪刨了几下地……随后那人把树苗都栽入泥土里，推起空车对我说：乐桑，我要回家了，我还会再来的，嗯？说罢她拉起拖车，我跟在她后面，我看见她走近树林中的一栋房子，看见房屋墙面上钉着鹿角，那巨大的树杈，跟爸爸头上长的一样；我以为，这是像我一样的狍子或小鹿的住所，因为这个人亲抚过我，还给我面包吃。

　　整个上午我都守在灌木丛里，等待那个人影再次出现；我望见她走出来，拉起满满一车树苗，再次往我们第一次相遇的地方走去。我急忙向她跑过去，她呼喊我：乐桑！我跑到她面前，不禁又害怕起来，如此近距离靠近她的手，让我全身颤抖。然而她打消了我的恐惧，走近来，抚摸了我一下，然后从包里拿出一块面包来递给我。我津津有味吃下了她的掌心、她的眼睛发出的气味，然后把脑袋埋入她的双手，让她亲抚我。她马上明白了我的意图，开始抚摸我。我快活地围在她身边跑来跑去，突然像是在妈妈身边那般快乐起来，我又跳又蹦，发出开心的叫声，等我们走到那片林中空地，她又种起了小树苗，我站在一旁，注视着她。

　　中午时分，我吓了一跳，一个身穿金纽扣绿衣服的身影出现了，肩上还扛着一根可怕的铁棒，我仓皇地逃走了，以为自己将遭遇跟妈妈和弟弟一样的下场。然后我从远处打量，那个身穿绿衣服的身影紧挨我第二个妈妈身边站着，悄声和她聊着天，我的第二个妈妈指了指我，那个绿衣服人笑起来，点了点头，第二个妈妈便朝我喊：乐桑，乐桑！我害怕得浑身散了架，连膝盖都发出格格的响声。于是出现了这样一幕，当我陪"新妈妈"到大门口时，从门里走出一个跟我一般大的小男孩；新妈妈摸了摸我的脖颈，双手遮住我的眼睛，我浑身瑟瑟发抖。感觉一双陌生的手在抚摸我，手掌小小的，但是那手掌跟我新妈妈的气味一样。我睁开眼睛，看到那个和我差不多高的小男孩正搂着我的脖子，他的眼睛和我平视，这个男孩像我弟弟那样偎依着我。我鼓起勇气也挨近他。我看见他慢慢贴紧我的身体，我睁开眼睛，正好跟这个小弟弟对视，他像我的亲弟弟那样亲了我一下，我也斗胆舔了舔他的脸。男孩咯咯笑起来，现在我知道了，他的妈妈正是那个人，她也是我的妈妈，这下我不仅重新有了妈妈，还有了弟弟；

我舔了舔他伸出的手，男孩对准我的耳朵喊：乐桑，乐桑！我幸福极了，一下子回到了以前。

树林里很冷，当护林员小屋掌起了灯，我蹑手蹑脚走到窗户底下，透过窗子往里看。我看到小男孩正趴在桌子上写字，男主人在傍晚时分已不再穿那件绿衣服，换上了白衬衫。当他身穿白衬衫时，我就不害怕了。新妈妈坐在桌旁读书，突然一阵寒气袭来，我不觉思念新妈妈的眼睛，按捺不住走过去，勇敢地用脑袋拱大门，把鼻子贴到门上。我听见屋里穿白衬衫的男主人惊悸地发问：这么晚了，是什么东西？见鬼，谁来家里了？我妈妈喊起来：一定是乐桑，说着她拉开了门。我站在门口，注视着她的眼睛，她伸手摸了我一下，用双手示意我进屋里。我没猜错吧，她说。白衬衫男主人摆了摆手，说：乐桑，既然你来了，那就坐在这里吧。

我蜷缩到角落里，那里真暖和，身上的雪花瓣瞬间融化成了水滴，我的皮毛开始冒出水汽。我把目光转向了众人注视的地方，我看到方柜里的画面在移动，画面中的人们乘坐在机器上，那东西发出声响和嘈杂的噪音；我还注意到，人们在暴风雪中奔跑，叫嚷着，开着枪，然后摔倒在地；看着看着我害怕起来：他们互相对射的时候，也会扫到我呀，可他们为什么不能像枪击妈妈和弟弟那样也对我开枪呢？

我把目光转向小男孩，看到他还活着，穿白衬衫的男主人也活着，我的第二个妈妈正看着射击的场面、惶恐的人们和那些机器，可她也活着呢，她坐在那里，为从方柜画面上看到的一切而心满意足。男孩子站起来，又坐下，眼睛一直盯着画面没有挪移，他抱住我，轻声对我说：别怕，乐桑，没有人会打着你，只有人才会互相射击，你知道吗？这是电影，在电影里倒下的是人，你明白吗？我什么也不明白，但是我感觉自己是安全的，就像透过窗户看窗外风雪狂舞，窗户这边的屋子里温暖宛如在火炉旁。我看到，第二个妈妈的手放在桌子上，抚摸着身穿白衬衫的男主人的手，他的手也抚摸着新妈妈的手；我看懂了，当新妈妈抚摸某一个人的时候，这个人一定是个好人，跟我一样善良，只不过仅在他身穿白衬衫的时候，因为一旦穿上金纽扣绿外套时，他就会有一双金色的眼睛，就变成那条金睛白牙攻击我的黑狗。我站起来，膝盖再一次打战，我走到桌旁，把脑袋放到白衬衫男人的两膝间，闭上了眼睛。乐桑，白衣男人说：你找我来啦？他抚摸着我，顷刻间，我被一股暖流包围。小男孩也跑了过来，把脑袋挨近我的脑袋，贴着我的耳朵对我说：乐桑，乐桑，我不会把你送给任何人的。我的第二个妈妈也站起身，跪下来看着我的眼睛，用双手捧住我的头，凝视着我，我泪流满面……

同时，我身后的方柜里再次枪炮声和机器声大作，人们为了获胜，一直扫射不停。只是我看不懂，我就害怕那射击和喊叫声，所有人都在叫嚷，互相对着喊，不停地跑，活人身边躺了一堆死尸。然而那些活着的人，因为活着，继续在奔跑；不停地射击，为了不久之后也死去，为了那些剩余的活人在临死之前能长时间地扫射。

于是每天晚上我都去护林员小屋看电视，男主人为了我脱下身上的绿制服，弃掉金色眼镜，换上了白衬衫，同时他的眼神几乎与他儿子和夫人的一模一样。在下雪的日子里，我从村子里带走两个袋子，里面装了两块面包。我已明白，这是我应得的脚力费，我骄傲地径直走进店铺，小男孩在我背上扔下这两个装有面包的袋子，其他时候，他在我胸前套上绳索，我轻松地拉起雪爬犁。但是我最喜欢去迎接夫人，她打老远就用美丽澄澈的眼睛望着我，于是我狂奔起来，为了尽早跑到她身边。好一会儿我们两个都不说话，但是我清晰地感觉到，从我的身上正涌出一股暖流，我的那位夫人身上同样，我们彼此需要，如果没有她，我在这世界上难以生存，或许我已经早不在世了，因为除了她，在这世界上我没有任何亲人。我已经不再去草地吃草，因为我得到了食物：土豆、面包、甜菜和白菜，而且我住在柴棚里，躺在干草堆上。只要有空，我就围绕房子巡视，像个看护，除了自家人，不让任何人进屋里。我时刻处在戒备状态，脑袋低垂，一看到那双金色的眼睛马上冲出去，准备袭击，就像从前对付那条金眼睛的黑狗那样。

我喜欢就这样拉着雪橇，载上小男孩，穿梭在林间小道，我知道我该走哪条道而不让雪橇倾翻。我们尽情玩耍，甚至在阳光照耀的日子里，我和男孩一起在暖融融的干草堆上睡着了，或者紧紧依偎在火炉旁，身上烤得比那火炉还暖和。到了晚上，大家一起看电视，虽然我不是什么都懂，但只要我的女主人的眼睛盯着电视，我也会朝屏幕上滚动的画面看去，因为我的女主人和她孩子做的事不会是坏事，因为不管他们做什么，我都喜欢。还有他们的先生，当他脱下金纽扣绿外套，穿上绿毛衣时，我就不再紧张，到最后我连金纽扣都不怕了，因为他一见到我，就会招呼我，摸摸我的脑袋，从口袋里掏出糖来喂我。但先生似乎是怯懦的，他的眼睛低垂，不跟我的眼睛对视，我也是一样，只要他看着我，我接过糖，马上垂下眼睑，任由他亲抚我，内心里很好受。但他离去时，我对他有点依依不舍，大概他也是喜欢我的，但我的眼里只有他的夫人，我迷恋她那双眼睛，就如同陷入了林中冰湖那薄薄的冰层。

这时节，雨水开始洒向地面的积雪。我的第二位妈妈已经不像以前那样去树林里栽树，而是骑着空车出门，脚蹬橡胶靴在雪地里跋涉，她砍下许多小树苗放进车里，捆绑好，拉到护林员小屋前，女主人把松树和云杉卸下来，穿绿制服的先生嘱咐我守护好那些树苗。随后人们陆陆续续前来，有的开车，有的骑自行车，或者步行前来，他们把树苗摊开，挑选一番，寻找自己中意的树，那位穿绿衣服的先生在一旁给他们开单子，那些人付完钱就带着树苗离开了。

有一次我陪女主人回家，在屋外站下了，透过窗户我看见一头稻草般金发的男孩在写作业，我想让他跟我一起出去玩耍。女主人进屋后，透过窗户我看出来，她大概说了：你出去玩吧，乐桑在等你。男孩抬头往窗户外望，挥了挥手。他走出来，把手搭在我的脖颈上，我真想和他一起玩，可是男孩告诉我：今天他们要回家去，装扮圣诞树。我没听明白，但随后我懂了，怪不得人们拉走了那些树苗。

男孩挑了一棵，其中最好看的一棵树，带回了家，然后把小树立在房间中央，抱来几个盒子，打开，逐一拿出闪闪发亮的小物件，挂到树上。他告诉我：这是烟花，这是蜡烛，你知道吗？他点亮了几根小蜡烛，真是温馨美丽啊，而窗外天色阴沉。

我惊讶地欣赏起圣诞树上五花八门的装饰，男孩又抽出银色的枝叶跟我讲：这是天使的头发，你知道吗？明天晚上就是耶稣诞生的日子，天空中会有银色小鹿拉着系铃铛的雪橇飞过，雪橇会拉来圣诞老人和礼物，你知道吗？然后小男孩给我脖子系上了一条红丝带，红丝带上挂了一个银色铃铛。屋子里的圣诞树一闪一烁，每一根枝杈上都挂有玻璃铃铛，还有包裹在金纸和银纸里的巧克力。男孩给我尝了一块巧克力，美味极了。然后男孩爬上椅子，往圣诞树的树尖上插上一颗大大的闪闪发光的星星，那颗星往四面八方散发出光芒。

我们往外走入院子，进了储藏室，男孩在里边精心挑选苹果，花费了很长时间。他挑选那些小巧而鲜艳的苹果，在圣诞树的每条树枝上挂一个，然后说，这是童贞果，就跟你一样。这时，穿金纽扣绿制服的先生走进来了，他的眼睛因怒火而冒出金光，一如那些金色的纽扣。他一进屋，就气呼呼地甩下身上的外套，穿着白衬衫站在那里。

我的女主人跑过去，合掌问道：天哪，出了什么事？穿白衬衫的先生一拳头捶到桌上，吓得我蜷缩到角落里，先生吼起来：我刚去学校，你知道我们这位少爷怎么跟女老师说话的吗？老师让他把作业带到学校去，而这捣蛋鬼却说：你是猫头鹰，你自己去取好了！老师绞着双手，感叹道：孩子在偏僻的林区太孤单了，导致行为有点怪异，他还在成长，会变好的！

然而我看出穿白衬衫的先生并不认同老师的话，他围着圣诞树来回踱步，吼道：不会变好了，我必须惩罚这小子，简直无法无天。以后不准再跟乐桑疯闹，不准出去滑雪橇，必须跪下向我保证，下不为例！可男孩说：爸爸，我没这么说，那是我身体里的声音说的。先生怒吼道：跪下，马上去学校道歉！男孩说：我不道歉。先生怒吼：你必须道歉！男孩说：我不……

白衣先生金色的眼睛怒不可遏，咆哮道：反了你了！这都怪那个乐桑！让他从屋子里滚出去！男孩子一把搂住我，喊道：爸爸，我什么都认了，就这件事不行！然而白衣先生喊道：让乐桑从家里出去，爱干嘛干嘛，让它找自己的同伴去，马上就走。你，给我跪下，不然我就毙了你！白衣先生大喊着，拉开了衣柜，我看见他拿出了那个可怕的会吐出白烟的死亡铁棒。我撒腿就跑，猛一跺脚飞跃而起，惊恐之下用脑袋顶开窗户，撞碎了玻璃，玻璃碎片飞溅，我飞出窗户，跳到花园的雪地上，越过围栏，跑入了树林。我跑啊跑，一直跑到林间空地。我不停地跑，迎面的野兔也惊慌失措跑过去，但我对它们视而不见，我实在吓蒙了。

我没有再去那里取面包，也不会再得到面包片了。我不会再有机会跟小男孩一起装扮圣诞树，也不会有人搂住我的脖子，在我的背上搭上湿漉漉的泳衣，我不会再去看护圣诞树苗，也不会到护林员小屋去看女主人那美丽的眼睛了。我不顾一切跑着，野兔们慌不择路，跑得后腿快甩到耳朵上边，有几只兔子摔倒在地，有几只兔子惨叫起来，摔断了腿，还有几只兔子在原地绕圈跑，因为已经瞎眼。

等我停下脚步，我看见在远处，四面八方围上来一群穿金纽扣绿制服的男人，帽子底下金色的眼睛燃烧着火焰，他们手里都端着枪，那种在电影里给人还有野兔带来伤亡的仪器，每隔一会儿他们把枪扛到肩上，随着枪响，三只兔子在奔逃中应声倒地。我们被金纽扣和金色眼睛的男人们团团围住，我想猛冲出去，冲出一条路逃回去，突然腹下一阵剧痛，我知道那个枪弹终于找上我了，巨大的疼痛让我收紧腹部，我以最快的速度飞奔着，为了尽早跑到我的女主人身边。奔逃过程中我似乎望见了守林人的小屋，看见我的女主人从屋里跑出来，她边跑边大声呼喊：乐桑，乐桑！然而我跟那些兔子一样，一个筋斗栽倒在地，侧身而卧，鲜血从我身上淌出来，我看到自己的腰部露出跟妈妈和弟弟一样的伤口，我踢了踢蹄子，无法动弹，我蹬了蹬腿，已经走不了路。我翻过身去，舒展开身体，我只会呼气，好像背上驮了一百个黑面包，好像拉了一辆载满森林圆木的雪橇，沉得连腿都抬不起来，费力翻身的动作和费力的呼吸几乎耗尽了我的体力……

然后，我看见我的女主人跃过田野的斜坡跑来。我的脑袋枕在雪地上，她不停地呼唤：乐桑！乐桑！她越来越近，我的眼睛已经支撑不住，快闭上了。女主人终于跑到我身边，跪下来，双手合十冲天举起，她朝那些逼近过来的金扣绿衣的男人们喊道：你们都做了什么呀！这是我的乐桑。其中一个金眼男子说：这可是圣诞庆典准许的奖品……

我的女主人向着我附下身来，她凝视着我的眼睛，我看到这双世界上最美丽的眼睛俯向我，这样的眼睛，我的妈妈曾有，现在我的第二位妈妈也有，这双美丽的眼睛装进了整个世界，包括我……

妈妈，你在哪里？

盛　宴

你们从来没有见过，也没有机会见证到我们亲历的事情。那天我们在收割饲用玉米，扬内切克突然喊起来：这里有一头野猪，巨大的野猪，快把我的枪拿来！于是，我飞奔而去，为他取猎枪。

我们的拖拉机已经在地里绕圈收割一个星期了，玉米地仅剩下中央那一块，像个小岛，野猪就躲藏其间。于是大家小心翼翼地在玉米地里弄出动静，一头笨重的野猪猛地撞出来，吓我们一大跳。你们从来没见过这样的事，也没有机会再见到了，扬内切克，那个瘸腿猎手，把猎枪抵在肩膀上，射出了子弹，可是野猪继续逃窜，跟猎人扬内切克一样一瘸一拐，双方的速度都慢了下来，我们跟在他们身后追赶，不为别的，野猪肉在我们眼里是无与伦比的美味。因此，我们追啊追，时常不得不停下来等瘸腿的扬内切克赶上来。我们越过田野，沿着一片小树林朝国道跑去。

唯一让野猪放缓速度的，嗯，这你们从来没有见到过，当野猪一蹿上柏油马路，恰巧迎头驶来一辆特拉贝特轿车，轮胎擦过野猪的脑袋，随后车子滚进路边壕沟里，野猪则一头栽倒在地。

我们冲上前去，谁都知道，野猪的生命力极其顽强，果然这家伙站了起来，跑进壕沟，从我们的地籍直接冲进普萨尔策树林，也就进入了普热罗夫的管理地籍。好在一个女人骑自行车过来，于是我们一把把她拉下车，抢过那辆女式单车，可是扬内切克不会骑自行车，我们只得把他扶上车坐好，在后面推着自行车跑，为了尽快追上那头受伤的野猪。野猪受了两次伤，一定会在什么地方停下来。

那个女人也在我们身后追赶，不依不饶地喊：强盗，偷走了我的自行车，抓贼啊！我们跑得浑身冒汗，每个人扶住自行车把的一头，推着扬内切克猛跑，已经上了县级公路，有扬内切克在，我们就有勇气和力量。大汗淋漓中，我们看到野猪冲进了村庄，我们也跑进村里。此时是上午，那头绝望的野猪在做最后的挣扎，拖着一条伤腿，身后的鲜红色血道给我们指路，你们从没有见过，也无法见到，它直接冲进了学校。此时扬内切克从自行车跳下来，一瘸一拐跟在瘸腿的野猪后面，进了四年级教室，女老师恰好在给学生上自然课，正在讲解家猪如何由野猪演化而来。

老师刚讲解完毕，把教鞭指向猪的挂图时，教室门砰地被撞开了，一头野猪一瘸一拐冲进课堂，在课桌之间窜行，最后跑上讲台，身上的鲜血淌了一地，紧接着瘸腿的扬内切克冲进来，这个为狩猎不惜性命的猎人和农夫。老师惊呆了，孩子们鸦雀无声，扬内切克提着枪一瘸一拐走向讲台，瞄准，野猪纵身而起想反扑，扬内切克对准野猪那张开的嘴巴扣动了扳机，野猪飞起来，扬内切克后退一步，一瘸一拐到了窗户边。不等他开第二枪迎击野猪发起的第二次攻击，野猪突然扑通一声倒地，四腿僵直，嘴里流出鲜血，汪在教室地板上。我们跑上去祝贺扬内切克，并感谢他。我们准备把野猪抬回村里，在家里扒去野猪的皮，按照狩猎规定，把内脏和肝用洗衣锅炖出一大锅辣椒炖肉来。

女老师回过神来，举着教鞭走向倒卧在地的野猪，说：孩子们，你们亲眼目睹了一个非同寻常的场面，现在往这里看，这个地方，就是人们所说的猎人枪口，这是它的獠牙，看到了吗？

看来，我们得等老师解释完野猪所有的部位，她了解的和不了解的，扬内切克发话。然后我们用借来的绳子绑住野猪的腿，把它抬到学校大门口，公之于世人。扬内切克请求我看在上帝的份上，去找个摄影师来，他希望留下一张脚踩野猪脑袋、手提猎枪的纪念照。我找来了一位药剂师，也是个猎人，他拉下药店的卷帘门，提着相机直奔学校。

然而，在这期间当地的狩猎协会主席也跑来了，他嗅了嗅野猪，斗鸡眼里流露出了嫉妒，因为如此大个的野猪在这个地区实属罕见。扬内切克做出一个成功的姿势，一只脚踏在猪耳朵上，我们两个虽然身穿工作服，也面对面躺在野猪的两侧留影。狩猎协会主席踱来踱去，满脸焦虑的样子。药剂师为我们拍摄了两次，确保万无一失。

这时狩猎协会的秘书长出现了，手提猎枪跑来，好像很有必要带枪似的，野猪不早已经死了么。他东拉西扯了一番，称赞直射入口的高超枪法，然后悄声与当地狩猎协会主席商议起什么，我们没往别处想，因为对方一直等我们再次提起绳子，准备把野猪拖上国道，然后我去把拖拉机开来，载上野猪拉走。突然主席发话了：哎，把猪留在这里，它不归你们。

扬内切克说：是谁把它击毙的？应该不是你吧？秘书长接口说：不是，可是野猪是在我们的地籍上倒毙的，野兽倒毙在哪里，就归哪里的狩猎区所有……说着他笑起来，搓了搓双手。主席也笑了，然而扬内切克拽住野猪的两只耳朵，我们紧挨野猪并肩而立，朝扬内切克望去，他带着哭腔威慑道：这头野猪是我的，是我射杀的，我只是一路追踪到这里，在此地结果了它。

然而狩猎协会秘书长和主席都笑起来：是呀，根据狩猎规定……没等他说完，那个女人从主干道上追来了，指着我们大声喊道：自行车窃贼，他们偷了我的自行车……

扬内切克说：您拿走吧，我们及时处理了这个，您明白吗？说着用猎枪戳了戳野猪耳朵,女人一把夺过自行车,感叹说:神经病,把我从自行车上推下去,不顾我死活……

扬内切克说:行了,女士,我补偿您一只兔子吧,我叫扬内切克,住在瓦伦卡村。但是!这头野猪我谁也不能给!它是我的!

我们翘首远望,公路上驶来了我们的拖拉机,一个人跳下车,直奔野猪,跪下来,他不是别人,正是我们的狩猎协会主席哈玛切克。哈玛切克抬起眼睛,先祝贺猎手,然后说:这将是一场盛宴!

当地的狩猎协会主席说:没错,将是一场盛宴。但是盛宴将在我们这里举办,因为野猪是在这里闭眼的,在你们那里被击中,在我们这里倒毙,所以野猪是我们的。

我们的目光一齐转向猎手扬内切克和我们的主席。主席说:野猪是我们的。于是我们把野猪往拖拉机上拖拽。在我们弯下腰,抓住野猪往拖拉机上抬的时候,当地狩猎协会的成员们赶来了,他们夺下野猪,重新放到公路上。我们再一次抬起来,当地猎人们再一次从我们手里夺回去……

这时扬内切克拿起枪,拉开扳机,大吼一声:如果你们不给我们野猪,我们就开枪了!主席、秘书长和药剂师也一齐喊:如果你们把野猪装上车,我们就开枪!

扬内切克呵斥:把你们的手拿开,不许碰野猪,别怪我不客气!说着举起猎枪。秘书长同时举起了步枪,嚷道:你们敢动一下野猪,我就开枪!

此时更多的人跑来了,有狩猎协会的其他成员,甚至普通村民,因为我们两个村之间从来老死不相往来,只需村里的甜菜地跟他们村相邻,就会产生一场好戏。当两个村的妇女战队步步逼近,间隔一个锄头的距离,手里的锄头照样扬起,一下子伤了对方的头,不得不叫来救护车。更何况眼下在自己村子里,哪能眼睁睁让别人把全村人垂涎欲滴的野猪拉走。

谁知道会如何收场呢？双方已经吵得不可开交，有人撕烂了我的衬衣，而邻居被我们扯掉了袖子，扬内切克举起了步枪。这时学校里所有的窗户都次第打开了，拨动窗户插销的声音此起彼伏，窗口挤满了孩子们的脑袋，女老师喊道：亲爱的孩子们，请你们看，我们正好有公民教育课，在这里你们可以看到，如何处理国际事件，在这里你们可以看到，什么是分裂的朝鲜，什么是分裂的德国，分裂的柏林。同志们，女老师朝我们呼吁：你们理智一点好不好，那位勇敢的猎手在教室里保护了全班师生，击毙了那头庞大令人恐怖的野兽。你们还是握手言和吧，找一个中间地带举办共同的盛宴，共享野猪肉，我看宴席就摆在老威斯德茨村那个斯达特酒馆餐厅里好了。

好一会儿，全场鸦雀无声，从扬声器里传来下课铃声，然后依然沉默，针锋相对的猎枪闪着光，像迈森瓷器的商标①，我揪着老固茨的衣领，而他的爪子里攥着我撕裂的衣袖。两位主席上前一步。我们的主席说：我觉得，女老师的话有一定道理。当地的主席颔首附和说：没错，把野猪装上车，送到斯达特酒馆去吧。我们商议一下，什么时候举办共同的盛宴……

女老师和孩子们欢呼起来，像面对摄影师似的绷紧的表情松弛了。女老师动情地说道：孩子们，我们见证了不同寻常的事件，在这里你们形象地看到了，应该如何解决国际冲突，像夸美纽斯那样……孩子们的小脸蛋退出了窗口，窗户一扇扇关上了。然后，大家齐心协力，八个人抬起野猪轻松装到拖拉机上。孩子们成群结队拥出校门，叫嚷着，帽子和衬衣的颜色五彩缤纷，他们一路打闹，挥动拳头砸向后背，甚至用书包相互还击，欢天喜地享受走出教室、放学回家的自

---

① 著名德国瓷器品牌，其商标为蓝色交叉双剑。

由。而我们觉得，孩子们在开心地问候我们，向我们表示敬意。扬内切克手扶猎枪，向他们鞠躬表示感谢。淘气的孩子们夸张地吼叫着，彩色的队伍叽叽喳喳朝池塘那边一路远去了，涟漪的水波把他们的喧哗和尖叫声送往村庄的每一条小路，往上传到天幕上……

跟追杀野猪的过程一样，猎味盛宴的举办也是波澜起伏。因为我们比普热罗夫的猎人更馋，主席便决定，用野猪内脏和后腿肉做猎式炖菜，里脊肉用来做野味烤肉，浇上野玫瑰酱汁。又去买来十公斤猪肉，跟其余部位的野猪肉搅拌到一起，准备给每一位猎人制作香肠。而普热罗夫那边提出，后腿肉和里脊肉要跟传统猪肉的做法那样，配上馒头和酸白菜。

双方的主席和秘书长再次针锋相对，互不相让，威胁用武力决定宴会的举办权。后来校长发话说：这个地区麻烦已经够多了，我们始终生活在普热米斯尔朝代的边界纷争之地，自古以来纷争和冲突不断，由此导致族灭的教训还少吗？……于是大家选择了折中方案，用里脊肉做野味，浇野玫瑰酱汁，后腿肉则按照传统猪肉的方法烹制。已经发生了野猪流血事件，在野味尚未下肚之前，还是避免出现群体枪战的惨剧吧。

当晚，猎人们赶到老威斯德茨村，两个协会同时以参加狩猎为由，随身带上了猎枪，腰间佩上犬齿猎刀和刀具。两位主席在坐上筵席之前，一一观察了厕所和院子，看好撤退的后路，万一需要逃生呢。然后大家纷纷落座，不是间隔相坐，而是每个狩猎协会各自占据一张长桌。事先我们花了一下午时间用带来的云杉树枝装饰了吊灯和墙壁，营造气氛，像在举办狩猎后的庆功宴。

音乐响起来了，来自维卡涅村的库切拉先生拉起了手风琴，一名鼓手替他伴奏，用打击乐器取代低音提琴，因为库切拉不擅长低音提琴。可是，他的歌喉无与伦比！歌声如此动人，我们忍不住也跟着唱了起来。唱歌间歇猎式炖肉端上来了，满满地盛在深盘子里，大家就着啤酒，布兰尼克啤酒，还有烈性酒、朗姆酒。然而在每个猎人身后的衣架上，挂着自己的步枪，如果某个猎人去上厕所，他会随身带上枪，因为每个猎人都铭记斯拉夫尼克族以及沃尔绍维策族的惨痛教训，早在学校里就学到这段历史，记住了普热米斯尔人在宴会上对沃尔绍维策人说的那番话：放下你们的刺刀，放下你们的剑，好让自己大快朵颐，在我们这儿万安无事⋯⋯沃尔绍维策人听信了，在享用野猪宴过程中普热米斯尔人突然扑向解除了武装的沃尔绍维策人，大肆砍杀，一个不留，防止日后复仇。

  好在这一次我们请来了艺术家雅罗施卡先生，他以前在布拉格经营古玩店和雕刻店，但在我们的林区已经生活多年，在化装舞会上搞出各种妙趣横生的特技和笑话，都是手工制作，一分钟能用橡皮泥捏出男性生殖器或者女性阴户，在索科尔狂欢节上他捏了一个裸体女人，绑在自己的皮鞋上与她共舞，他还雕刻了几个舞蹈模具，其中一个女的跟真人一样，他把她放到拖拉机上运来了，一方面为了让我们开心，另一方面让普热罗夫人看到我们的能耐，我们都有什么神人，因为这样的事情不可能在整个州张扬，更不用说在村里。然而在这里可以，他刚和那个裸体女人上桌跳起舞，我们所有人都狂热地开始起哄，而普热罗夫的猎人们脸色发白，嫉妒疯了，他们的眼睛望向别处或者带上枪去厕所里待着，直到雅罗施卡跳完⋯⋯

  这时候送来了野味烤肉，我们浇上美味的野玫瑰酱汁，就着馒头片大快朵颐，馒头片边上还有一小勺蔓越莓酱。普热罗夫的猎人们看到这个，马上做出恶心和反胃状，他们的主席甚至故意呕吐起来，以表示他对我们所选菜肴的反感⋯⋯

  然后雅罗施卡再次在桌子上跳起了舞，我们纷纷举起酒杯，举到那个假人乳房的高度。雅罗施卡搂过假人挤压她的胸脯，乳房里流出红葡萄酒来。我们举杯用葡萄酒敬贺猎人扬内切克，而普热罗夫猎人们大声咀嚼，没话找话地高声称赞酸白菜、烤肉和馒头片。

雅罗施卡先生如此这般为大家逗乐，音乐奏起来了，应我们的要求，来自维卡涅村的戈普日瓦先生唱了一首歌，因为他偏向我们，所以普热罗夫狩猎协会主席故意胡编歌曲，但戈普日瓦总能配合，跟上音乐，主席便讪讪的，用大杯埋头喝起了朗姆酒。

雅罗施卡跳着舞，假人的胸口不再淌出葡萄酒，然后雅罗施卡又按了假人的其他身体部位，而我们玩命喝酒，时钟敲响了十点，那个假人一迈开步，从她的肚子和阴部就淌出了白葡萄酒，勃艮第或摩拉维亚白葡萄酒，这次我们没有伸出酒杯和玻璃杯，而是直接凑上嘴去喝，很灵巧，只有零星酒滴洒到了猎装的内衣和外套上。

普热罗夫协会主席见此怒不可遏，他站起来，摇摇晃晃坐到雅罗施卡旁边的座位上，浑浊的眼睛忧伤地扫过桌面，他看到了什么？烟袋边上有个孩童玩的哨子，小哨子，我们小时候经常玩的：吹吧，哨子，吹起来吧。主席对着哨子笑了，哨子也笑对这个猎人，主席忍不住拿起了哨子，刚吹了两下，便骤然站了起来，整个大厅霎时静下来，我们这一桌爆发出哄然大笑，因为哨子里飞出的烟灰，弄得主席满脸满手乌黑，他一把抓过墙上的步枪咆哮：这种耻辱，我必须让雅罗施卡血洗。我们也操起了猎枪，普热罗夫的其他猎人抓过他们的毛瑟枪和步枪，唯有雅罗施卡先生仍然在桌子上，搂着那个一丝不挂的阴部流着勃艮第和南摩拉维亚葡萄酒的假人，看不到一只手，一个酒杯，一张嘴巴去接住流淌而下的葡萄酒。雅罗施卡先生坦然说：我让您吹哨了吗？您不该关注那个哨子的……

全场静默，所有人心知肚明，认为主席确实不应该留意那个哨子，也没有人指定让他吹。主席只得把步枪挂回衣架，戈普日瓦先生再次拉起手风琴，鼓和钹完美地取代了低音提琴，可是现场的欢乐气氛始终只有一半,两条长桌泾渭分明,脑袋不会越界,以自己的餐桌为中心,大家都笑着,但只为自己餐桌上的笑话而发出笑声,每个桌子都只认同自己桌上的逗趣。

又是雅罗施卡先生,搂着乳房淌红酒、下身淌勃艮第白酒的裸体模特跳舞,已经让他厌倦,他把两个粗管短号和一个低音号放到桌上,猎人们立刻抢夺起来,甚至两个人抓住了同一铜号不撒手,我们马上来了情绪,坐到舞台上,刹那间,全新的音乐在大厅里飙起,欢快的旋律融入每个人的身体,我们站了起来,像猎人那般肩并肩站着,放声歌唱,群情激昂,因为我们这一方的猎人擅长演奏乐器。普热罗夫猎人的脸色更加苍白,霜打似的低头盯着地面,有两个人开始哽咽,声音越来越大,他们知道自己永远无法与我们平起平坐,唯有像普热米斯尔人对待斯拉夫尼克族和沃尔绍维策族人那样,在宴会上把所有人斩尽杀绝,一个不留。我们展现出多少优势,他们对我们就有多憎恨,我们自己也不清楚,我们是否在往熊熊烈焰中添油加柴。反正,这次失败让他们永远一蹶不振,也将永远不会饶恕我们。我喜不自胜,当我看着那些可怜的普热罗夫猎人,那些普热罗夫村民……

普热罗夫的主席突然精神振奋,他得意地一笑,心生一计。他让我们再演奏五首曲子,然后他跟手下商量起来,这位主席曾经是周边最出色的小号手,不可小觑。一番商量之后他抛出王牌,让我们让位给他的乐队。我们知道这些人都是二把刀,但承认他们的管乐队曾经是最棒的。这次他们要演奏室内乐和《我的太阳》,而我们这帮满脑子花椰菜的粗人对此欣赏不了。

雅罗施卡先生从我们困惑的吹号手手里拿走了乐器,逐个把铜管乐器转交给普热罗夫人,那些人上台了,在舞台上叉开两腿,绿树枝装饰的大厅里真的响起了《我的太阳》,连厨师也跑来,身穿围裙,一脸如痴如醉,最终我们承认,普热罗夫人至少在这首曲子上和我们打成平手。现在出现了平局,伟大的平局,因为《我的太阳》即使我们行,也背诵不下来……

突然号手们的周围喷出了黑雾,吹得越起劲,喷出的黑灰就越多,他们不想被伎俩吓退,继续吹,然而,随着第一个号手逃离舞台,其他号手也纷纷作罢,黑头灰脸,我们疯狂大笑,笑得肚子抽筋。这对普热罗夫人来说可谓奇耻大辱,是对圣餐的亵渎,是一件我们没有及时制止和不顾后果的可怕事情,是雅罗施卡先生一手策划的,先是哨子,然后是这些铜管,他在我们中间播撒了纷争,就像历史上在普热米斯尔人和沃尔绍维策人之间,在布拉格和利比采之间的世仇一样……

普热罗夫的猎人们从墙上取下步枪,服务生和厨师躲进了厨房,我们也紧握步枪,双方毫不妥协地互相对峙,端着枪,枪栓都拉开了,只需一个错误的举动,它将以大规模的斯拉夫枪击事件告终,这时门悄悄推开了,一只手摸到开关,熄灭了灯……

有人走了过来,我们突然看到了胸前挂满的熠熠闪光的奖章,我们被这现象吓住了。那些奖章走到大厅中央,始终亮晶晶的,金光闪烁像一个预言和意味。一只手,在墙上书写的那只手……突然那些奖章退回到墙边,墙上有光,我看到那个身影转过来,站在那里的是警察长,服饰齐整,手电筒自下而上照着他胸前的奖章,国家授予他的勋章。他微微一笑,说:都坐下吧,朋友们,宴席继续,加上我!他像往常那样出现,及时出现了……

警察长坐下来,示意厨房给他端上吃的,他在厨房里为自己藏好了一份吃的,不仅为自己,还为手下整个小队,他选了两道菜,坐到了普热罗夫人那一桌,明确表示,赢家将是普热罗夫人。他们的协会主席,满脸黑灰,马上喊道:警察长,是你救了我们,我不知道该如何收场,假如你的勋章没有显现的话,你给我们带来了秩序、安宁、和平。可是你！他指着雅罗施卡，你这个艺术家，终有一天你会自食其果，因为是你精心策划，让我们蒙受耻辱和屈辱……

谁也不曾料想，自鸣得意的警察长面带微笑，自信地拿起桌上的哨子吹了一下，大量的黑灰顷刻间从哨子里飞出来，不仅玷污了警察长的脸，还有他的制服，尤其是他胸前那些勋章……你看看，普热罗夫主席喊到：你们再看看我，你们不仅羞辱了我们，而且羞辱了警察长！

警察长让人把前厅墙上的镜子取来，他对着镜子把涂了香喷喷发蜡的头发梳整齐，然后沉下脸说：我自找的，是我自己吹的哨！他津津有味地吃起玫瑰酱汁野味，然后请求给他上一份野猪肉酸白菜和猪肉，在他眼里这道菜是饭前开胃菜……

音乐响起来了，来自维卡涅村的戈普日瓦先生唱起歌来，鼓和钹代替低音提琴。因为警察长坐在我们中间，我们便将桌子合并到一起，一小时之后，我们已经调整了座位，相互间隔坐到了一起，所有人都放开歌喉，唱我们喜爱的歌曲。我们和黑脸的警察长一起唱，是他给我们指明了和平之路，展示了他高明的外交手腕，所以我们称他为科尔斯克州长。

就如我所言，你们从来没有见过，甚至也没有机会看到我的见闻，我们的见闻，以及在那之后发生的一切，自从在我们那里，在瓦伦卡，在普热罗夫学校枪杀了一头野猪，是的，野猪，当这场欢庆的盛宴被女老师得知后，那个野猪冲进课堂时正在讲课的女老师，我们的猎人扬内切克就在她的讲台前打死了那头野猪。女老师得以用教鞭指着野猪，给孩子们一一描述了野猪身体的每一部分及其名称。令女老师遗憾的是，她无法带上孩子们到酒馆的窗外，亲眼见证一下这场盛宴，哪怕一小会儿呢，她将在现场用教鞭指着那些人，生动地给孩子们解释，什么是捷克问题，它在我们这个地区已经延续了差不多上千年……

雍德克先生

窗户敞开着，我坐在窗边陷入沉思，找不到一个理由说服自己做什么或者思考什么，就这么静静地坐着，透过窗户看着外面的风景，因空虚而惘然和麻痹。此时两匹黑马从公路的主干道上拐出来，身后拖拉一辆板车。一名男子站立在车座上，双腿叉开，头戴一顶白色大宽沿儿软呢毡帽，演戏似的拽着缰绳。随着他放松缰绳，两匹马顶起马嚼头，撒欢似的沿着林间小道飞奔起来。当我发现这两匹牲畜不是随意在溜达，而是直冲我而来时，我愣住了。果然，马车的辕杆穿过敞开的大门径直疾飞到我的窗前，惊得我身体直向后缩。这时候那个男人猛地一把扯住缰绳，制住了马匹，两个黑家伙停下了，但是，马脑袋和辕杆已经伸进了我的房间。

车夫侧身跳下车，拍了拍马的屁股，黑马儿仿佛受到了奖赏，乖乖地嚼起天竺葵，随后雍德克先生走进门里。我和他在啤酒馆有过一面之交，当时他牵了其中一匹骟马来到酒馆，举起自己的半升啤酒杯让马儿痛饮，随即又牵着它离去。我经常看到他头戴那顶白色的软呢毡帽，在黄昏的村庄里跟跄走着，看到他白色的牛仔帽出现在田野的菜地里，雍德克先生来回拧动长长的胶皮水管，他在给菜地浇水。他的肤色总被晒得黝黑黝黑，夏天只穿着一条宽松的工装裤，而他白色的帽子像一艘小船，航行在花椰菜、成熟的卷心菜和苤蓝地里。

我对他说：什么风把您吹来了？我真不敢相信自己的眼睛。

他坐了下来,摘下头上那顶白色帽子,几缕乱糟糟的头发垂落到晒黑的前额,他告诉我,说他在垃圾堆里发现了一块美丽的石阶,把它运来了,要作为礼物送给我。他说:"我啊,一向对作家很有好感,因为我每一次写信,从来写不完,写作会让我头昏脑涨,疲乏不堪,我必须一杯接一杯地灌烈酒,最后依然写不出来,干脆把笔一扔作罢。"我递给他一个酒杯,把一瓶酒放到他面前,雍德克先生开始喝起来。他那架势根本不像是在喝酒,更像在喝矿泉水解渴。他说:"我戴着这顶厚厚的毡帽,总觉得浑身燥热,必须得一气儿喝啤酒、烈性酒或其他液体。因为身上出汗不止,总是口干舌燥。"我说:"雍德克先生,您可了不得!您尽管喝!可是,我要这块石阶做什么用呢?"他摸了摸马鼻子,两匹马正在吃我的两顶帽子,大声咀嚼着,就像雍德克先生狂灌烈酒那样津津有味。然后回答说:"拿石阶做什么用?一块这样的石阶,对于作家而言就是踏上通往其他路途的阶梯;当我在报纸上读到讣闻时,我始终有种预感,觉得那个亡者就是您。所以这个台阶在您这里有某种征兆预示,一种不祥的征兆⋯⋯"

他站起来,戴上帽子,出门时步履一踉跄,差点儿把我的门框拽下来。然后他登上门外的板车,用铁钩子三下两下将那块石阶撬到了地上。那石阶也许是来自某个教堂,我已经很久没有见过这样的石阶了,就算有,它也只在大教堂和主教堂里才出现。雍德克先生跳下马车,手持那根银色的钩子,将台阶扒拉到白桦树下的绿草丛里,我转过身去凝视镜子里的自己,想看到我的脸上到底有什么东西能让雍德克先生看到讣告时联想到我,还跑来和我说那些话。果然有,它赫然就在脸上,我看到自己的眼睛里倒映着死亡的阴影。

雍德克先生汗流浃背地回到屋里,迫不及待一把抓起酒瓶,直接往嘴里大口灌起来,他的喉结随之剧烈地颤动,津津有味地把烈酒吮吸进去,仿佛这样喝才解渴。然后,他看了我一眼,拍拍我的手背,说:"如果您发生了什么意外,您愿意葬在我们那里的赛米策墓地,还是埋在赫拉迪斯科村呢?"我回答说:"可是死亡对我来说,还是件很遥远的事啊。"雍德克先生说:"我当然知道,您离自然死亡还很远,然而报纸上登载的那些讣告,都是突发意外导致的非自然死亡。我想,如果您真的遭遇了什么不测,最好还是葬在我们赛米策的墓地里。因为我觉得,作为作家应该为自己的后事做好打算,万一他哪一天突然就不在了呢。"这没错,说着我站起身来,去拿黑面包,顺便瞥了一眼镜中的自己,发现自己面无血色,头发也变得灰白。我把面包切成片,依次喂给两匹黑马,因为它们已经吃掉了我放在窗旁桌子上的三本书和一条毛巾。

雍德克先生心心念念,念叨说要是有啤酒就好了。我走出门去,从酒窖里取了几瓶冷藏啤酒,装进袋子拎进来。雍德克先生拿过一瓶,就着桌角用力磕掉瓶盖,大口饮起泡沫四溢的啤酒,然后热情地跟我描述道:"嗯,您就葬在我们那儿吧,埋在赛米策墓地,一是墓地位于树林后面,弥漫在空气中的松针和松树香气会送到您的墓碑上,最关键的是,树林里还有一个足球场。你喜欢足球,对吧?"我小声回答:"嗯,是的。""您瞧,我什么都知道。这座墓地跟其他墓地相比,就是与众不同,您在那里一定能听到裁判的哨声、球的撞击声、球员的呐喊、观众们的欢呼和怒骂嘘声……"雍德克先生真诚地望着我的眼睛,摘下帽子,用粗硬的手指梳理起头发来,随着那把有生命的梳子犁过,头发发出簌簌响声。

我说:"您给我运来这个石阶,真是难为您了!但是葬礼的事我们且等一等,如何?"雍德克先生戴上帽子,同时又感觉渴了,在桌角使劲撬开另一瓶啤酒,一饮而尽,然后反驳说:"不!这块石阶摆在这里就如同良心的责备。因为我还会在葬礼上念悼词,假如有一天您去世了,或者在某个地方自杀或被杀了,由我来给您宣读悼词,那再合适不过啦。不过这些事以后再跟您细聊，现在继续说那个足球场边上的墓地。对了，你去过停尸房吗？"我回答说："马儿们已经吃完面包了。"于是我又给每匹马一条手帕，看它们津津有味地慢慢咀嚼起来，然后回答说："没去过。""那么下次踢足球的时候，我们就在停尸房碰头，因为足球赛的裁判在停尸房更衣，跟足球场就一墙之隔。您也知道，球场上常发生冲突，大打出手，尤其是裁判不吹罚点球的话，大家会扑上去把他一顿暴打。这里的球迷异常敏感，情绪过激，一旦有不判、错判或误判出界或角球的情况，裁判会被满场追打，甚至撵到球场外。您这下明白将来葬到哪里了吧？那地方实在太棒了。裁判有一次真的差点儿被我们打死，因为他吹了一个莫须有的持球犯规，我们一路追赶到了球场外，他急中生智爬上一棵伸向墓地的歪脖子松树，我们吼着让他下来，他哭啼啼地求饶，说害怕下来挨揍。这样双方僵持了三分钟，裁判死活不肯下来，像个啄木鸟似的死死扒住松树的树冠。我跑去弄来一把带柄的锯子，大家锯断了那棵松树，裁判连同树冠一起栽倒在地，然而他掉进了墓地里，等我们绕过围墙跑进墓地时，他已经窜到了田野里，最后在花椰菜地里被大家逮住教训了一顿。这个故事有意思吧？难道您不期待，万一将来发生不测的话，让人把您埋葬在我们那里？"

我一脸茫然，拿起竹筐，将袜子喂给窗边的两匹阉马，它们仿佛从昨天起就没吃过食一样，大口地吃起袜子来。我脑海中闪过一丝希望，雍德克先生好像要动身回家了。于是我说："那么好吧。万一某一天讣告成为我的宿命，我就听命埋葬在足球场边的那个墓地里好了……"我在座椅上转过身，为了看到镜子中的自己，然后用颤抖的声音说道："可是我确实离死亡还很远呢！"

雍德克先生又启开一瓶啤酒，说："出现在讣告里的人，不仅仅是那些不考虑死亡的，还包括那些生龙活虎看上去根本不像要死的人呢，但是突然啪一下子！屋顶上的瓦片坠落，车轴断裂，爆炸，谋杀，不就一命呜呼了。我还要告诉您，您有一份来自地狱的幸运，我给您捎来了这块石阶！因为讣告一旦启动了，那么我们，加上消防员们，会给您送葬，就像您曾是一名消防队员似的。载着您遗体的殡葬车先从新啤酒馆驶出，绕过消防器材库，到时库门会敞开，红色消防车将把梯子伸到半空，消防车上将站两名全副武装的消防队员，到了民族委员会门前，送葬队伍会停下来，两名消防员将在消防车旁跪下来，举起斧子向您致敬。然后送葬队伍在老啤酒馆前第二次停下来，就是那家您和我常去的小酒馆，阁楼的天窗里将挂起黑色的旗帜，一辆备用消防车，车旁也有两名消防员跪着。然后我们，消防队员们，缓缓将您抬起，运送到足球场后的那个墓地。我将为您致悼词，愿上帝保佑我平安无恙，我将着一身正装与您告别……"

马儿们吃下了最后一只袜子，一只有洞的破袜子，那只袜子跟其他的袜子一样亟待缝补。我问："马儿们吃毛巾吗？"雍德克先生说："毛巾它们最喜欢了，去年我去买完啤酒赶回家之前，它们在牧场上吃光了我晾晒的所有内衣，连同绳子和夹子都吃掉了。有一次在体育馆举办自行车天梯速降赛，我赢得了比赛，然而在第二场角逐中摔倒在地，脑袋在石子路面上磕得伤痕累累。大家往我头上贴了不下三十张手纸，可我第二天还有个演讲，我很擅长演讲，既然我的腿可以正常行走，我照样去演讲了。我绞开了脑袋上的手纸，不然妨碍视线，无法看演讲稿。我每次都事先准备好书面讲话稿。然而在我上台演讲时，呼呼刮起了风，脑袋上干了的手纸被吹得沙沙作响，拍打在那些伤口和痛处。"雍德克先生讲述着，当他跟我对视时，突然哭了起来，涕泗横流。他抹去眼泪，可再次看我时，又忍不住痛哭流涕，泪珠子滴落到他的帽子里，那帽子如同一眼喷泉，把汹涌流淌的泪水重新泵回到泪腺，让它们复活。我害怕了，全身瘫坐在椅子上，我望向镜子里，四目交错，不禁发出哀叹，用椅子的前腿撞击地板，发出剧烈的声响。"天啊，您为什么要如此失声痛哭？"我问，"是什么事让您这么难过？"他点了点头，发丝随之颤动，他说："嗯，嗯，我是在为您哭泣啊，所以我把那个石阶给您捎来了。"

他站起来，把那顶白色的毡帽戴到头上，把帽檐往下拉到额头上，一口气把一瓶酒灌下肚。此时，太阳钻出了乌云，耀眼的阳光，其光辉把车辕上的环、链、金银丝照得闪闪发亮，太阳光透过马的眼角，折射出蓝绿色的碎片。马儿笔直站在那里，我发现，那是送葬的马车，每匹马的头上都耸立着象征悲哀的黑羽毛。

雍德克先生步履蹒跚地离去了，头顶白毡帽走进了阳光里，他把胳膊支在窗框上，就么站在驾着辕杆的两匹黑马中间，黝黑的手掌抚摸辕杆，泪眼模糊地冲我笑。我一阵心悸，因为我刚注意到，雍德克先生几乎没有牙齿，只有三三两两的黑色残根，只要一打喷嚏，似乎那些松动的残牙就会飞入我的房间，如同灌木丛中干枯的茉莉花叶，一阵风过，便似夏季狂风里的雪片，沿公路纷纷扬扬。

雍德克先生跳上马车，解开制动的缰绳，他叉开两腿站着，缰绳一抖，拽住马笼头，马儿们带着惊恐的神色，扬起身子，只有后腿站立，马蹄铁踏在沙石路上，铁链条撞击辕杆发出声响，马儿像气缸活塞那般紧密排列，挤出了大门，然后平板拖车调转头。雍德克先生放开了缰绳，马儿们撒开腿狂奔起来，在主干道上疾驰，跑进了树林。我极目远望，那顶白色的毡帽在树丛间穿梭，渐行渐远，我的目光久久停留在那块巨大的石阶上，它曾经通往某个教堂，某个柱廊大厅，历经千万次的踩踏。我不由得坐在窗前，陷入沉思，望着那个石阶，我仿佛看到一双双男人、女人的皮鞋在石阶表面踏下又抬起，人们的双脚上上下下从它身上踏过，人们的脚踝、脚背和小腿，曾被石阶的棱角挫伤，几百年前就把它带到了我的花园。

从此我尽量回避那顶白色的毡帽。但我却躲不开不期的偶遇,那顶白帽子会神出鬼没地在我的周围浮现,不期然我会看见雍德克先生踽踽独行在公路上,迎面一辆自行车疾驶而来,骑车的是一健壮的女汉子,疯狂踩着脚踏板,仿佛在对路人示威说,她完全可以把脚踏板蹬飞;只要她愿意,她强有力的双臂也足以抬起车把,让车悬空。在她车前方,毫无防备的雍德克先生左躲右闪,最终被撞倒在地,自行车的前闸手柄划过他的腹部。然而她扬长而去,好像什么事儿都没发生。雍德克先生躺在马路上,他的白色毡帽滚落在身旁,他慢慢坐起来,先用胳膊肘轻柔地掸去帽子上的尘土,重新戴到头上,然后自言自语说:"没事,没事。刚才我正好在琢磨您和您的葬礼,我必须为您的葬礼考虑,因为每天我都兴致盎然地读讣告,那些都是关于您的故事,只是暂时用了别人的名字罢了……"我惊恐万分地回到家里,在镜子里打量自己的面容,雍德克先生到底从哪里看出来,我快要上讣告了呢?

有一次雍德克先生开车过来,邀请我上他们家参加杀猪节,随即把我接走了。他让人用绳子勒紧猪的下牙床,当猪被拖到屠宰的地方时,他牵动手里的绳子,猪开始哀嚎,因为疼痛不堪而发出悲鸣,雍德克先生却笑着对我说:"您听到了吗?猪也会害怕呢……"宰杀开始了,猪下水散发出令人晕厥的恶臭,然后是享用肉汤、红烩猪肉和烈酒。杀猪宴刚进行到一半,雍德克先生就已酩酊大醉,他一个踉跄栽倒在装了切成块的猪油的木盆里,扯掉了连着炉灶的煤气管。他的妻子也冲我大叫大嚷,抄起扫帚把抡起来,先把雍德克先生一顿痛打,自然我也未能幸免。但我没有力量逃离那顶白毡帽,它既令我畏惧又吸引我。

每次我走进小酒馆,在巨大的灶台后面,那个烟雾缭绕的角落里,白毡帽总坐在那里。雍德克先生的皮肤晒得黝黑,甚至和晦暗的角落融为一体。当他起身时,白毡帽、白报纸都随之而起,雍德克先生总要为我朗读报纸上的讣告,之前他肯定读过不下十遍了。有一天,我从小酒馆回家已经很晚了,那天雍德克先生没在酒馆出现,因此我惬意舒心地沿墓地的围墙骑行。突然一顶白毡帽从围墙上方浮起,沿着那长满石莲花的墙垣缓缓挪移,时不时掩映在黑色的十字架之间。我从自行车上跳下来,我听到了雍德克先生的声音,庄严的声音……

"尊敬的葬礼来宾们,这是何等悲哀的时刻,我们不得不将来自土地的归还给土地!哎,那些曾在掌心里掂量的日子,不,如果要我说,也许这是更好的结局,虚无之上是虚无,万般皆虚无,我们在此埋葬一个人,他的英名被描金字体载入了捷克文学史册,但请不要哭泣,那个人只是先我们一步而去,如果不存在复活,我们的哭泣也是徒劳。"

思念和悲恸的情绪将我笼罩,我浑身战栗,这战栗从脚趾向全身蔓延,痛楚和战栗游走到手指尖。我朝前走去,白毡帽也沿着墙往前走,同时雍德克先生的声音还在继续,又一次在我敞开的墓穴前朗诵起悼词,尽管我依然生龙活虎地沿着墓园的围墙在迈步行走。我走到了被穿堂风吹得半开的透明栅栏门边,那里只残留了带销钉的门扇和透明的门把手。

雍德克先生站在我面前,头上的白毡帽在昏暗的暮色里熠熠发光,一条小狗在他的脚边吧嗒吧嗒奔跑。小狗的一只耳朵包扎了白布,雍德克先生的鼻子同样裹了白布条。白色材料和白色棉布提升了墓地的肃杀氛围,墓碑前一盏盏微弱昏暗的灯火,惨淡地照着墓地枯萎的花圈上干巴而闪亮的丝带。

"真高兴见到您,"雍德克先生高声喊道,"真高兴您来到这里。"他晃了晃白毡帽,他的鼻子上好像系了一条白领带:"我正在练习念悼词，别看我鼻子受伤了，明天我依然能在葬礼上朗声念出来，现在您想听一听吗？"我回答说："雍德克先生，您肯定猜到了，我不想听，不过我在墙外已经听到了，就在几分钟前，天哪，您的鼻子怎么啦？"

雍德克先生摆了摆手，在墓碑前坐下来，小狗慕菲克马上跳入他的怀里。雍德克先生抚摸着小狗，这一刻，缠在小狗脑袋上的白布和他鼻子上的白布相互映衬。雍德克先生说："我们玩得好好的，突然，慕菲克莫名其妙朝我的鼻子咬了一口，然后飞奔到床底下，我岂能罢休？我也飞快地钻到床底下，作为回敬咬伤了它的耳朵，现在我们俩都成了病号。是吧，慕菲克，是不是！"他亲热地抚摸着小狗，随后站了起来，接下来将对我倾吐的那番话让他兴奋不已。"嗯，我已经好几天寝食不安，所以宁愿现在就去墓地，这样我离他们更近些，我也能在现场通盘考虑好一切。关于您的葬礼，我设想最好这样安排，召集整个州的七十个消防队进行演习。一支消防队对您来说，分量太轻了，您的葬礼，理应出现由七十支消防队组成的庞大队伍。在合作社的农田里有很多供水系统的管道和弯管接头，用来浇灌早熟的蔬菜。演练时可以集中所有的水管，那么送葬的队伍抬着您的棺材从新啤酒馆出发，穿过小镇一路抵达墓地。如果消防员将手里的水枪摆成交叉的消防梯形状，那么送葬队伍就可以行进在由交叉的水枪、朝天云梯喷射出的水柱交织而成的天堂里。在每架梯子上各有一名消防员，手握水枪喷射器，梯子下方安排六名消防员，手持斧子向您致以最终的敬意。葬礼应在墓地里达到高潮，这个环节我现在还没有完全考虑好，您有丰富的想象力，不妨设想一下，在您的葬礼上，当仪式结束时在每个角落架起几支消防水枪，是否可行？还有，我们将您的灵柩高悬在墓穴上方，水枪的水柱从底下将它托起并将它抬升到每一支水枪能射到的最高点，您觉得如何，那些水流能承受住您吗？嗯，我是这么想的,它好比一个乒乓球,当那个小球在易北河畔的利萨城堡公园①里漂浮起来,垂直的水流能托住它片刻,那么您怎么看,那十股水流能托起您的棺材吗?然后,在现场消防队大队长的手势指挥下,所有水柱随着消防龙头里水量的逐渐减少,灵柩从最高点缓缓下降,您不觉得这场面精彩绝伦么?仿佛上帝借助您的灵柩在为我们整个州赐福,同时全区七十个消防队的同步演习得以实施。"

雍德克先生站在那里,双手比画着,在半明半暗中我把一切尽收眼底,看得一清二楚,我豁然开朗,雍德克先生实际上应当去写作,他是个作家,区别仅在于,雍德克先生不动手写,却把一切看得透彻无误。我在墓地才第一次意识到:雍德克先生怎么考虑,我也应该那么想,我理应那么想,从那一刻起我应该在讣告的范畴里思考问题,跟修道士似的……

哎,石阶,雍德克先生带给我的那级石阶,是呀,那不可能是别处的石阶,它恰来自早已消失了的残破的萨德斯卡②修道院,每一座奥古斯汀修道院都会从罗马带回一级石阶,而这一块就是那些修道士们走过的阶梯,修道士们专事编撰讣告、瘟疫纪事的古籍并描上金……

我满怀喜悦地说:"雍德克先生,咱们握握手吧,因为是您启蒙了我的眼睛,内心深处的眼睛,您的那顶白色毡帽让我明辨一切,现在我才看清了之前不曾留意的事物,而您,早已一目了然……"

雍德克先生站在那里,被一道光击中,而我以前没有察觉,他的那顶帽子,实际上不是普通的牛仔们戴的帽子,而是一道帽子形状的圣光,那一轮光环在人的头顶升起,拥有堪比圣灵的力量……是真实

---

① 位于宁布尔克,布拉格以东45公里。
② 宁布尔克地区的小镇,位于布拉格以东37公里。

的存在。

数日之后，我启程前去向雍德克先生再次致谢时，人们告诉我说，他在昨天去世了，毫无征兆地辞世，突然在三个小时之内就死了。我问："那么他的帽子呢？那顶白色的毡帽，那个他睡觉时都要戴着的帽子，在哪里？"他们说："那顶帽子呀，雍德克先生给弄丢了，其实不是他弄丢的，是他在往火车车厢里装花椰菜时，顺手把帽子挂在了最后一节车厢的挂钩上，那是整列车厢的最后一节。随后火车启动了，挂在最后一节车厢钩子上的帽子也随之一起走了。当雍德克先生回到马车边的时候，火车已经开走，他的毡帽也不见了。失去了帽子的雍德克先生一下子衰老了，回到家里他就躺倒不起，三个小时之后没有缘由地去世了。"

哎，最后那节车厢把雍德克先生的圣光带到哪里去了？

毕法尔尼克的金发

我和她仅有过一次奇遇。一看到她，立刻被她吸引，不由得跟上她，她也朝我走来，我们就这样相互找寻。在夜晚，我们俩一前一后骑在自行车上，心潮澎湃，我瞬间意识到，这不仅美妙，而且会精彩，因为您突然看到了不存在的东西？我真的看到了，她的自行车镶有玻璃框架，闪烁着霓虹灯的那种荧光蓝，好像这辆车是由一系列盖斯勒管拼装而成。我知道，我已经见识了它是如何奇妙地将我眼前的一切改变，所以我告诫自己：小心点，小子，头脑别再发热，你已经有过一次支付赡养费的经历。可我了解自己，某些东西我越想躲避，越不由自主地往里冲。毕竟，谁不想在迷人的月夜跟一个谜一样的姑娘骑车约会，我天生的利器是拥有一头飘逸的金发，像贵族庄园里的扈从，也像毕法尔尼克①。

我和舞动的巧克力色小腿的黑发姑娘结伴而行，眼前的景致赏心悦目，万物都迸发出小小的火花，似浪花一般飞溅，她的自行车踏板也似钻石，熠熠生辉。在这万籁俱寂的夜晚，那女孩告诉我：跟你说吧，我真开心，往事都过去了。嗯，我的一个叔叔让人抓狂，他有一个殷实的农场，却被他卖掉，换了一栋普通的住房，专跟一群羊住在

---

① 扬·毕法尔尼克（1947— ），捷克斯洛伐克国家队后卫，1976年第五届欧洲足球杯冠军队队员。

一起。他把剩余的钱全部给了我爸，我爸转眼把那些钱挥霍一空。你不知道，十多年来，因为我叔叔长年跟羊同眠，身上沾满了羊膻味，甚至不再开口说话。圣诞节我给他送蛋糕和甜点去，他就哇哇叫嚷几声，你知道吗？最不可思议的是，冬天下大雪，叔叔的房屋顶有一个大洞，水漏到地板上，他的那群羊围在他的脑袋边趴着。叔叔不修边幅，长长的胡须散发出粪便的气味。他走到哪里，羊群跟到哪里，这种人畜之间的依恋关系，我从来没见过。叔叔想睡觉了，就往干草堆里一躺，房间里满地是羊粪，厨房里，窗台上到处都是。羊依偎在他身旁，卧在他头边，就像一条羊毛被，叔叔美美地叹一口气。我满心厌恶地转身离去，又气又怒，因为叔叔身上也发出一阵阵的粪便味儿，让我忍无可忍，哎。

是呀，我说，我悄声自语，谁愿意听关于你叔叔的烂事，然而我环顾四周，发现一个事实，在我们林区我也是第一次跟面前的女孩同行，她在我前面蹬着自行车踏板，射灯随之一闪一亮，而通过这个女孩，我如同在直升机上鸟瞰，把科尔斯克林区一览无余，林区宛若我们身体的躯干骨架，我们正沿着主脊椎骑行，而那一条条侧荫道好比肋骨架。我回望，看到我们俩的自行车投下紫色的阴影，还镶嵌一道蓝色的边；那六只彼此间隔四百米的街边钠灯，在漆黑的暗夜里构成六个支柱擎起的长桥，暗绿色的枝叶似河流在底下流淌。天哪，我惊叹，我怎么从来不曾有过这样的想象，只有跟我的哥们儿喝醉了，然而真的，我联想不到，即使吸了海洛因。眼见我们的车在钠灯下驶过，我看到了什么？我看到自己的影子慢慢退到身后，像一个足球运动员射门之后，或者毕法尔尼克先生一脚将球踢飞后，手指举过头顶做出剪刀状。我回头往身后看，看到了什么？身后混凝土路的沥青里长出了紫色的舵，仿佛我是一艘紫色的船……

我沉醉在眼前诗情画意的景色里，那女孩又开始絮叨：嗯，我叔叔在科尔斯克森林边上放牧他那群羊，那天，其中一只羊在过马路时被公交车撞死了，叔叔一下子瘫倒在地。公交车司机拦住了过往的车辆，打听车里是否有医生，他自觉责任过大，不仅撞了羊，可能还伤了人。一辆小车上走下来一位女医生，然而叔叔被羊群团团围住了，所以先得把羊驱散开。女医生手持听诊器跪下来时，羊群又将她围了起来，女医生满脸厌恶地站起身来，没有人愿意动手解开叔叔的外套，最后，一名管道工用金属剪铰开了外套和一层衬衫。哎，怎么说呢，我那个叔叔，春天气候转暖时，他也会蜕皮似的换下身上的脏衬衣，换上新的。然而一到秋天，天气变凉，他会一件接一件往身上添加衬衫，到春天时身上往往套了七件衬衣。所以那个管道工把衬衣逐件剪开，那片片衣料像旧油毡，似硬邦邦的金属板。此时女医生才把听诊器放到我叔叔的胸口上，她的诊断证实了羊群早就料到的事实，群羊开始颤抖不已：叔叔死了，他得了心梗，他见不得他心爱的羊出车祸，你知道吗？后来警察到了，用石灰圈起了躺在公路上的羊和路沟边的叔叔，殡仪馆的人也来了，表情厌恶地将叔叔抬入棺材，合上盖子时，叔叔的长胡须还耷拉在外面，如同裸露在岩石上的开花的仙人掌。你不知道，当汽车开动时，羊群跟在棺木后面追赶了很久很久，直至筋疲力尽摔进沟里。哎，我们把那只死羊扔在院门后面，夜里就被人偷走了。

是吗，我问，是真的吗？但我的眼睛盯着她的白色连衣裙。她用力蹬着踏板，几乎能将车胎蹬爆。这个美丽的女孩住宿生打扮，身着套服，我之所以让她怦然心动，只是因为我留了一头好看的精心修饰过的长发，像那个金发球员毕法尔尼克。因为第一次遇见眼前的女孩，我的心再次萌化了。我了解自己，一年里总会突降机遇，冥冥之中遇见一双小牛犊般的清纯的蓝眼睛，令我蠢蠢欲动，我珍视这样的机会，因为我将走出懵懂和无知，知晓和探究我不曾涉足的事情。我巡视这条林间公路，亮着灯的小屋依然随处可见，猛然间我也会看到不太像前面那些屋舍的建筑，不过我有一种感觉，仿佛看到里面也有人在躺着就寝。

我突然意识到，那个大声叙述她叔叔故事的女孩，不只是面对我在讲述，而是对着整个林区，不仅仅对整个林区，而是面对整个世界，她以为，她的叔叔是个可怜的人，怪异之人，是个奇人中的奇葩。

她骑车的速度缓下来，慢慢踏着，我如同一头猎犬，眼睛扎进她自行车的车座里。仿佛她骑的是焦油，是蜂蜜或阿拉伯胶，她的两腿交替蹬踏，然后拐向一条侧荫道，小道上成行的白桦树白晃晃的，远处的白桦林同样，您读过契诃夫吗？他所有的短篇故事都在这样一片树林里被拍摄成电视片。小树林后的草坪也闪着光，缥缈的薄雾升起来，月亮投下深情的凝视，像个愚蠢的白痴。从新草甸吹来的穿堂风，拨弄得芦苇沙沙作响，我从来不曾注意过这种沙沙声，然而此刻，在缓慢踏行的自行车上，我真切听到了这一切。我内心涌起一股豪情，别无他求，只希望一直追随这位女自行车手，她黑色鞋扣上装饰的假钻石，像千百盏小灯洒下一路光芒。我艳羡那辆自行车承载的身体分量。女孩不时地转过头来，当她凝视我的头发时，她身下的自行车便之字形迂回前行，不得不伸出手去扶住车把，省得栽倒在地上。我的头发蓬松亮丽，因为我隔天就用洗发露清洗，然后在镜前用梳子长时间梳理，每时每刻用右掌心把头发弄齐整，保持一头潇洒的嬉皮士发型，对此我充满自信。尽管让姑娘好好欣赏，我自语，因为我看得见自己的茶色头发套驶过黯淡的树林，那个女孩尽管从车上跳下来吧，她的气质和体型都配得上。

蓦然间我看到，白色的院门出现在我们面前，女孩跳下车，打开院门的锁，我随她走进院里，她把自行车往栅栏上一靠，我把自己的自行车靠在她的车上，车架在沙地上哐当一声，紧贴在一起，车把相互纠缠，由此我看到一个充满希望的迹象。

女孩把打开的院门又锁上了。白色的栅栏边摆放了长条桌凳，刷了白漆。月亮映照在桌面上，女孩坐到了月光下那条白色珐琅彩的板凳上。我坐到她旁边，她脱下脚上的白皮鞋，也递给我一双白凉鞋，我接过来，鞋轻巧如鸟翼，几乎欲从我手里飞起，皱纹纸材料的感觉，穿上后很合脚，像是专门为我缝制的。我放眼打量地界四周，确切地预感到，将有什么事情会在此发生，因为整个院子铺设了大理石砂，精心耙平，如同我的一头金发，如同灯芯绒。那女孩趿拉着拖鞋在院子里来回走动，脚下的沙石发出打鼾一般的声响。在清丽的月光下，我看到了女孩的真实形象，体型如同纺锤，从中可抽出纱线，我用双眼把纱线直接缠绕在生殖器上，最刺激我的是，她来回走动时，大腿优雅地抬起，迈出一条美丽的曲线，我知道这个女孩来自土耳其的天堂的第五层，从那里掉下来的。我看到，这座房屋的墙壁用石灰涂抹，像昨天刚抹的样子；我看到窗户像是今天早晨刚打扫擦净，窗帘是昨天清洗和今天挂上的，以前不是这个样子，然而一切井然有序。我一个年轻人，同时又是一个老邋遢鬼，注意到这些，有点伤感和心痛。然后我不再大惊小怪，在橡树下停了一辆白色的斯柯达明锐旅行车，白色羊皮座套，车里备有拖鞋，车体锃亮，宛如刚从美容院保养出来。

我对自己说：小子，振作精神，现在该你上场了。因为女孩打开了大门。她进屋后，站着不动，突然转过身来，紧紧抱住了我。我感觉到她的大腿触碰到我裤兜里的钥匙，她迫不及待地把双手插入我的头发，我看得出她很享受，我的金色稻草般的头发。我搂住她的腰，她的十根手指头始终在我的鬈发里，而我的十根手指头在她全身游移。一共二十根手指，她的十指摩挲不够我的头发，我的十指亲抚不尽她的肌肤。我以为她会沉迷其中，然而她又开始了他们家族的传奇，一脸的神秘，她柔声地给我讲起来：你知道，亲爱的，我叔叔的葬礼跟他悲凉的生命一样凄切，他在村子里没有一个朋友，因为在那些乡巴佬眼里叔叔是个迷失了自己的无用之人，他只能跟动物亲近，嗯，亲爱的，在农村，把羊的位置放在人之前，那是一种罪恶，你知道吗？

所以我出面埋葬了叔叔，独自一人。令我震惊的是，羊群在拼命顶撞篱笆门，因为在墓地我都能听到羊群的哀嚎声，它们知道叔叔躺在墓地里。于是掘墓人加快动作葬下了棺材，因为，亲爱的，你知道，一旦羊群冲出篱笆，那它们就会扑过来，将坟穴里的棺材踩个粉碎。农夫去世了，连他的牛都会流泪呢。于是我们把叔叔的羊卖给了屠夫，他们直接在院子架起木板把羊宰杀了。很悲伤的场景，羊一只接一只，背朝下被摁倒在木板上开膛，你知道吗，亲爱的，我明白了为什么羔羊在基督教里是谦恭和忍耐的象征？你无法相信，那些屠夫有多么英俊，浓眉大眼，美如公牛，假如你看过的希腊神话的半神雕像，嗯，假如屠宰场能淘洗世人的罪恶，也像神父。那最后一只羊，亲爱的，它自己一跃而起，刚把它摁到木板上，一只小羊羔跟着跑来了，跳上去吸奶。于是屠夫们先宰了母羊，温情地注视小羊羔吸吮了片刻，然后手起刀落，只见一点儿血流下来，和羊奶掺在一起。哎，亲爱的，那几个屠夫那么英俊，额头上一缕深色的卷曲，如果再美一丁点儿，那就像我们家族的人了，亲爱的，他们几乎像你的金发一样美……

女孩对我自顾自地一番倾吐，觉得把那些弑羊图像转播给我，她自己可以松一口气了。我的十指从腋下将她紧紧搂住。当我把她抱起来时，她将十指插入了我的头发。我把她抱到窗口的沙发床上，沙发床沐浴在如水的月光里，我们一起望向院子，白漆的院门半开，聚光灯投射出珐琅漆的光亮，于是我把姑娘放下，抬起头，我看见从白院门里走进一个白人，身上套一件白色的针织长衫，那种细线针织的白衫圣瓦茨拉夫最后一次穿过，那个年轻男子光脚走在大理砂石上，径直走到我们的自行车跟前，叉开腿，注视了很久，然后举起双手，几乎可以晃动天上的星星，男人愤怒至极，两辆自行车哐当倒在沙地上，我看到我的脚蹬子撞入后轮的钢丝里，那一根根钢丝成了孔雀的尾巴。

我大吃一惊，因为车没有锁住，那个年轻人走向房屋正门，我听到他悄悄把耳朵贴在门上，听到他悄悄地、轻轻用一根手指按下门把，试一下，推开门，随后又关上，静默。女孩正用她十个手指搂着我的脑袋，指甲抠进我的头皮，我听到她胆怯的心脏在书写手稿，如何把她的恐惧写入我的大脑……

然后安静的脚步声远去了，我目送那个人的背影走过院子，突然那个年轻绅士枯萎了，一下子苍老了，身体萎缩或者像一把小低音琴，他直接走进柴棚，我不由得对他心生怜悯，他那件长及膝盖的针织长衫让他看上去如此圣洁。他一进去，半扇院门仿佛自动门般在他身后关上了，那耀眼的珐琅白色让我的眼睛生疼，然后再万籁俱寂，只有月亮在哼唱，正如我所说，像一个白痴，单调的傻瓜。我问那个女孩：那个满院子晃悠的人是谁。天哪？她说，所有的十个手指头始终在我的头发里，就好像她手握一个稀世花瓶，她回答：别管他，亲爱的，你知道，他曾经是我的情人，可我已经不爱他了，但是他没有我活不下去，我就让他睡在柴棚里。如果有人来到娱乐，他就会出现……

我问：天呐，那他是什么人？她回答：你知道，亲爱的，即便他是刽子手的帮凶，我也不会介意，但我和他分手是因为他的名字。记住，亲爱的，我就是这样一个花心女人，他是个恶魔小子，而且，他的名字叫小体格，呵呵，小体格，呸！她怒火中烧，直射我的双眼，仿佛她的舌头上有头发或毫毛，她仍然用十指抱着我的头，好像怀抱一个橄榄球在过线。我鼓起勇气说：哎，告诉我，你是谁，美人？她回答：我学完了美学，那是一门关于美的学科，现在我刚找到工作，对我来说，我喜欢的工作。我问：亲爱的，那么你喜欢什么呢？她坐了起来，帮我把漂亮的蓝衬衫系上纽扣，那是我支付抚养费的前任送我的。她系好衣扣之后，弯下腰来，从一摞皱纹纸做的纸皮鞋、纸凉鞋和纸拖鞋中拿过一只递给我，然后对我说：我是殡仪和入殓妆容师……

没等我回过神来，她把湿漉漉的嘴压到了我打战的牙齿上，这一刻我发现，女孩那双美丽的大眼睛跟那两个屠夫一样，她的眼睛跟我的金发一样美，那柔顺如面条的美丽长发，像毕法尔尼克。

伴　　娘

　　亲爱的，我告诫自己，别人在聊天时你不必再去插嘴啦，省得别人趴在你的肩头，向你诉说自己的烦恼。我已经不想，我说，让人抚慰你的伤痛，你在他的眼睛里找到自己判断草率的共性。我说，你不要去寻找自己亲人的共同特征，宁愿我的儿子，假装你是个哑巴，你已经听不见；宁愿在汹涌而来的语流包围中，倾听逝去的青春的内心独白；宁愿倾听同样的秘密，你潜入的寂寞孤独，不会将你吓倒；宁愿默默地躲到人们聊谈的幕后，与沉默无语的镜子面对面。亲爱的，在喧嚣中你走入虚无的寂静，在那里你将再次与冥冥中的一切联结，如同你第一次在母亲的子宫里，暖气包裹着的，通过脐带与无穷的开端联结……

　　从有轨电车的前车厢里，一位金发女郎饶有兴趣地已经注视我良久，当我定睛细看，哎呀，那是我青春时期撩拨了我心弦的美人，她曾答应会给我爱情最美丽的证明。我伸出手去，她跨过摇曳的电车朝我走来，当我们俩的手历经岁月再次握在一起时，我兴奋地哼了一声，没料想从鼻腔流出可恨的鼻涕来，面条状像幼童嘴边常挂的那种。激情的火焰霎时从我美人的眼中熄灭，厌恶凝结在她的绿色眼睛里。我全身上下摸索，可气的是我就是找不到那个平常装着一方手帕的口袋，就那样我站在电车中央，满脸羞赧，无地自容，几个刚才还羡慕我的乘客，现在一脸幸灾乐祸。而我青春年代的红颜知己挤向车门的踏板,抓住黄铜扶手,然后一脚跨出去,随着前后两声皮鞋跟着地的响声,她慌乱跑到了人行道上,愤怒的眼睛横扫一下,嘴里嘟囔了一句骂人话,以此来平衡我给她造成的尴尬。我不知所措,无奈中只有进啤酒馆喝酒。

白狮啤酒馆里一片喧闹景象。参加婚礼的一干人摇摇晃晃走向出租车,新娘返回来取婚礼花束,当她重新择路往外走时,居然去墙上寻找门把手。新郎很帅气,燕尾服的衣襟上沾满了白菜,婚宴上的菜肴残留在他的西服上,就像是应征入伍的新兵身上闪光的绶带。醉酒的他牵着新娘的手,迷迷糊糊走进了厨房。等侍者们把新婚夫妇送出门去,男厕所边的座位上站起来一位眼镜客,厕所门上的两个圈在他身后浮升起来,像双重的光环,那客人鼓掌喊道:"再来一次!棒极了!"出租车启动了,侍者们闭上眼睛,夸张地舒了口气。

然而,醉醺醺的伴娘返回酒吧来了,她意犹未尽地端起喝剩的甘布利奴斯,那金灿灿的比尔森啤酒,一饮而尽,液体顺着她粉红色的嘴角流到粉红色的胸花,从粉红色的胸花再淌到粉红色的连衣裙上,被啤酒洇湿的裙子紧贴到粉色的膝盖上。当她把婚宴上最后一杯剩余的酒灌进肚里,便不敢弯腰了,因为啤酒往上溢,到了她口腔里。

我手里把玩着纸杯垫,拼命不去回想刚才在电车上发生的尴尬。所以我宁愿打量邻桌那个满是汗毛的男性手臂,它正搂抱和揉捏着一条丰满的女性大腿。水晶吊灯下站起来一位脸色苍白的男人,制服看不出款式,他摇晃着去了厕所,当双零门停止晃动,传来胶木板的声响,然后是漫长而低沉的哀嚎,类似蝾螈吹起贝壳,召唤流浪的若虫们。伴娘两眼飞鱼般转动,最后她的目光停留在那只毛茸茸的阳刚手臂上。

"您这么做有许可吗?没有是吧!"她高声嚷道。

所有人都扭头盯住那只男人的手,他显然没有在这种公共场合表现亲昵的许可，因为它停止了对珍贵肉体的揉捏享受。

苍白脸色的男人从厕所返回了，头发上闪烁着新鲜的水滴。伴娘长时间打量着水滴的光晕，兴奋地喊起来："刚才您吐啦！"

制服款式模糊的男人点点头，瘫坐到椅子上，动了动下颚。我继续玩我的纸杯垫，继续看着在手指间盘旋的圆纸环，粉红色的影子落到我的身边，伴娘粉色的双手支在桌布上，粉红色的躯干俯向我，我无法动弹，这时从粉红色的喉咙里，宛如从粉红色的喷泉和粉红色瓦罐，开始向我倾倒啤酒。伴娘同时对我喷出的话，更加让我震惊。

"老大爷，"她说，"您买念珠了吗？"

我继续玩着光环，伴娘看着我，她的年纪不会超过十八岁，圆滚滚的粉红色手臂，粉红色的脖颈，她身上的肉无不闪烁着金色啤酒的光彩，整个一只粉嘟嘟的小猪崽，为了烤成脆皮外壳，所以用面包刷刷了一层啤酒。我把自己最人性的眼神，因对视而如小狗般愧疚不已的眼神投向她，我以那样的眼神央求伴娘收回那喷吐我满身的东西。一对年龄稍长的情人结完账，现在站在门口，令我再次面对之前不愉快的事件。但粉红色伴娘伸出手指头指着我，大声嚷道："老大爷，作家和猪都是在死后才成名！"

喝醉了的眼镜客在厕所门边站起来，鼓掌喊道："说得好！再来一次！棒极了！"

此时一个女人冲进酒吧，没等人回过神来，她挥拳朝客人的眼镜打去，镜片飞起来，清脆地撞到黄铜架上。那个女人揪住客人，轻松把他拖到门口，仿佛拖着的是一件大衣，她一边拖，一边忍不住把他淌着血的脸往墙上摁，墙上淌下长长的血道。然后她戴上草帽，拉上醉酒的客人走到人行道上。客人似乎陶醉其中，大声嚷着："干得好！再来一次！"那一对老年情人仓皇离去，好像他们刚刚目睹的一幕，可能会成为他们未来的命运。

粉红色伴娘扭着舞姿出了白狮啤酒馆，我喝下一杯又一杯甘布利奴斯，那甜丝丝的啤酒，我回想起三十年前的那个金发女郎，她坐在小船上，打一把红色的遮阳伞，我顾不上脱下身上的衣服就走入河中，问她是否愿意由我来为她划船？她说好呀。水深齐腰，我一跨腿上了船，划起了船桨，身上的水往下滴，待远远出了城，我又跳入水里，把小船拉到沙滩上，然后握住她一只手，扶她下船。我们俩躺在晒热的沙滩上，她求我脱下衣服晾晒，反正四周没有人，当我脱下衣服，她冷静下来，躺到我身边，闭上了眼睛。我斗胆悄悄地把她身上的衣服也脱了下来，可是当她赤身裸体时，我呆住了，如此美丽洁白的胴体躺在郊外的柳树林里，我除了欣赏，做不了别的。后来我们俩再会面时，都是穿着衣服，我也再没有被她的美貌如此打动，让我和衣走入河里，并忘记脱下衣服晾晒。就这样，三十年来我始终是那个青春少年，直到去年我走在拉扎尔大街上，一位女士迎面问我："大叔，法院在这条街上吗？"我说："什么？"她又问："大叔，附近有法院吗？"从那一刻起我成了大叔，直到今年在电车上一位女大学生给我让座，说："请坐，老爹，坐下吧。"

现在我坐在白狮子酒馆里，喝着粉色的甘布里努斯啤酒，整个大厅都是粉色的，粉色的窗帘，把桌布也映衬成粉色。我坐在粉红色的孤独中，沉入粉色的寂静和虚无，两个悬浮的零在小便池门上，那是属于我的粉色会徽。我的粉红胸衣啊，我悄声说，你曾经如此富有的企业将宣布破产，你必须与所有的债权人清算，但愿你不辜负一切，那些元素成就了你的写作。粉色的胸衣，我承认破产，并开始明白，有效的忏悔和赎罪可以开启无限和永恒的银行新账户。那两个零，两个打着虚无哈欠的空洞的喉咙，两个纹章似的镌刻在所有男厕所门上的零……我坐在白狮酒馆里，慢慢喝下最后一杯啤酒，侍者们把黄色的飞镖盘挂上墙，饰有彩色尾翼的锋利的镖将掷向那里，尖锐而有分量的飞镖如扁平的圆盘。每个玩此游戏的人,从三百点开始,谁第一个归零就是赢家。我也玩过这游戏,我赢了,我是第一个清零的玩家。

结完账,我走到门外清新的空气中。亲爱的,我说,从这一刻起只需打开报纸,每一则讣闻通告都是你的讣告;每一个黑纪事中致命的伤势都是你的伤势;每一辆顶上装有凄厉警报器的救护车都为你呼啸而来。亲爱的,我自语,一切为你的恰在此而非别处,返回到起始是你前行的方向,关于美女的梦是一个老朽的内心独白。亲爱的,我说,在聊谈中你寻找所有对话的弦外之音和潜台词,然而现在你发现天使飞过之际令人尴尬的停顿而非幽默。亲爱的,你只能视之为慈悲,在这个夜晚将尽之时出现一颗晨星,即使你知道,夜店和起床号由同一支小号吹响。因此,亲爱的,你唯一的归处是某一座坟墓,从墓中你始终仰视夜空,天幕上,两个隐形的手臂用从亘古到永恒的无形织线在编织装饰星辰的宝蓝色毛衣……

在冥想中我走到了帕尔莫夫卡①,鹅卵石块铺就的主干道铺展开花纹地毯图案,收容所紫色的灯光发出慈爱的呼唤,河面吹拂而来的凉风把轨道擦拭一亮,电线一闪一闪似热恋的男人口中垂下的唾液。远处灯光下,一个粉红的身影闪过,我嗅到了淡啤酒的气味。在那里,铁轨上悬挂一盏亮晶晶的红灯笼,铃铛叮当作响,灯笼盏慢慢升起来,我不无苦涩地说:我怎么成了大叔?老爹?老大爷?说完我重新像年轻小伙那样冲向比赛的终点线,我一猫腰钻过铁道栏杆,我脑袋前伸,跑上了铁轨,像田径运动员那样穿过终点线。在那一刻,粉红色的雾在我眼前浮现,我倒下了,重重地摔倒在地,萤火虫在我眼前蜂拥而起。当粉红色的雾渐渐消散,粉红色的伴娘坐在我面前的铁

---

① 布拉格八区地名。

轨上，她和我一样额头受了伤。女扳道员跑过来，把我们俩拖离了铁轨。随后一列蒸汽机车隆隆驶来，混合了烟油的水汽喷了我一脸，热热的蒸汽还喷射到我裤子上。女扳道员拉起大大小小的栏杆，红灯笼欢快地在笔直的桅杆上眨眼。

"喂，赫拉霍维纳，"女扳道员呼喊，"你急急忙忙要去哪里？说话！"

"去对面。"我说。

"你呢，女牧童，匆匆忙忙要去哪里？"她朝伴娘喊。"我着急去追他。"粉红色的伴娘说着，四肢着地朝我爬过来，她掏出一个小圆镜，伸到我的面前，我看到鲜血正从我额头的裂口往下滴。女扳道员转身离去了，没有忍住，在黑暗中甩过一句话来："可能的话，老头，最好买个念珠去！"

我愤怒了，想扑过去。

但伴娘安抚我："随她去吧，爱神，你的时间有限。至少在这一刻待人善意点，不然没人来参加你的葬礼啦。"

她拿走小圆镜，照了照自己的额头，那里流出一个血道，我在街灯的光线下辨认镜子背面的文字：EGO 牌巧克力，美味至极。

然后粉红色伴娘为我擦拭额头，她的气息呼到我的脸颊上，我掉转头，思忖，这是怎么回事，我作为醉汉唯独能忍受的只有我自己；这是怎么回事，直至现在我才明白，为什么我的妻子弃我而去，当我在夜晚对她呼出满嘴的酒气，甩出一句话：假如我真的爱自己的妻子，就像我爱 EGO 牌巧克力那样，那我宁可喝啤酒，或者我宁愿戒酒。

我拿过那个广告小圆镜，对自己吞吐令自己反感的气息，不禁生出厌恶感。我马上吻了伴娘粉嫩的脸颊，以此感谢与她相识，想不到她紧紧依偎过来，爱的电流从她的身体传过来，血粘在我们干枯的额头上,她热烈的呼吸紧挨我的唇边:"雅林纳,我的爱人,快来亲我吧,来亲我吧……"

她的气息突然那么甜蜜,她对我轻声低语:你的气味真好闻。我也柔声说:你也香气袭人。于是我们彼此成为玫瑰花束,接吻,品尝对方的唾液和气息,我们越吻越觉得彼此的气息香甜,越发享受其中,难分难舍,感觉我们正遨游在一万公升容量的出口啤酒桶里,在一个芬芳四溢的啤酒花和大麦芽啤酒大罐车里洗澡。

"玛尼奇卡①,"我说,"你真美啊。"

"我知道。"她老练地回答。

"还有,夏娃,你知道吗?"我喋喋不休。

"伊瑞,我什么都知道。"她吐了口气。

我们在纳日特瓦街上停下脚步,煤气灯叮当作响,往人行道上滴落了一地矾油。新艺术风格公寓楼的门廊上,黑色合金装饰一字延伸开去,像棺木上的纸饰品。伴娘递给我一把钥匙。

"法尼奇克,"她说,"悄悄把门打开,我爸爸睡觉很轻,知道了吗?"

"玛尼奇卡,明白。"我回答,双手却在颤抖。

"法尼奇克,等一下。"她做了个决定,从我手里拿走钥匙,用膝盖抵一下门,门自己开了,走廊里的气味像是一面洒上啤酒的旗帜。黄色的煤气灯放在第一级台阶上。我掏出广告镜子,绿色的墙壁反射出一只不眨的眼睛。

"伊瑞,"她温柔地说,"这面镜子你留下,算作我送给你的纪念,它很适合你,知道吗?"

"我知道。"我回答。

---

① 捷克童话人物。

"你什么也不知道，"她轻声说，"我母亲去世之前，最后一次照过这面镜子，你知道吗？"

"我知道。"我点了点头。

她关上门，没等小圆镜的反光折射到墙上，在墙上我似乎看到了夏尔·波德莱尔①，他正走过人行道，双手前伸，徒劳地追逐光环，那光环一失足飞入了泥淖。走廊上穿堂而过的风拂动了无力翅膀。

---

① 法国象征派诗歌的先驱，现代派诗歌的鼻祖。

风干香肠

"哎,以前在这里的生活,在我们年轻的时候,那才叫日子呀,我们手里有钱。我曾经赚过一百万,是个百万富翁呢。"卡列尔先生对我说。阳光照在他大得出奇的肚皮上,胸部好似哺乳期的奶娘,两嘟噜肉垂挂胸前。卡列尔先生此刻躺在花园里,他的花园紧挨树林,一条小溪蜿蜒从林边流过,溪畔有低矮的柳树,成排的黑醋栗和醋栗,还有一个废弃了的养蜂场。他侧身躺着,巨大的肚腩像个木桶,甩在他的旁边,他一只手枕在脑袋下,另一只手在揪混杂在欧芹垄中的苗圃里的杂草。

卡列尔先生捕捉到了我滞留在他胸口的目光,说:"这可不是脂肪,是胶原蛋白,野猪身上长的都是这东西,野猪,您知道吧。以前的日子呀,都从那扇柴门溜走了。"他指了指残破的篱笆柴门,篱笆被茂密的榛树丛和黑丁香环绕,又说:"从这个小门里慢慢流逝的不仅仅是我没完没了的劳作生活,还有我视美食如命的癖好,我向来嗜好美味,而且吃不够!"他心满意足地叙说,拔草的手并没有停下来,满脸愉悦的表情。待拔完一垄,他捧起巨大的肚子往边上挪一挪,身体随之躺下去,肥胖的手指头继续揪起杂草,仿佛在自言自语:"当时的我们年轻气盛,手里有钱,青春不就意味着欢乐嘛。嗯,说得我都饿了,饥肠辘辘。以前在杀猪节上,每次我能一气吃下十八根香肠、三盘炖肉,血肠就懒得去计数了,那时我的体重达一百三十公斤。有一次，西洛索瓦男爵夫人邀请我们去她的庄园做客。我的那些朋友们只顾欣赏庄园里陈列的狩猎战利品，而我自始至终坐在餐桌旁没有挪身。男爵夫人在楼梯上拾级而下，她的身后跟随着一群我的朋友，他们正对男爵夫人展示的西洛索瓦家族的稀世珍品频频致谢。在楼梯口，男爵夫人停下脚步说："现在请接受我的一点小心意，请大家享用茶点。"然而餐桌已被我扫荡一空，我正忙不迭地把最后一盘三明治塞入口中，每个盘子里码放有五十个三明治，我一口一个，全部消灭。因为我当时年轻力壮，而且也不是潦倒之辈，所以男爵夫人把此举看作一个玩笑。因为狩猎城堡没有预备更多的茶点，只得匆匆把黑面包切片抹上猪油招待了我那些朋友。哎呀，我又饿了。

"天哪，我今天真饿了，这样的好胃口，我能吃下一整根香肠，我挂在卫生间排风扇里风干的香肠。那香肠，我从来等不及它风干好，总是在买回家的当晚，还没送去风干就把它吃下肚了。仅有一次我吃到过风干好的香肠，那是在二战时的保护国时期，我曾风干了一根匈牙利熏肠。那一天我下班回家，看到我们布拉格公寓的地下室里，看门人用老虎钳夹住一根巨大的香肠，正用钢锯把它锯成小段，凭香肠颜色我一眼认出，那是匈牙利腊肠。我马上走下去打探说：我都满嘴流口水了，这根香肠什么价？看门人说：两千克朗。我毫不犹豫掏出两千克朗给了他。因为香肠实在干硬，用钢锯才能切开，于是我又掏出两百克朗给看门人。他用钢锯把腊肠锯下几截厚厚的圆块，跟小轱辘似的，我早已按捺不住，把锯下来的小轱辘一个接一个吃进了肚里，最后甚至连那根挂香肠的细绳也吃掉了。"卡列尔先生说着，再次抱起他硕大的肚子，费劲地捧起一甩，身体也转向另一边，脊柱紧随肚子翻转过去。他抽出一只手，依然枕在脑袋底下，手臂有我大腿那般粗壮，满是肌肉，另一只手伸出去摘除欧芹垄中的杂草，他的动作缓慢，但饶有兴致继续他的聊谈，声音平静，带着梦幻：

"等我再想起那根腊肠,已是一个星期之后!我马上冲进储藏室,一把掐住妻子的脖子,然后掐住家里的女佣,女佣流着泪告诉我:她们俩打扫卫生时,看到储藏室里挂了一根已经霉变的香肠,顺手就扔进了院子的垃圾箱里。那可是我支付了双倍钞票的匈牙利香肠呀……好在,我今天不会再挨那样的饿,更幸运的是,哎,朋友,我说话也是不算数。每个星期在动身去科尔斯克之前,我都有心风干一根香肠,在排风扇里风干的香肠带有一股特殊的香味,那股自中央暖气由进风口飘入的热风。哎,总有一天我一定要风干成一次香肠,对我而言那意味着伟大的道德束缚力,意味着那一天我终于战胜了自己,把香肠风干成了。总有一天我会把那根风干好的香肠带到这里来,让您尝尝,让你们尝尝,那风干了十四天的香肠,我曾在摩拉维亚品尝到的美味……只是,若要把它带来,必须等以后的日子,等我不再那么饥饿,胃口不再那么好,我会专门为您花费三十五克朗,买下一整根香肠,专门为您把它挂到中央暖气的排风扇里,您知道,在我的卫生间有那么一格小窗,就如同乡村熏房的小门,我就在排风扇里风干香肠。每当躺到床上作息时,我往往饱嗝连连,因为在下班回家途中,我会耗费一个多小时去采购,拎回满满一袋子好吃的,一百克这种香肠、一百克那种香肠、一百五十克西里西亚肉冻、两百克家常肉冻、一盒蛋黄酱再加上几杯酸腌鱼,这就是我的生活。当我透过食品店的橱窗瞥见那些美味时,顷刻胃液蠕动,浑身感觉疲软,必须刻不容缓冲进店铺,先点一盘肉打牙祭,再买上各式奶酪,这才往家走。我不是在行走,而是一路小跑,到家后我们把所有这些东西都扫进肚里,我们在看电视时,我的手会不由自主一次次伸出去摸索,直到茶几上什么都不剩下,全部进了肚子,我才开口说:'咱们上床休息吧。'

"即便如此,午夜我会醒来,在我眼前的天花板上,仿佛悬挂了一根金灿灿的香肠,我挂在卫生间天窗的香肠,那根香肠通体发亮,宛如王冠上闪烁的珠宝。我眯缝起眼睛,那根香肠那么诱人,它在诱惑我,我告诫自己:这根香肠是为朋友风干的,为我的朋友风干的。然而,我突然从床上一蹦而起,大吼一声'去他娘的!'就冲向卫生间。我切下半根香肠,津津有味地嚼起来,一路吃到床上,在睡梦中的妻子不忘嘱咐一句:'别污脏了被子',接着翻身睡去。随后我也睡去。一个小时后,我的眼前再次出现那根风干肠,那根风干了一天的香肠,我忍不住再次爬起来,然后又躺下去,我几乎要战胜自己了,只要再过那么一小会儿,我就能克制住想要吃掉剩余的那半截香肠的强烈欲望了。最后,当我在想我已经完胜自己啦,并深深呼出一口气,不料想妻子欠起身来,对我说:'卡列尔,别作践自己啦,把香肠都吃了吧。'事实上我每天每夜都在等这句话,我把余下的那段香肠吃到了肚里,美美地睡了。"

卡列尔先生继续侧躺着,细心地给欧芹垄拔除杂草。太阳越过松树冠,把七月的晨光倾泻入花园,也洒下午前的燠热。"您绝想不到,"卡列尔先生温和地说,"我竟然别出心裁,多买了一根香肠,我同时风干两根香肠,只是其中一根总是在当夜就被我不可救药地吃掉,然而那第二根香肠,已经两次挂在那里,风干十四天了,它一定能风干成,这是我专门为朋友风干的,为了让您尝一尝什么叫风干肠,那根普通香肠,风干后的味道堪比匈牙利腊肠。我也两次驱车想把它捎到你们这里来,可每次我的车一驶过波切尔尼采[①]时,那根香肠就浮现在我面前,我亲手风干的金灿灿的香肠,悬空吊在绳子上,在汽车散热器前晃悠。我只得在驶过波切尔尼采之后一踩刹车,大喊一声:去他娘的!假如我的妻子在,她一定会说:卡列尔,别折磨自

[①] 位于宁布尔克的村庄。

己啦,你就不怕出车祸……于是我掀起后备箱,取出餐刀,坐在路边壕沟里,那条位于波切尔尼采屠宰场后边的臭沟,我用小折刀把香肠削进一个旧茶缸里,大快朵颐。那根风干肠下肚后,接下来开车就顺畅多了,眼前不再金星四射。后来那一个星期里我再次思忖,要把那第二根风干肠捎过来,只给您。我带着它一路风驰电掣,我几乎要赢了,然而到莫霍夫①附近时,那种饥饿感重又袭来,我一下子虚弱不堪,迫切需要填补东西,于是我再次看到了汽车散热器前那悬空而挂的金绳子,那根垂挂的风干肠,我的车开始在公路上左右晃悠,此时我妻子的话再次在耳边响起:卡列尔,别折磨自己啦!我立刻停下车,拿起香肠坐到路边壕沟里,狼吞虎咽吃下了风干肠,那根专门为朋友风干了十四天的香肠……

"还有一次,在我没忍住开吃那根香肠之前,我已经驱车把那根风干肠带到了赛米策②,在那里,在一片村中广场上,无需就面包我已把香肠吃下了肚。哎,等以后吧,等我慢慢地、渐渐地战胜了自己,我一定把那根香肠带到这里,送给您,因为从赛米策到科尔斯克只有咫尺之遥。虽如此,我驾车一路过来,依然没法保证自己能克制住不碰香肠。如果我带香肠驶来的话,我会一到树林边,在教区小道上就开始按喇叭,您必须立刻放下手里的任何活儿,马上赶过来,因为我没法保证自己,在我抽出那根风干了十四天的香肠时,我会毫无缘由地扑向它,就站在原地,在您从我手里拿走它之前,把它吃得一干二净,因为,虽然我已经不再像以前那般饥不择食,可我就是食欲旺盛,也许这比真正的饥饿更加危险……"卡列尔先生说着,挺起了身子,他一条腿跪着,把他的大肚腩搬到膝盖上,然后快速抬起肚子,用膝盖抵住肚子站起来,最后直起腰。

---

①② 位于宁布尔克的村庄。

从身后看卡列尔先生是苗条的，他体态笔直，骄傲地挺起令人难以置信的巨大肚腩。他一百三十公斤的身躯上套一条白布短裤，缝制这条短裤需要耗费三米白布。他朝前迈步走去，走过小溪时，独木桥都弯曲下陷。卡列尔先生转过身来，乐呵呵地招呼道："那我就走啦，还要给胡萝卜除一下草，我先得吃一根香肠，那是我昨晚在赛米策买来准备风干的……"

我说："要不您，卡列尔先生，您试着克制一下……"卡列尔先生心满意足地渐行渐远，他的身影在果树绿荫之下徜徉，然后在金黄色松树的树干边，钻进他那带绿色百叶窗的小屋……

现在，当卡列尔先生身穿用三米布料做成的白短裤离去时，我骤然意识到，远去的是一位国王。我注意到了，卡列尔先生有一头美丽而浓密的短发，跟黑人似的，一缕缕鬈发紧贴在脑袋上，好似扣了一个卷曲的头盔。

事实上时时饥饿和好胃口的卡列尔先生，是个美男子呢，不，他是一个国王。

"蓝色东欧"译丛(部分书目)

第 一 辑

- 《石头城纪事》(小说)
  【阿尔巴尼亚】伊斯梅尔·卡达莱 著　李玉民 译

- 《错宴》(小说)
  【阿尔巴尼亚】伊斯梅尔·卡达莱 著　余中先 译

- 《谁带回了杜伦迪娜》(小说)
  【阿尔巴尼亚】伊斯梅尔·卡达莱 著　邹琰 译

- 《石头世界》(小说)
  【波兰】塔杜施·博罗夫斯基 著　杨德友 译

- 《权力之图的绘制者》(小说)
  【罗马尼亚】加布里埃尔·基富 著　林亭、周关超 译

- 《罗马尼亚当代抒情诗选》(诗歌)
  【罗马尼亚】卢齐安·布拉加等 著　高兴 译

第 二 辑

- 《我的疯狂世纪（第一部）》（传记）
  【捷克】伊凡·克里玛 著　刘宏 译

- 《我的疯狂世纪（第二部）》（传记）
  【捷克】伊凡·克里玛 著　袁观 译

- 《我的金饭碗》（小说）
  【捷克】伊凡·克里玛 著　刘星灿 译

- 《一日情人》（小说）
  【捷克】伊凡·克里玛 著　高兴、杜常婧 译

- 《终极亲密》（小说）
  【捷克】伊凡·克里玛 著　徐伟珠 译

- 《等待黑暗，等待光明》（小说）
  【捷克】伊凡·克里玛 著　杜常婧 译

- 《没有圣人，没有天使》（小说）
  【捷克】伊凡·克里玛 著　朱力安 译

- 《花园里的野蛮人》（散文）
  【波兰】兹比格涅夫·赫贝特 著　张振辉 译

- 《带马嚼子的静物画》（散文）
  【波兰】兹比格涅夫·赫贝特 著　易丽君 译

- 《海上迷宫》（散文）
  【波兰】兹比格涅夫·赫贝特 著　赵刚 译

- 《父辈书》（小说）
  【匈牙利】瓦莫什·米克罗什 著　许健 译

第 三 辑

- 《乌尔罗地》（散文）
  【波兰】切斯瓦夫·米沃什 著　韩新忠、闫文驰 译

- 《路边狗》（散文）
  【波兰】切斯瓦夫·米沃什 著　赵玮婷 译

- 《第二空间——米沃什诗选》（诗歌）
  【波兰】切斯瓦夫·米沃什 著　周伟驰 译

- 《无止境——扎加耶夫斯基诗选》（诗歌）
  【波兰】亚当·扎加耶夫斯基 著　李以亮 译

- 《捍卫热情》（散文）
  【波兰】亚当·扎加耶夫斯基 著　李以亮 译

- 《索拉里斯星》（小说）
  【波兰】斯塔尼斯瓦夫·莱姆 著　赵刚 译

- 《遗忘的梦境——查特·盖佐短篇小说精选》（小说）
  【匈牙利】查特·盖佐 著　舒荪乐 译

- 《流星——卡雷尔·恰佩克哲理小说三部曲》（小说）
  【捷克】卡雷尔·恰佩克 著　舒荪乐、蒋文惠、程淑娟 译

- 《神殿的基石——布拉加箴言录》（箴言）
  【罗马尼亚】卢齐安·布拉加 著　陆象淦 译

- 《十亿个流浪汉，或者虚无——托马斯·萨拉蒙诗选》（诗歌）
  【斯洛文尼亚】托马斯·萨拉蒙 著　高兴 译

第四辑

- 《耻辱龛》（小说）
  【阿尔巴尼亚】伊斯梅尔·卡达莱 著　吴天楚 译

- 《三孔桥》（小说）
  【阿尔巴尼亚】伊斯梅尔·卡达莱 著　施雪莹 译

- 《接班人》（小说）
  【阿尔巴尼亚】伊斯梅尔·卡达莱 著　李玉民 译

- 《绝对恐惧：致杜卞卡》（小说）
  【捷克】博胡米尔·赫拉巴尔 著　李晖 译

- 《严密监视的列车》（小说）
  【捷克】博胡米尔·赫拉巴尔 著　徐伟珠 译

- 《雪绒花的庆典》（小说）
  【捷克】博胡米尔·赫拉巴尔 著　徐伟珠 译

- 《温柔的野蛮人》（小说）
  【捷克】博胡米尔·赫拉巴尔 著　彭小航 译

- 《无常的夏天》（小说）
  【捷克】弗拉迪斯拉夫·万楚拉 著　张陟 译

- 《赫贝特诗集（上、下）》（诗歌）
  【波兰】兹比格涅夫·赫贝特 著　赵刚 译

- 《垃圾日》（小说）
  【匈牙利】马利亚什·贝拉 著　余泽民 译

第 五 辑

- 《壁画》（小说）
  【匈牙利】萨博·玛格达 著　舒荪乐 译

- 《鹿》（小说）
  【匈牙利】萨博·玛格达 著　余泽民 译

- 《两座城市：论流亡、历史和想象力》（散文）
  【波兰】亚当·扎加耶夫斯基 著　李以亮 译

- 《另一种美》（散文）
  【波兰】亚当·扎加耶夫斯基 著　李以亮 译

- 《思想的黄昏》（随笔）
  【罗马尼亚】埃米尔·齐奥朗 著　陆象淦 译

- 《着魔的指南》（随笔）
  【罗马尼亚】埃米尔·齐奥朗 著　陆象淦 译

- 《乌村幻影》（小说）
  【罗马尼亚】欧金·乌力卡罗 著　陆象淦 译

- 《裸浴场上的交响音乐会——罗马尼亚20世纪小说精选》（小说）
  【罗马尼亚】诺曼·马内阿等 著　高兴等 译

- 《我行走在你身体的荒漠——立陶宛新生代诗选》（诗歌）
  【立陶宛】阿纳斯·艾利索思卡斯等 著　叶丽贤 译

- 《魔鬼作坊》（小说）
  【捷克】雅辛·托波尔 著　李晖 译

第六辑

- 《简短，但完整的故事》（小说）
  【波兰】斯瓦沃米尔·姆罗热克 著　茅银辉、方晨 译

- 《三个较长的故事》（小说）
  【波兰】斯瓦沃米尔·姆罗热克 著　茅银辉、林歆、张慧玲 译

- 《挑衅以及其他故事》（小说）
  【阿尔巴尼亚】伊斯梅尔·卡达莱 著　李焰明 译

- 《娃娃》（小说）
  【阿尔巴尼亚】伊斯梅尔·卡达莱 著　张雯琴、宋学智 译

- 《天堂超市》（小说）
  【匈牙利】马利亚什·贝拉 著　余泽民 译

- 《秘密生活》（小说）
  【匈牙利】马利亚什·贝拉 著　余泽民 译

- 《蓝色阁楼寻梦》（小说）
  【罗马尼亚】阿德里亚娜·毕特尔 著　陆象淦 译

- 《两天的世界（上、下）》（小说）
  【罗马尼亚】乔治·伯勒伊泽 著　董希骁、Mara Arion 译

- 《生活边缘的女孩》（小说）
  【罗马尼亚】米尔恰·格尔特雷斯库 著
  张志鹏、林慧芬、陈进、李昕 译

- 《希特勒金钱》（小说）
  【捷克】拉德卡·德内玛尔科娃 著　姜蔚茜 译

· 部分书名为暂定，以出版时为准 ·